我的房事

焦桐

江苏人民出版社

南京评论
Nanjing Review

文字的无能为力,恰恰势不可挡

目录

自序　1

卷一

提醒——序焦桐散文《在世界的边缘》　张艾嘉　3
在世界的边缘　8
后记　72

卷二

我的爱河　77
我的运动史　82
我的房事　88
星期四晚上　94
当亲爱的人病了　99
摩托车　102
第四堵墙　108
论饥饿　114

论诗人 122

论台语电视连续剧 132

论旅行 134

夜宿九九山庄 142

陨石的故乡 145

斯马库斯古道 148

猴山岳的咖啡香 156

能高越岭 158

南仁湖印象 167

精灵的家乡 175

最后的跳舞场 180

卷三

两本书的故事 187

音乐生活 188

航向命运海 190

位子 192

越狱 193

候车室 195

下午茶 197

小伍 199

顽石老人 201

白日梦 202

讨债 204

袋鼠装　205

冤家　207

蜗牛角上的战争　209

坠楼人　211

人性难愈的伤痕　213

吃药　215

哄太太入睡　217

和肥胖赛跑　219

梦的曝光　221

带着怀旧的心情面对未来　222

大蒜　224

擦肩而过　225

我邂逅了一条毛毛虫　227

规矩　229

将心灵打扫干净　230

禁忌之岛　232

右脚的某一根脚趾头　234

生活的美学　236

宇宙的叛徒　238

罪与罚　240

道德的大衣　242

鬼见拍手笑　244

汉元帝嫁老婆　246

兰花盗　248

善心人士　250

人人需要包青天　252

虚张声势　254

虚胖　256

再见，中产阶级！　258

异乡人的新棉袄　260

即将寒冷的热情　262

温泉地带　264

商业地带　269

童年的山　273

童年的河　275

那只晶莹高贵的玻璃杯　278

风之谷　280

梦魇　282

五指山的泪水　284

凋零　286

寂寞的远路　289

附录

焦桐与叶振富之间　蒋　勋　295
人间与土地的踏履　向　阳　299

自 序

我出生于曾有"文化沙漠"之称的高雄市,求学的年代,书店少得可怜,艺文活动几乎没有,我常幻想着有一天家乡能摆脱文化沙漠的耻名。

2001 年,我成立"二鱼文化"之后,脑海里经常浮现一种意象——手不释卷的新台湾人。他们总是背着书包,手里拿着正在读的书籍或站或坐,在捷运、公交车、咖啡厅、餐厅等等各种公共场所兴味盎然地阅读着,他们,也许不算富裕,却每个家庭都有固定的购书预算。我的梦想可能有点滑稽,但我清楚梦想的内容,因此敢于继续梦想。

我们出发的时候,台湾出版业正急遽走下坡,形势几近"崩盘"。我并非不明白。因此,以贫穷为师,成为公司创立的精神。我相信,经济不景气并非孤立存在的现象,老子:"祸兮福所倚,福兮祸所伏",陶渊明的诗也说:"衰荣无定在,彼此更共之",表面上经济萧条,其实埋着繁荣的种子,萧条与繁荣原来是共生的、相互转换的。

从前我完全没有出版经验,从最不景气的年代出发,又是"烧"自己的钱,更意识到要努力求生存,得勤奋工作,讲究质量,认真学习控制成本。我庆幸自己不是在景气最好的时候出发。

虽则出版社、杂志社多由妻子谢秀丽在操持,然则在江湖上,商人的新标签几乎掩盖了作家的旧身份，我勉励自己别介意：好商人才会是好诗人。莎士比亚即是最典型的例子；STARBUCKS的三位创办人原来也不是生意人，鲍德温（Gerald Baldwin）主修文学，是英文老师；波克（Gordon Bowker）是作家；席格（Zev Siegl）则是历史老师。

没想到离开了报纸副刊岗位，还继续从事文学传播工作：邀书，编书，营销书。原来我一直深爱着媒体工作。这种习性竟变本加厉，在2005年创办《饮食》杂志。我大概觉得吃饭绝非小道，它包含了文学、艺术、哲学、科技乃至于治国原理。即使对个人而言，也是非常要紧的品味和修养，相对于视觉和听觉，味觉器官显得多么重要，又多么刻意被忽视。饮食是味觉、视觉、嗅觉乃至听觉一起进行审美活动，不谙滋味的人自然是粗鲁无文的，远比不能分辨音乐、绘画更值得吾人怜悯。

办杂志仿佛是传统文人的宿命。《饮食》杂志令我陷入恐怖的忙乱之中：创作、研究都中断了，日子好像是一个月一个月拖磨地过。我感受到岁月和经济催逼的暴力，两年后遂将这本月刊改成季刊，带着弥补的心情，重新面对创作和研究。

最近整理书稿，发现近年来的创作与研究，多聚焦在饮食，将陆续出版。此外，有一些不易归类的文章，和从前的书写相近，遂有了编辑出版的念头。本书卷一所辑多半为《最后的圆舞场》内容，卷二所录大抵是《我邂逅了一条毛毛虫》，这两本书已绝版多年，于是又汰删了几篇旧作，并增补一些新文章，辑成《我的房事》，代表再出发的决心和意志。

2008年3月17日

卷一

提 醒
——序焦桐散文《在世界的边缘》

有一部电影叫做 *Out of Africa*，中文翻译成《远离非洲》，但是我总觉得应该叫做《远在非洲》。那是一片我做梦都没有想到会踏上的土地，也没有想到它对我人生的影响。

若非焦桐要我写这个序，我几乎忘了一年就这么匆匆地过了。

1994 年，台湾展望会前往非洲扎伊尔的访问团像一队刚打完败仗的部队，从我自己开始，喉咙发炎，鼻子只有在某一个姿势之下可以呼吸，连带着点烧，由新加坡上飞机和台北团员会合，昏昏沉沉的情况下，会长为我介绍七位来自不同报社、电视台、杂志的新闻界高手，但不幸有一半是病歪歪的，大家来不及交换名片就先交换各式各样的"抗生素"、"喉糖"、"退烧药"。其中，焦桐的药最齐全，怪不得人家说患难之中比较能结交朋友，而加上自称为"天下第一美女"的爹的焦桐，每日工作完毕后，坐在晚饭桌上，一定要告诉大家他的女儿是多么的美丽，这种心情在那一群人中大概只有我了解，尤其是当你必须远离你的孩子，更尤其你又身在一个周围都是无家可归、有家也归不得的孩子们的国家扎伊尔，我们更会分外思念自己的孩儿，更会为这些街童们感到痛心，也不断地深思这个世界到底发生了什么事？

《远离非洲》那部电影里，女主角在离开非洲之前，请她的非洲仆人把手套脱掉。在今日的东非肯亚，依然可以感觉到英国当年遗留下来的殖民传统。如果你到肯亚山或 MASA MARA 去旅行，必然会进入那一望无边的草原里去寻找各式各样的动物，狮子、老虎、花豹、犀牛、长颈鹿、狐狸、大象……那里是它们的家，人类则是坐在汽车里不可以下来的另一种动物。每一部车辆总有一位非洲土人，手上抓着一枝长枪，他是我们的仆人，当我们请旅馆准备午饭盒时，旅馆拒绝为这位仆人预备，除非我们自己喜欢多带食物，到时候吃剩的可以给他。不知为何，这件事令我耿耿于怀许久。非洲土人手上的那对白手套好像永远不能脱下来似的，他们卑微地活着，与天与地还有与他们平等的野兽一起生活。上天赐予我什么，我就应拥有什么。第一次我到非洲，被这一种宽大和简朴深深感动了。但是第二次在离肯亚不远的边境瓦佳（Wajen），我看到一句令我惊心的字句：God's Wish is not men's Wish。（上帝的希望不是人们的希望）。是什么让非洲人这么愤怒？是什么令他们如此绝望呢？

　　干旱！长年来的天灾，土地上不再生产，动物和人不断死去。同时，妇女不论是因宗教原因，或恐惧自己孩子的死亡率太高，在无正式教育的情况下一个接一个地生育，食物不足、营养不良，引起了各式各样的疾病。这两年来难民营中所见过的孩子，几乎没有一个是身上没有带病的，这种恶性循环就如雪球般的越滚越大，相信我们国家的孩子还没有听说过舔鼻涕来解渴吧！孩子，孩子们是最无辜的，在每一双大眼睛里都是不安和疑问：为什么我要生下来？为什么要生在这里？为什么我的肚子永远是空的？为什么我们永远都在逃亡？我们能用什么去回答他们呢？"是因为你不幸！"但为什么我那么不幸呢？我比其他人种笨吗？我比他们懒惰吗？如果都不是，那为什么？

1992年，不是美国大肆宣传了老美英雄式的驻军拯救索马里，可能不会有人知道这个地方。新闻片中瘦骨如柴的人们在天灾、内战中挣扎地活着，每次看到数十个孩子抢那一盒布满了苍蝇的饭，他们的尖叫声随着那跌落到泥泞地上的饭盒而转成哭声，嘴里依然嚼着一点点粮食才是他们明天生存下去的希望，我一次一次地怀疑这个世界上有这么悲惨的地方吗？直到自己走入了索马里的难民营才知道这是事实。多少孩子都在死亡的边缘，多少孤儿蹲在雨水下发愣，一位本地的救援工作人员说：这是一个没有希望的世界，无怪乎"拜多"这个城又叫做"死亡城"，任何一个愿意在这里住上多过一天的人都是勇敢的。从92年到94年，索马里整个局势并没有好转，当我们与展望会正在扎伊尔访问时，得知在拜多的展望会总部被炸，其中一位外国工作人员重伤被送走。

　　我从一些身在最前线的外国救援工作者身上深深地体会到爱心是没有国界、种族、肤色和私心的，我学习到不再用怜悯的施舍的态度，而用同等的心去互助。这几年来台湾和香港的公益活动越来越多，我衷心不愿意看到这些活动成为秀场的竞争、数目字的比赛，每一年"饥饿年"这个活动对我是意义重大的，任何一位实际参与的朋友都可以略微感受到远在非洲的难民的苦，或许是十分之一的苦吧。

　　今年许多父母带了七、八岁的孩子来参加，更有教育作用；让他们知道这个世界很大，而我们人虽然渺小，但我们心却可大到伸展到世界上任何一个角落。

　　哥本哈根有一个大型的人口钟，数字板每隔1秒跳动1次，它显示着每分钟有47名婴儿在贫苦的环境中出生，1995年3月

6日,全世界的领袖陆续聚集在丹麦哥本哈根,展开有史以来最大规模高峰会,负起艰巨任务,要求等待援手者做更多事,甚至比富裕国家还多。联合国秘书长加利一再强调:"没有和平,万事皆变得不可能,不得发展,社会变得没有将来。"但每天报纸一打开,各处的战争消息不断,种族的纠纷,经济发达的国家在金融波动之下,通货膨胀、失业率增高引起更多的社会隐患。

在我们这个表面太平的社会里,父母绝舍不得孩子去吃苦,所以这一代的家长成为赚钱的机器,而下一代就养成为金钱的奴隶。在第三世界里,人民穷于生存,我们的世界里,穷于精神。

从扎伊尔回来不久,又看到卢旺达的战乱,联合国工作人员在带领孩子们逃亡时全部被杀,外国救援的粮食根本无法运进去。我立刻想起在 Lumbumbachi 的夜晚,那些被军人追着四处窜逃的游童,坐在地上啃泥巴的婴儿,那是一个我无法理解的世界。但展望会某一处的黑人会长讲了一番话:"不是我们非洲人要把这些内战问题归罪于外国人,但你们要知道非洲有油矿、钻石矿,有太多令外国垂涎的东西,而非洲国家政府的不健全就是最好被他人利用的弱点。你们有没有想过,这些叛军的武器是谁卖给他们的呢?政治游戏是最肮脏的事,受苦难的就是不值钱的人民的性命,这一点倒是全世界共通。"

焦桐写扎伊尔的散文,让大家和第三世界的中非又彼此多了一些认识。也提醒我们一个国家若没有稳定的政治局面就无法谈发展。种族、省份的分裂将会苦了老百姓,而最无辜的当然就是这些孩子们。

我常常告诉朋友,这一生最令我怀念的旅游就是第一次到东非去玩,去接触大地,但接下来两次再去非洲,仍是毕生难忘,心情却是完全相反。每一次离开非洲，那里的工作人员总是再三的"谢谢"，而我却带着惶恐的心回到非洲。我不知道在歌舞升平的环境里，人们听得见远在非洲的求助吗？

我已经相当厌烦听到有人问：

"为什么要救援非洲的人？那里的一切关我什么事？"

我只祈求千万不要有一天，当我们必须向外发出救援的讯息时，别人会这么说：

"台湾在哪里啊？那里关我们什么事啊？"

张艾嘉

1995 年 3 月

在世界的边缘

1

禁止吸烟的指示灯熄灭时，后座即飘来一阵烟味，侵袭我受到感染的上呼吸道，引起防御性的咳嗽。

三天前患了流行性感冒，扁桃腺发炎，流鼻水。担心不能注射黄热病疫苗，打电话问庄裕安，他说不要紧，只要不发烧就可以打预防针。

由于目的地是黄热病、疟疾疫区，出发前要先到"卫生署"检疫所注射预防针。黄热病疫苗药剂一次是五人的分量，药剂开封之后不能久存，每次最好能约好五人同时来注射，大家平均分摊疫苗费用比较经济。我第一次耳闻这种病名，查数据知道，黄热病的传染媒介是埃及斑蚊，主要症状包括：发烧、背痛、恶心、呕吐、黄疸、出血。

我从小害怕打针，总觉得走进注射室是生命的大冒险。如今拿着那本预防接种的黄皮证书，和九天份的预防疟疾药走出检疫所，几乎升起一种骄傲感，仿佛要去极为险恶的地方探险。

从"卫生署"带回一本旅游健康手册，内容包括离台旅游的保健常识、世界各地主要传染病的认识和预防。我以为这本小手册应该放在机场大厅，供大家出门时随手取阅；或放置海关检查证件处，减少海关冰冷的形象。此举不但可以提供大家海外旅游时参考，也可显现相关部门祝福大家"快快乐乐出门，平平安安回家"的一番心意。

我几乎是带着兴奋和预期返台吹牛的心情出发的。在飞往约翰内斯堡的南非航空班机上，历史、地理常识浇灌着想象，臆测这段完全陌生的旅程。我想象海明威的杀伐旅（Safari），欧美上流社会充满阳刚的休闲活动，枪声，皮毛，权力，动物头像标本……联合国比较各国经济、政治的发展指数，排名最后的 40 个国家，有 32 国在非洲。我大概知道，非洲是全世界最穷苦的地方，也是全球平均年龄最轻、人口繁殖速度最快、儿童死亡率最高的地方。尤其是萨哈拉沙漠以南的二十几个新国家，除了人口出生率特别高，平均寿命、国民所得、识字率都低得离谱。

然则这究竟是一段什么样的旅途？本来"台湾世界展望会"安排的行程包括南非、扎伊尔、安哥拉、赞比亚，行前会议时得知，两位"世界展望会"的工作人员刚死于安哥拉的动乱，乃临时取消安哥拉的行程。

我正前往的是什么样的大陆？——独立旷野的豹。迎面冲撞的野牛群。巨象。犀牛。遨游的长颈鹿。奔跑的羚羊，斑马……咖啡豆……执猎物拍照的白人。蛮荒。野地。土庐茅屋。头上顶着杂物的黑女人，沉重的耳环拉长了的耳垂。赤脚手拿长矛的祖鲁战士，遭电殛般鬈曲的短发。光着身木然望着镜头的黑小孩，诉说着营养不良的肿胀的肚皮……

以前我看过好莱坞电影《远离非洲》（*Out of Africa*），梅莉·史翠普和劳勃·瑞福在电影中的恋情，滑翔机，使我印象中的非洲增添浪漫情怀，和一种明亮的色泽。

我曾经在电视上看过非洲饥民的报导，也在报纸、杂志上看过那种皮包骨的照片。似乎在非洲大陆上，豹、狮这样的猛兽活得远比人有尊严。

我努力搜索记忆。

空服员自厨房推出餐车,在走道上忙碌起来,"晚餐吃什么呢?先生。鱼?鸡?或牛肉?"

因为"台湾世界展望会"会长张翘林先生的关系,这趟路程得以从经济舱升格为商务舱。我放下椅背,升起踏垫,让身体以最舒服的角度斜躺着,再拿出南非女作家娜汀·葛蒂玛的小说《我儿子的故事》,准备对付长途飞行。舒适的旅程,使我更加放纵了想象。

我想到小牛,一个未曾谋面的女孩,当她还在"清华大学"念书,即只身到过许多第三世界国家,前几天,我还在读她写的《关怀何必曾相识》。这本书记录她苦行僧式的东非之旅。她在偶然的机会被一张非洲难民的照片所震撼,即发愿去东非看难民。她和孙观汉教授两人,凭恃的只是关怀,从出发前的四处碰壁,到路途上的危疑险巇,不像我享受豪华商务舱;他们所踏出的每一步都是自己节衣缩食而来,不像我出差,旅费、生活费可以报销。小牛说:去非洲的目的是为了看难民,但给她最大冲击的却不是难民,是那些自各地前来服务难民的人,他们牺牲奉献的精神。我敬佩她"横冲直撞"式的难民访问,感动她的人道胸怀,和实践力。

从台北飞纽约需18个小时,从台北飞约翰内斯堡要16个小时。地理上,美国比非洲远;然则思维观念里,非洲却远甚于美洲。原来距离的观念不仅存在着空间的阻隔,也存在着认识的差距。

空气中的尼古丁密度似乎逐渐升高,我感到喉咙又疼痛起来，再吞下一颗阿司匹林。

夜深了，机上的人多半已睡着。我最羡慕天赋睡眠能力强的人，想睡觉的时候，不管躺着、坐着、蹲着还是歪着，只要闭上眼睛，立刻发出均匀的鼾声。我睡不着，频频向空服员要开水喝。

我是带着什么心情踏上旅途呢？我的兴奋难道不是因为即将赴非洲采访，而是因为这一趟旅程结束时所累积的事功？我不认为自己具备人溺己溺，人饥己饥的人道胸怀。难道我的兴奋也是一种准备吹牛式的报导？将四天的行程夸张成六天，将观光饭店的住宿条件渲染成三餐不继的窒息生活。我知道太多犯规的报导，任意将资料加油添醋，将游览化妆成探险。难道我期待目睹赈灾宣传常用的照片中那种惨无人状的景况？期待耳闻千万难民求救的呼喊？我恐怕是带着偏见和优越感出发的。

万一我踏上的土地没有预期中的哀鸿遍野，看到的非洲难民竟不似印象中的形容枯槁、骨瘦如柴，会不会因此而略感失望？飞行了这么遥远的路程，我所盼望目睹的莫非是在生死边界挣扎求生的难民，回来报导给大家知道，并呼吁实际的捐款行动。

我想起1985年那首蜚声世界的流行歌《我们就是这世界》("We are the World")，45位当代第一流的美国红歌星齐聚录音室，为非洲难民合唱："我们就是这世界，我们就是那些儿童……"这首歌令人动容，也使我对歌星一直存在着敬意。

那么多人在努力，那么多人在关怀苦难的黑暗大陆。我究竟是带着什么意识形态出发？我去这块陌生的大陆干什么？培养奉献的心理？或使命感？我为什么去难民营？同情心喂不饱他们，我自然明白，重要的是传达他们的声音，恳请善心人的捐款。我忽然发现了自己的形秽。我的自惭形秽是意识到某种刻意培养起来的使命感和关怀，被正义化、道德化以后，将逐渐失去了反省能力。

飞机在新加坡短暂停留。"展望会"的"饥饿大使"张艾嘉登机时已凌晨1点多。她也感冒了，似乎比我严重些，上呼吸道疼痛。我分她吃时报员工诊所杨医师开的药。

后座有一位台湾商人，知道张艾嘉在机上，先是走过来自我介绍，随即打开话匣子，我很服气这种人，脑筋随便转了转，就是滔滔不绝的话题。我没听清楚他讲什么，依稀仿佛是说他在台北办了一份杂志，说南非现阶段通货膨胀，做生意前途大好云云。我其实很同情公众人物，病歪歪地，还得强打精神赔笑脸。我将毛毯拉高，疲乏地合上眼。

我被镁光灯的闪光惊醒。原来刚才那杂志社老板把老婆、小孩安置在张艾嘉旁拍照，使用一台"傻瓜相机"，努力按快门；接着自己也坐在她旁边，换老婆替他拍合照。我真希望能沉沉睡着。

随手翻阅些数据，读到非洲人民的生活水平在倒退，其中有一些令人心惊的消息：目前非洲的粮食产量比1970年少了20%，但人口却增加了一倍。非洲只有37%地区有清洁的饮水；每位医生必须照顾2.45万人；有些国家的文盲率高达80%；全球一半的难民是非洲人，他们若非躲避战火，就是浪迹荒凉的大地寻找食物。

4点多，无论如何再也不能闭目养神。窗下是广阔的印度洋，日出，把印度洋染得血红。我抬头看屏幕上的飞行数据，距新加坡8667公里。

对即将抵达的黑色大陆，我的想象是如此放纵，如果现实情况抵触了不免虚假的想象，我是否会很失望？

也许应该将意识形态归零了。我知道，这架飞机正载我飞入另一个时区。

2

天未全亮，朱瑞园先生就等在机场接机，为我们打点，快速通关。

南非是非洲的火车头，是黑色大陆经济重生的希望，第一世界寄望南非废除种族隔离政策后，带动邻国的政治稳定和经济发展。这是巨变中的南非，距4月26日至28日的首次多种族大选只剩三个月。

来到距机场4公里的Town Lodge，这间高速公路旁的市郊小旅馆令人升起公路电影的那种漂泊感，像《巴黎·德州》、《小小偷的春天》里的场景。办好住房登记，大家站在餐厅旁等车去拜访当地的"世界展望会"，但约好的汽车迟迟不来。这天显然没安排早餐，很渴很饿，喉咙又隐隐作痛，只好厚着脸皮跟旅馆经理要了一杯橘子汁。

在非洲，计划好的事情似乎常会变卦。本来只打算1月27日在约翰内斯堡停留一宿，翌日即转往扎伊尔、赞比亚两国；由于夏巴航空公司临时延迟了飞机航班一天，我们的行程遂被迫更改：取消赞比亚的探访，南非多留一天。

在Town Lodge等车，遇到一个正在用早餐的木材商，那是一个中年男子，大约四十几岁，170公分左右，略胖，衣着讲究，剪裁得体的西装，质料高尚的时髦领带，唇上蓄着细心保养修饰的小胡子，表情充满自信。他正坐在餐桌旁和人谈话，抬头看见我们，遂停止用餐，走过来打招呼。

他是一位事业有成的木材商，离开台湾后，定居香港，目前在扎伊尔和赞比亚接壤的地方拥有近三百平方公里的原始森林，里面的木材全是桃花心木，是目前世界上所存最广最珍贵的原始桃花心木森林。我奇怪他如何可以砍伐那些珍贵的原始桃花心木林？

"靠关系嘛。"他神秘地笑了笑，脸部肌肉牵动上唇维修得很精致的小胡子，"Mobutu身边的首席将领是我的合伙人。"

我不知道他讲的合伙人是否就是扎伊尔总统莫卜途（Mobutu Sese Seko）新任的陆军参谋长孟加？

我们将行李塞在旅馆储藏室就出发了。下午要去看前两年捐助过的学校，我劝张艾嘉别参加这行程了，赶紧找个医生开药，顺便帮我也带点药回来。

陪同前往戈奎利威学校（Orange Farm City Qoqizizwe School）的黑人是服务于展望会的本地人，她穿着一件洋装，总是紧锁着眉头，一路上指指点点，告诉我这片洁净整齐的地方是白人住宅区，那片较差的是印度人村落，远处是黄种人的农场……说南非社会分成五等人，地位最卑微的自然就是他们黑人。我想起刚才在市区建筑物的墙上看到的涂鸦："我们不杀人，除非种族隔离。"

然则这一切就快要过去了。黑人即将当家作主，这个被白人统治了三百多年的国家，现在正掀起方言热，尤其是企业界和金融界，白人忽然热衷于学习祖鲁族语。

这所学校建于南非黑人戈奎利威贫民窟内。过去两年,"台湾世界展望会"共捐款 13.5 万美元,协助兴建这所学校,提供贫困的黑人儿童就学机会。对贫民窟的人来讲,教育真的是一种奢侈,和父母的挣扎求生不相干的奢侈。

贫民窟里,一群少年追逐着踢一粒似棒球的小球。5 岁到 8 岁的小学童到草地上集合表演唱歌,老师不时纠正他们的队伍,叫他看镜头。他们也许还未有自尊,但他们已经学会了感谢。除草机似乎刚除过,这片草地显得多么平整。一只非洲八哥在草地上觅食。

忽然飘起一阵雨,我们都收藏好相机,免得淋湿;学童们还在唱歌,一首又一首的赞美歌。

大家坐在教室内喝下午茶,学校安排中年级生来表演。阳光穿透铁皮屋的小窗户,照进黑暗的教室。他们踩脚、作扛锄头状,身体扭动时,完全属于黑色的韵律,节奏分明、动人,类似劳动耕作之歌。我忽然很希望那些曾经慷慨解囊资助受难国的台湾人,此刻也坐在这里,体验帮助与被帮助的友谊。

我们俨然是天边来的大人物,慈眉善目地微笑;像出巡的元首那样挥手答礼。一个奇形怪状打扮的胖女人出现了,另一个女人拿着扫帚在空中挥动跳舞,她一边唱歌,跳舞,一边发出粗野的呐喊,指挥所有人高声喧哗。所有人都兴奋极了,儿童们又蹦又跳,快速踩脚。黑人似乎天生特别有韵律细胞,再胖的女人跳舞也好看。造访这个村落,真是荣耀。纪德 1925 年旅行刚果,曾有这样的记述:"我们发现了三个破敝的小村庄。见到的全是妇女。同其他地方一样,男人都去割橡胶了。几个头人很远就来迎接我们,带来了三面锣,由一个残废老头和几个儿童敲着。离多昆加不远了,来迎接的也是妇女和孩子,他们高声呼喊、唱歌,拼命扭摆。最疯狂起劲的是最老的女人。成年的妇女手舞足蹈,样子古怪,显得吃力。所有的女人都拿着棕榈叶或巨大的树枝,有的为我们扇风,有的为我们清扫前面的道路。"

离开贫民窟之前,到处逛逛。村落里多是残破不堪的铁皮屋,四壁糊着旧报纸,奇怪里面烤得要命,苍蝇还到处乱飞。我随便走进一家,墙壁是烫的,不到5坪的空间住了11人,两张床紧靠着灶炉。一个生病的幼童,腹部膨胀,刚刚冒出两颗门牙,哭得好伤心呀。哄抱着幼童的年轻妈妈因为没钱延医,说着说着自己也哭了。

"明年再来看就不一样了。"学校的老师说一切都刚起步,都在改善之中。

公路沿线,连绵着村庄和农作物。不时可以看到一座座金黄色的山丘,十分壮观,那是当年挖金矿所倾倒的废土。当年纪德搭船沿着刚果河上溯,每天好整以暇地采集标本;如今我在高速公路上奔驰,放牧的草原,玉米田,点缀其间的巨树,高压电塔……转瞬都已不见。

向日葵,梵谷笔下的那种向日葵。在烈阳下,从眼前连接到天边,极广极远,以一种极具野性的壮阔摇撼视觉神经。可惜汽车开得太快了,120公里的时速,不到3分钟就开过了那片向日葵原野,我不免气得心里暗骂。

入夜以后,旅馆的卫兵荷枪在门口站岗。张艾嘉看过医生,带回来三大包药,拿在手上十分沉重,我觉得那分量足够一连的兵力吃。

3

我们站在旅馆大厅等车。陈景涛先生路过约翰内斯堡,特地来访,表示关心。

"扎伊尔南部的夏巴省和中部的卡赛省,爆发严重的种族仇恨,难民和街头游童,非常非常多。""陈代表"说,目前扎伊尔情势混乱,政局动荡,经济崩溃,虽然刚刚发行新货币,很多地方却拒绝使用这种新货币,所以用钱也很麻烦。加上黑人办事不牢靠,此行将十分辛苦,到处都会遇到困难。"30公里的路程,很可能要走上四五个小时。"

张翘林会长告诉他,"世界展望会"是一个国际性的救援组织,此行有该组织关照,不会有问题。而且,团员约好要去拜会南非世界展望会,希望将来有机会再多聊。

我很喜欢这位"外交官",他的外表有点像诗人张错,诚恳、和善的待人接物态度,冷静的头脑,应该是台湾中坚代的"外交"人才吧。

"除了疟疾、黄热病,那个地区还流行昏睡病,目前还没有疫苗可以预防。"他表示要赶当天下午3点10分的飞机回台北,遗憾不能陪大家走一趟扎伊尔;并叮嘱我们一路上千万要小心。"医疗条件很差,最好能在南非多准备一点药带着。"

昏睡病?纪德当年游历刚果时,曾经提到舌蝇甚多,导致昏睡病流行。这种苍蝇体形大,不平行的翅羽如剪刀的两片刀刃重叠,舌蝇的吸血力特别强,一般的厚布都能刺透。

更早的1914年,史怀哲初屡加彭行医时,即说这是自古以来存在赤道非洲的现象,他的行医见闻《原始森林的边缘》一书，记载过这种病发作时简直像瘟疫，往往夺走 1/3 居民的生命，例如乌干达地区原本 30 万人，6 年间就减少了 10 万人；欧格威河上游，一个有 2000 人口的部落，因为流行昏睡病，三年后人口仅剩 500 人。

罹患这种病症，刚开始是不规则的发烧，不知不觉陷入半昏睡状态，严重时会出现头痛，夹带失眠症，和精神病。有些患者刚得昏睡病就痛苦得想自杀，有些患者因此丧失记忆。

朱瑞园送来一箱矿泉水，一箱泡面，供我们在旅途上食用。

其实我对拜会国际世界展望会各地的分支机构殊乏兴趣，宁愿坐下来，喝杯咖啡，希望多了解这个各方面都一塌糊涂的国家，以及艰困的工作。

4

从约翰内斯堡到卢本巴希（Lubumbashi）航程两小时，每周只有一个班次。在黑人国家搭机，必须提早两个多小时赶到机场办理登记，否则航空公司看人太少，随时可能取消航班。

搭乘过夏巴航空，就比较能够忍受中国民航。两小时的航程，8 点起飞，9 点 20 分才送早餐。这架飞机显然很老旧了，全机的阅读灯故障，偶尔会闪电般闪烁一下，随即又陷入黑暗。

"其实这趟行程是难得的机会，如果不是扎伊尔世界展望会帮助办签证、接飞机，自己不容易来。台湾很多人想自费跟我们来都不行。"邻座的张会长大概觉得我有点不知好歹，闲聊中提醒我要珍惜这趟行程。

张艾嘉带着一本澳洲出版的非洲导游，这本厚达 1300 多页的书分章介绍非洲 54 国，其中关于扎伊尔的第一段这样写："非洲的亚马逊，这个广袤的国家是探险家的梦想原型。扎伊尔覆盖着无垠的雨林，巨大的河流，山脉，火山和丰富的野生动物。它有世界上最恐怖的运输系统。总之，每一件事都是真正的冒险。"

世界最恐怖的运输系统？我再拉紧安全带，有点后悔出门前没有多保点意外险。幸亏飞机安全降落了。

卢本巴希国际机场有一支军容壮盛的仪队，下飞机的时候，鼓号齐响，穿红衣红裙的少女，大幅度扭动腰身。盛大的欢迎阵式令人吃惊。

停机坪上停了一辆豪华奔驰车。原来仪队不是欢迎我们的，是夏巴航空买的这架二手飞机首航典礼，夏巴省长来到机场迎接这架飞机的首航。

机场大厦窄小，破旧，天花板一看即知是下雨就漏水的那种。不知这里的飞航恐不恐怖？空中交通肯定是十分稀疏。一张简陋的木桌，是唯一的海关通道。工作人员在旅客面前，将托运的行李一件件丢上那条半人工的输送带。那些行李在托运的过程，肯定不曾受过善待，我看见旅客围站在行李领取区，错愕地，望着自己扭曲变形的皮箱。

菜市场般的机场，拥挤着喧哗的人群，猎眼的人，盯视着输送带上的行李。张会长叮嘱：看到自己的托运行李，立即提取，否则会被人拿走。

出口处似乎有争端。两个小孩抢着替外国人拿皮箱吵起架来。

扎伊尔世界展望会的人在为我们办理签证和通关，效率并不如预期快，原来世界展望会的人坚持不行贿，怕一旦行贿，将来凡事必须靠钱才能办事。这是一个腐败不堪的国家，收受红包的情况严重。若收不到贿款,邮差会拒绝送信,电信局会切断电话线路,病人则进不了医院……

扎伊尔大部分是盆地,平均海拔400公尺,境内多湖泽,河流纵横,国土大致位于北纬4度至南纬4度之间,为纯赤道气候区,全年气温在摄氏20°以上,平均温度为摄氏27°,温热多雨。每年分两季,11月至5月为雨季,气候湿热;6月至10月为干季,气候温和。非洲导游书上这样记载。

卢本巴希是夏巴省首府,1966年以前叫伊莉萨白维尔(Elisabethville),位居卡丹加(Katanga)高原南方,1908年比利时当局开始设厂炼铜,目前是全国最大的矿业中心,也是扎伊尔南部的运输枢纽,素有"扎伊尔铜都"之称。这是非洲潜在最富庶的国家,如今,官僚体系却使我见识到这国家的贫困和危险。数百万的饥民紧急需要活命的食物,遮风避雨的地方,衣服,医疗和生计。经济崩溃和政府结构,使老百姓痛苦不堪。可怕的是,日益炽烈的种族仇恨。

5

扎伊尔的朋友安排住进喜来登旅馆,有点喜出望外。

这是卢本巴希绝无仅有的观光饭店,在一座水库的旁边,腹地广大,外观和四周的风景一样幽美,有现代造型的主体建筑,也有当地特色的茅亭,户外游泳池,花园,起伏有致的小山丘。办理住房登记时不免窃喜,住这种旅馆哪里像是在工作,分明是在风景胜地度假。

没有观光客。柜台侍者闲散地坐着聊天,墙上挂着元首莫卜途的彩色照片,大厅里没有其他客人,游泳池、咖啡厅、停车场、餐厅、四周的凉椅也空无一人。一只巨大的鹳独脚立在湖畔的枯树上，动也不动。

没有声音。除了房间里不晓得什么机器发出的马达声。拉开窗帘，可以俯瞰周围的景致，群鸟在湖中的小岛上栖息，一只牛背鹭在草坪上散步。天地如图画般安静。

旅馆是五星级的收费，单人房每天110美元。住宿条件却远不如外表体面，没有空调，没有饮水，自然也没有客房服务，空气中沉着一股闷热的臭味，又因为怕被埃及斑蚊叮咬，不敢开窗。它的昂贵，不在于服务质量，在于提供安全的住宿。

安全，在扎伊尔是昂贵的。动乱中的首都金沙萨，这样的旅馆住宿费是每天280美元。

我对这个国家略有印象。1992年12月，莫卜途强制发行面额500万扎伊尔币的新钞，并以这种实际币值不足2美元的新钞发给军饷，更由于老百姓普遍抵制新钞，引发军人不满，加上被莫卜途罢黜的总理提许赛凯帝（Etience Tshisekedi）煽火，1993年2月，终于点燃金沙萨的军人暴动，一百多人被杀，许多外国人被劫掠，甚至有比利时修女遭到强暴。经过莫卜途私人的精锐部队强力镇压，格杀近千名叛军，局势才逐渐平息。权力斗争快斗烂了这个国家。

政争，种族冲突，和经济崩溃，使数百万人民面临灾厄。扎伊尔1992年的通货膨胀率是3200%；1993年的通货膨胀率，估计是8500%，这种超级通货膨胀，目前以每周85%到100%的速率在成长，再大面额的钞票全都是废纸。以我在旅馆的用餐经验来讲，第一天晚餐的鸡肉饭是550元新扎伊尔币，翌日中午已经涨到950元一客。幸亏带着台湾泡面，否则肚子饿的时候就开始心惊胆颤。

20年前，扎伊尔币犹是世界上的强硬货币，1块钱扎伊尔币可兑换2块钱美金。扎伊尔的朋友说，在安哥拉，1块钱美金可以买到140加仑汽油，2块钱可以买到一瓶矿泉水；在喜来登旅馆里，11美元才可以买到一瓶矿泉水。我来的第一天中午，为了俭省，在餐厅没敢点别的饮料，不料却喝到有生以来最昂贵的水。算一算，那天中餐，我等于是一口气喝掉1540加仑的汽油。

来到扎伊尔，我只想赶紧离开。

有急促的敲门声，我匆忙走出浴室，看见四个陌生人。他们表明是海关官员，特来检查相机。我出示跟小妹借来的那部Cannon相机，看他们在表格上仔细登记。

我的那瓶矿泉水喝光了。很渴，向邻室的涂进安借来电汤匙烧了一锅，上面飘浮着一层杂垢。窗外的树木都站立不动，没有风。如果天花板上的通气孔能够吹送出一点冷气，对我来讲，住这间旅馆就算幸福了。

房间里有一台黑白小电视，大部分时间没有节目，我所看过的节目，不是军人就是政客在某种集会场合致词，视讯极差。电视，自然是这个国家机器控制人民的工具。

下午，大家坐在茅亭旁和扎伊尔世界展望会会长卡瓦塔（Kawata）聊天，由于这位独臂会长的一生充满传奇，华视的李赐兰和《联合报》的梁玉芳立即进行采访。

一位英国妇人走了过来，很有教养地跟大家打招呼，她似乎经过长途跋涉，脸上不知是风霜，还是人事的悲戚？她打开手里卷握着的地图，指示卢本巴希北边的马诺诺（Manono），说她刚离开那里，"要离开那村庄得走两哩才会有车子经过"。英国妇人坐下来就滔滔不绝地谈在马诺诺所目睹的惨境，音调略带恐惧，说她从事救援工作三十年，不曾见过如此惨绝人寰的炼狱，"死光了，都死光了。"她的叙述令人心悸动容。

周末晚上采访街头游童回来，大家疲倦地坐在餐厅用餐，喝茶。有一组乐队在游泳池畔的凉亭下演奏，弹唱，很忧伤的曲子，带着惑人的热带风情。

重读纪德《刚果之行》，书里记载他当年溯扎伊尔河旅行时，"棕榈树和香蕉树非常繁茂，远远超过其他各地，另外还有许多菠萝和高大的海芋（一种根茎可食的植物）。到处是一派繁荣富裕的景象。……有时候，清风徐来，那么清新，那么柔和，大家感到吸进肺腑的空气都是幸福之风。"

这个美丽富庶的国家，不管自然景色、经济发展应该都是人间天堂；可是，数百万老百姓却在饿死边缘挣扎。

扎伊尔的富庶，和贫困一样，令我难以置信。

扎伊尔的土地大约是台湾的65倍，人口只比台湾多出1500万。国土几乎涵盖在扎伊尔河流域内，气候温湿，土质肥沃，其实很适合农作。矿产更自豪，素有"中非宝石"之称，尤其是铜、工业用钻石和钴、锗，钻石产量占全世界的90%，钴的蕴藏量占世界的60%……这一切丰饶的条件，人民却连最基本的粮食都无法自给自足。

"农耕队是重要利器，尤其是对非洲国家，"曾经参加农耕队的徐仁修说，"台湾应该派农耕队来救急。"

其实台湾自1966年8月起就派遣农耕队来此，从事水稻、玉米、棉花、甘蔗的种植示范和推广工作，并设立糖厂，尤其是恩赛莱（Nsere）的总统农场，收成惊人。除了农耕队的成就，台湾也为扎伊尔兴建一座菠萝加工厂和制罐厂。此外，当年也征调了南投的黄姓医师和高雄的张姓医师到金沙萨，悬壶济世。

　　这几天总是失眠。蚊子在床上逡巡。仿佛有歌声，遥远地，在梦与醒之间反复地唱，在嘈杂的马达声中。我起来看表，深夜12点半，赤道的温度令人挥汗如雨，我不敢开窗，室内的蚊子已经很可观了，却没有嗡嗡声，我全身涂了防蚊药膏还是无效。我知道这一夜再也不可能睡觉了。

　　蟑螂在地毯上爬来爬去，我起身拉开窗帘，窗帘没拉开，窗帘架却忽然断裂。我拨开故障的窗帘张望，乐队果然还在游泳池畔演唱，对着空空荡荡的天地。

　　周日晚餐，我不敢再点鸡肉饭，改点现烤的 pizza，饼烤得很硬，很厚，奇咸无比，里面都是汤汁，很像是泡在什锦汤里的一块窝窝头。我想跟饼里的馅料有关。馅料非常特别，包括各种罐头沙丁鱼、海底鸡、肉丸、番茄、五花肉、辣椒酱……

　　游泳池畔的乐队又开始唱歌，不外乎一些忧郁的蓝调，美国乡村歌曲，台湾在70年代流行过的歌。大家喝着茶，听歌，一首又一首，被他们的流行歌带回自己的少年时代。又是一首熟悉的流行歌。没错，就是80年代那一首"We Are The World"——

　　　　总有一天我们会聆听到一种呼唤，
　　　　全世界必须团结一致；
　　　　有些人奄奄一息，
　　　　是向生命伸出援手的时候了，
　　　　这才是最伟大的礼物。

我们不能每天自我欺骗,
一些人或一些地方就会变好了,
我们都是上天的子女,
归根结底,你可知道,
我们不能没有爱。

(合唱)
我们就是这世界,我们就是那些儿童,
我们就是那些把日子变得好一点的人,
让我们开始给予,
因为这是我们自己的选择,
救人也是自救,
真的,你我之间,
我们会把日子变得好一点。
把你的关心传递给他们,
让他们知道有些人确实关怀,
而他们将会生活得更坚强和无牵无挂,
就像神把石头变成面包给我们看那样,
我们大家一定要伸出援手。
(重复合唱)

当你心情沮丧,万念俱灰,
只要坚信我们绝不会倒下来,
让我们坚信只要我们团结,

这世界一定会改变过来。

（重复合唱）

——张错/译

1月31日清晨，下着雨。

在卢本巴希，雨旱季分明，97%的降水集中在11月至翌年4月。现在正是雨季。

清晨6点集合，准备前往东卡赛省的姆布吉马伊看已经归乡的难民。大家提着随身行李来到大厅，或站或立，闲聊等消息。扎伊尔世界展望会的朋友帮我们奔走，办理卡赛签证。

张艾嘉满脸尴尬地下楼来。原来她的腕表有两种时间，一种是夏巴时间，一种是香港时间；两个时区相差六小时。昨天深夜12点，她突然醒来，一看腕表，不得了，6点！正是集合出发的时间，她匆忙洗把脸就提着行李冲下楼，东张西望，大厅空无一人，几个值班的侍者怀疑地望着她，不晓得发生什么事？张艾嘉疲倦地等待片刻，见无人下楼，打电话质问张会长。

"不是讲好6点吗？"

"他们办VISA一定不会太顺利，6点大概到不了。"张会长被电话吵醒，一时也弄不清楚，以为张艾嘉是在跟他讨论签证的问题。

这是一个分裂中的国家，夏巴、卡赛两省不和，可能两省的政府都对我们采取戒备和猜忌。卡赛省固然不欢迎来自夏巴省的人，夏巴当局知道我们此行是去援助卡赛难民，办理签证肯定会多所保留。即使去了卡赛，卡赛当局恐会怀疑来者是给予夏巴什么好处，才得到方便。

等候两个半小时，终于没有等到签证。临时改变行程到医院采访艾滋病。8点30分，各人提行李回房间，随即出发。

6

夏巴省是扎伊尔东南部行政区，也是非洲工矿业最发达的地区，当地土语"夏巴"是"铜"的意思。闻名于世的夏巴铜带自东南向西北贯穿境内，宽80至100公里，长300多公里，可采的储量有2200万吨，矿石含铜一般高达4%—6%，还伴生有铅、锌、锡、镉、金、银、锗、铌、钽等多种金属。20世纪初，卢本巴希开始了炼铜企业，二次世界大战后，以卢本巴希、利卡希、科卢韦齐为中心，迅速形成工矿区。

这是一个黄铜打造的国度。1930年，世界性经济萧条之后的几年，扎伊尔经济出现异常的景气，靠的正是上天赋予的铜矿。然则这个黄铜之邦正面临一场极其恐怖的灾难，使她急速向地狱下坠。

卢本巴希颇具规模的仙都畏医院（Sendwe Hospital）其实相当简陋，连进出的大门窗玻璃也残破不堪，好似自从殖民时代结束后，即不曾再维修过。

整个上午多在医院听取AIDS简报，简直是在上课。这年头鲜有人不曾耳闻AIDS，后天免疫缺乏症候群，"艾滋病"，世纪疫疠。1987年，台湾发现三个AIDS病例。1994年4月底，"行政院卫生署"统计，台湾HIV（艾滋病毒带原者）的个案迄今已累积到611人，其中121人已发病。教育的普及，使大家多知道如何防范。

困倦逐渐加深，我尴尬地掩饰呵欠，勉力聆听扎伊尔的艾滋病流行概况，随手作点笔记，觉得没有什么新闻价值，好像也没有记录价值。猛然又发现那些呆呆的数据中，暗藏着令人心悸的消息。

WHO（世界卫生组织）估计：目前全世界约有1400万人感染了病毒，其中250万人已罹患艾滋病。感染者有一半分布于撒哈拉以南的非洲地区；而250万病患中，71％分布在非洲。

非洲是艾滋病蔓延最严重的地区，同时也是发源地。1960年代，联合国号召不少海地青年到刚独立的扎伊尔工作，他们由当地的妓女感染到艾滋病毒。1970年代，AIDS自海地传染开来。

在非洲，艾滋病和贫穷、性泛滥、医疗设施缺乏、战争、女性地位低落等等因素恶性循环。

非洲人不见得免疫力较低。许多流行病可以抑制人体的免疫机能，使AIDS病毒活性化，导致病情迅速恶化，形成AIDS蔓延的辅助因素；另一方面，罹患艾滋病的免疫力缺乏，又使流行病猖獗。

普遍存在着的区域性传染病，如寄生虫病、性病、营养不良，使艾滋病的临床表现更为复杂，防治工作更加艰难。

世界卫生组织强调，AIDS在非洲有两种特殊表现——SYMBOL 172 \f "Monotype Sorts"，全身疲倦，几乎每个患者都会发生，这种厉害的全身疲倦与怠惰难以区别，是特殊的临床表征。SYMBOL 173 \f "Monotype Sorts"，没有痰的持续性干咳，而且胸部X光未见任何阴影。

在非洲，因贫血、住血吸虫症、镰状细胞贫血等病患多，血液的需求量本来就很大；再加上常见的营养不良与热带病，容易引起孕妇生产时大量出血。雪上加霜的是缺乏全面筛检血液的经费，造成毒血泛滥。

非洲居民迷信注射，感冒也要求注射，而塑料针筒不易获得，针筒共享的情形十分普遍，如果再加上针筒消毒不良，后果堪忧。有些淋病患者曾因注射盘尼西林，感染艾滋。

饥荒贫穷，社会动乱，都是疾病的温床；加上像男性出外当矿工等人口迁移，更助长了性泛滥。贫女为了生存，最简便的办法是贩卖自己的肉体。我想起这几天晚上外出，总是看到旅馆外的空警卫亭躲着一个盛装少女，每当汽车通过，那阴影闪出来，向车内的男人招揽生意。

乌干达第一夫人木西维妮（Museveni）指责西方人根本改变了非洲人的风俗习惯，间接诱发了艾滋病。以前非洲新娘必须是处女，西方人带来的盘尼西林、避孕药，颠覆了他们的性观念。

艾滋病研究中心的梅格查尼医师（Dr Kambale Magzani）安排大家到附近的临床教学医院探访AIDS病患。

躺在铁床上的中年男子，是个药商，经常到处旅行作生意。医师解开他的衬衫纽扣，露出布满卡波西氏肉瘤的上半身，最小的规模也有鸽子蛋般大，尤其是那张脸，五官模糊得像麻风，几乎没有一寸完整的皮肤，连眼睛也长满卡波西氏肉瘤，瞎掉了。他知道有人来看望，虚弱地挥挥手跟访客打招呼，尴尬地表示很想如厕，却总是什么东西也排不出来，不明白自己罹患的是什么皮肤病，竟会这么严重？医师私下说，他的病情已到了末期，内脏已经溃烂，随时会死亡。

我的心情是复杂的。好奇多于同情。和AIDS末期患者这么近距离接触，举止不免犹豫，忐忑；却也意识到"机会"难得。

29

我通过观景窗看他，觉得完全是一种偷窥行为。

他完全暴露在访客的猎眼中，没有遮掩，没有尊严，如果他眼睛看得见身上的卡波西氏肉瘤，知道自己身罹可怕的绝症，才被那么多镜头参观打量着，还会礼貌地挥手跟访客打招呼吗？

幸亏他还不知道自己患了这种病，不必孤独地面对恐惧和死亡；他眼睛瞎了，不必面对生活中群体的厌憎，和四面八方的敌意。

我读汪其楣的《海洋心情》，比较能原谅自己面对艾滋病患的小心眼。书里提到即使专业医师，面对艾滋病患"穿着三层塑料防'毒'衣，戴面罩，站在5公尺远……""一群护理中竟无人敢去扶起跌倒在地上膝盖流血的患者，要直等到他的配偶来扶，等了半小时。"这些流传在病患和亲友间的笑话，看了令人鼻酸，自惭形秽。汪其楣说："恐惧大概也是一种病毒，会使得脑海中的景象更加蔓延、变形。——但或许还是有人是免疫的吧？"

据说这位药商是出外做生意时，被妓女感染的。许多扎伊尔人，由于无知，继续和复杂的伴侣从事不设防的性交往。而贫穷，使妓女明显地增加。一个22岁的妓女说："我要养两个孩子，男人肯付钱给我，有何不可？又没伤害任何人。"

尚未腐烂的果子，是还未成熟的果子。

"在AIDS流行的环境，嫖客们为了避免遭受感染，专挑年幼的少女，造成少女的高感染率。"梅格查尼说，世界各地的男性带原者通常比女性多，扎伊尔是特殊的例外。"夏巴省的娼妓有49％感染了艾滋病毒。"

虽然保险套便宜，大部分的药房又轻易买得到，扎伊尔的年轻人似乎愈来愈讨厌在性交时使用，他们面对危险的态度是安心，一种盲目的安心。"如果一个女孩看起来干净，为什么要用保险套？"一位24岁的大学生说。"没有一个男人穿上这种雨衣还能做爱。"

努力倡导使用保险套的医师沮丧地说，"女人要求男人戴上保险套是一种侮辱，因为这种要求好像暗示他遭受感染。"

每个保险套的售价不到1便士，现在却乏人问津，加上缺乏检测和医药管理，直接加快传染速率，当地的卫生机关证实感染艾滋病毒的人愈来愈普遍，虽然实际程度还不确定。

在扎伊尔，AIDS是社会病，也是家庭病，丈夫传染给妻子，妻子传染给小孩。妇孺面临极大的感染危机，事实上母子间的垂直感染情况严重。

穿紫色夹克的妇人坐在床上，腼腆地微笑，她目前在烟草公司工作，今年37岁，育有六个小孩。现在的症状是不停地腹泻，已经泻了六天。她一定很奇怪，区区拉肚子有什么好大惊小怪的？竟招引来这么多记者、照相机、ENG、16厘米摄影机，镁光灯闪个不停。梅格查尼说，这个离婚妇人不晓得是遭前夫传染，还是现任丈夫？但他怀疑，她的六个孩子都已经感染了艾滋病毒。

根据扎伊尔官方统计，全国有10％人口感染艾滋病毒；扎伊尔世界展望会的朋友却批评，这个数目是睁眼说瞎话，从各种抽样调查的数据分析，至少应该有30％左右的人口感染了艾滋病毒。其中25岁到35岁是高危险群。25岁以上的女性带原者是男性的2倍；15岁到20岁的年龄层中，女性是男性的4倍。

最近的调查显示，流行病正以惊人的速率在增加。有些医院的报告说，1993年，医院里有50%～60%的病人感染艾滋病毒，1994年已升至80%，也就是说，扎伊尔的医院内科病院里，躺着的病人大部分是艾滋病患。

局面似乎已经完全失控。科学家和医生害怕，这种趋势如果继续下去，扎伊尔的传染速率马上就会超越乌干达、卢安达和其他东非国家，遭受病毒最严重的打击，在千万人之间散播死亡，疾病，悲伤和恐惧。

"我们没有钱来筛检毒血，没有钱照顾病患。"梅格查尼医师说。是贫穷，使扎伊尔毒血泛滥，病患的家属也筹不出钱，为他们所爱的人买药。人人皆知，带钱才能进医院。长期处于饥饿状态，没有工作，甚至没有地方睡觉的人，很难去理会AIDS。穷人差堪告慰的是比富人死得快，他们初罹此疾，不管伤风或什么症状，多无力治疗，因此在还未饱受病痛折磨前就死去。许多扎伊尔人变得冷漠，危险地冷漠。

教学医院发给一本漫画《别让AIDS杀了妈咪》，这是一本用来教育民众预防感染艾滋的倡导小册，囿于经费，印量有限，我回台北后才想到应该将这本漫画还给医院，让它在最需要的地方流传更广。

特异的性观念如共妻制，和交换婴儿授乳，造成另一种感染途径。胎儿从母体感染到艾滋病毒，成为艾滋宝宝。目前全世界有两百万艾滋孤儿，其中的90%在非洲撒哈拉以南地区。

眼前这个穿条纹白衬衫、红背心的男孩，是阿姨带来门诊的，面容清秀，看起来像个小绅士，兀自低头玩木雕，忽然发现诊疗室闯进一群外国人，他和阿姨两个人神色都略显慌张，犹豫。

小绅士今年5岁半，是个艾滋孤儿，妈妈死于艾滋病，他生下来就被妈妈感染，现在发病了，全身冒出密密麻麻的黑斑。医生吩咐忧心的阿姨到门外等候，一边说明一边命男孩脱光衣服，站到椅子上，供大家观察、拍照。身上那些黑斑点似乎很痒，他一直用手去抓，羞涩地垂着头，等医生命他再穿上衣服。

跟许多非洲国家一样，1980年代初期，传染病罹患率节节升高，扎伊尔最先的反应是否认。直到1987年，官方才报告全国3500万人口的第一个艾滋病例。然后政府官员才接受外国科学家和公共卫生专家的研究，也才使许多眼光投注在这场世界性灾祸的震央。

扎伊尔本来拥有的设备和实验室，算是南非之外最好的，它持续训练优秀的科学家，加上稳定的外国经援，足以和传染病作战。

两件事逆转了扎伊尔对抗传染病的努力和成绩：长期的独裁统治者莫卜途总统继承了扎伊尔世代的混乱，还想在普遍的不满中掌权；动荡的政治使西方盟邦撤回经援，AIDS的预防和研究计划遂告瓦解。

"我一想到事情会这样继续下去就恨。我们回到十年前教育、防治工作的起点。"倪廉笔医师（Dr. Eugene Nzilambi）说，医务人员也因为缺乏经费，难以从事血液筛检工作。"唯一可以确定的是情况会更糟。"

搞不懂扎伊尔的领导人经常显现出对西方科学家、新闻记者，甚至教师的猜忌，糟蹋他们的研究热诚和辛劳。

1991年9月军人暴动之后，许多外国科学家和经营者纷纷逃离，传染病的研究计划陆续中止。1990年代初期，一个美国的国际发展机构在各项计划上雇用了将近70个美国人，和几百个扎伊尔人；计划中止之后，这里只剩下一个孤独的美国人，他的工作主要是变卖该机构的资产，并遣散雇用的扎伊尔人。

"我们完全破产了，一点钱也没有。"倪廉笔目前在金沙萨主持一项外国专家留下的研究计划，以免完全关门，而政府所提供的经费，即使用当地标准衡量也是极其微薄的，他自己每个月的薪水是5美元。

"我们一切计划都停摆了。"为我们作简报的梅格查尼医师说，他们这些艾滋病研究中心的医师，已经两年没领到薪水了。

7

箱型车停在浪松哥市场（Lunsonga Market），司机闵库图（Minkutu）锁好车门，下车找他们的老大交涉，希望得到访问的帮助。"千万不要打开车门，"闵库图下车前叮咛，"我没有交涉妥当前不能拍照。"

他很快消失在人潮里。不到半分钟，天色迅速暗下来。原来四面八方聚集了黑压压的人群。箱型车仿佛成了一座孤岛，被上百名黑人团团围住，被声音的浪席卷。有人爬上车顶，有人跳上引擎盖，每一扇窗每一个可能的空隙都贴满黑色的脸孔，表情充满好奇，哀求，示好。他们注视车内人的随身皮包，敲击车身、玻璃窗，伸手进来讨钱，讨食物，并试图打开车门。

我忽然觉得这车内的人像动物园里的囚犯。同伴忍不住拿出相机，立刻遭到警告。恐惧使声浪加巨。喧哗。嚣叫。"钱。钱。

钱。钱……"我感觉车身左右晃动。

虽然一直注视着车上的东西，邻座梁玉芳放在座椅上的帽子还是在鼓噪声中消失，不知何时，一只神出鬼没的黑手，猝然自窗缝伸进来取走了。我想起闵库图叫我们"要关紧车窗，免得被偷被抢"。来不及了，几只黑手横在车窗上，阻挡我关窗。

有人看法语讲不通，开始使用英语要钱；有人拍我的肩，问我叫什么名字。"我是 Jack Chen 的好朋友。"我见同样遭遇的张艾嘉露出十分勉强的笑容，把成龙搬出来当护身符，似乎赢得相当程度的敬意，乃努力装出一张很酷的脸，握紧拳头说："Bruce Lee。"对方了解地露齿笑了笑，还似乎不忘礼貌地，竖起大拇指，随即又伸手讨钱。虽然如此，我还是见识到李小龙的魅力，暗中决定将英文名字改成 Bruce。

闵库图回来了，我看见他略带惊慌的形容，"找不到人，咱们赶快回去，晚上再设法。"他发动引擎，咆哮着，叫引擎盖上的人下去。下去！

"滚回去！"

黑色的人潮里发现努力讨钱讨了半天，终于还是被拒绝，有人开始动怒，疲惫的眼神透露出恨意。"滚回去！"

街头游童（Street Kids）的存在，反映的是经济衰退、贫穷加剧、战争和环境灾难，他们饥饿、失学、失业，身上沾满灰尘，疾病缠身。市场、垃圾堆、街道都是他们的栖身之处。

在卢本巴希，有 2000 多个流离失所的街头游童，全扎伊尔超过 200 万个儿童流落街头，他们没有父母管教，生病、受伤也无人理会。情况较好的也许当擦鞋童，也许叫卖零食、杂货，或替人搬运东西；情况较差的只好到处行乞，卖春，翻捡垃圾来填肚子。

何以会有这么多街头游童？我们访问的个案里，有的来自破碎的家庭；有的出"艾滋孤儿"——双亲死于艾滋病；有的是种族仇恨的牺牲品……最普遍的是战争和贫穷。

战火烧出难计其数的孤儿。而贫穷，使饥饿的父母自保不足，遂遗弃孩子，让他们自生自灭。贫民窟的生活苦闷，许多父母藉酗酒、吸毒、打骂孩子来发泄悲郁；小孩因为饥饿，因为要逃避挨打，往往选择流落在不受束缚的街头，以拳头捍卫自己的童年。

街童也有犯罪组织，青年带着少年偷窃，抢劫，贩毒，诈骗……

"凶暴的背面，是孩子们的自卑。"卡瓦塔指着地图说他生长的地方，以左手做手势，陈述自己当街头游童的往事。或许是他自己曾经也流浪街头，对街童有更多的疼惜，他明白他们的悲哀和伤痕。"他们和一般孩子相同的是，都需要关怀，需要爱。"

独臂会长卡瓦塔总是穿着短袖西装，外形颇有江湖气概，是那种一眼即看得出具有优秀行政能力的领导人，在扎伊尔四天，我看他单手驾车，单手开可乐瓶盖，单手操作电子计算器……尤其是单手跟海关、士兵交涉时，更有"左手让你"的老大气势。

扎伊尔政府除了刻意阻挠媒体采访，完全无力解决问题，完全没有控制这些游童。统治街童世界的，是憎恨。

绝大部分街童都在饥寒、恐惧交迫中求生存。由于卖春，罹患艾滋病的比例高速攀升。为了忘记饥饿，吸食工业用强力胶，造成脑部及肾脏的损坏。他们为了糊口，不免危及治安，这群被社会遗弃的孩童，被视为社会垃圾，经常活在死亡的阴影下。我回来读资料知道，拉丁美洲和非洲的街童问题一般严重，许多高犯罪率的城市如墨西哥、圣保罗，商家结合退休警察组成狙杀队，以维持街道"清洁"为名，屠杀这些游童。

"我杀你，是因为你的未来没有希望。"一具童尸上挂着这样的牌子。

那小孩也许是太黑了，站在邮政局墙角的阴影下，竟无人察觉，当他试探性地靠近，敲车窗，我才猛然发现。他很瘦，看起来不到5岁，斜歪着头，低低的，似乎低到极其自卑的地步，睁着乞求的大眼睛，怯弱地用法语叫我，"先生，给我钱。"

扎伊尔世界展望会的维克多先生（Victor）叫他过去，偷偷塞给他一张纸钞，吩咐他藏好，别让大孩子看见。

这是夜晚的肯亚市场（Kenya Market），昏暗的灯下依稀可见黑影幢幢，扎伊尔世界展望会安排了30个街童接受采访。

30个街童被聚在仓库前的路上，两部箱型车、两部轿车分据四个方位，将街童围住，四部车打开远光灯，探照灯般，将街童集合之处聚成一个光区，我们遂站在强光区中进行采访，拍照，一一跟他们握手，看起来像极了一场游戏，一场交际盛会。我从观景窗看到他们兴奋的眼睛，笑开的白牙，跟镜头挥个不停的脏手，全身上下都是厚厚的污泥。

静下来了。张翘林致词，体面地表达台湾人民的关怀。就在张会长致词结束，出现一名手持乌兹冲锋枪的士兵，盛怒地冲过来，抢夺徐仁修的照相机；一名警察拿着石头驱逐坐在地上的街童。我在秩序大乱中和其他伙伴慌慌张张，先将手上的照相机藏在车上，所有的人都不知所措。卡瓦塔和维克多等人一起出面说项。那士兵仍未松手，坚持要没收相机，并强烈怀疑我们夜晚拍照的意图。几经交涉,士兵才坐卡瓦塔的车跟我们回旅馆。后来不知怎么摆平的,卡瓦塔又开车专程送他回去。

大家惊魂甫定,坐在餐厅安心吃晚餐,喝茶。徐仁修这才透露:他早就看到那士兵接近,为了让大家可以从容藏好自己的照相机,他故意一直闪着镁光灯吸引士兵。我忽然为刚才的胆怯自惭形秽。

"那时候他一直要把你的照相机扯下来,你什么感觉?"李赐兰问。

"其实是我的右手已经扣住他的穴道,他痛得不能松手。"

"他手上有一把乌兹冲锋枪,难道你不怕吗?"梁玉芳问。

"他来不及开枪的,"练过气功的徐仁修说。"我已经看准了,只要他轻举妄动,我手刀砍下去,他立刻昏倒。"

我一直感到不安。并非自卑未曾习得绝世武功,而是刚才,就在维克多发动引擎要载我们离开现场时,一个蓄胡子的中年白人走过来,质问我们,"是何方神圣?为何在这里招摇?"他显然很怒,但跟那个士兵不同,他带着的是一种被侵犯被羞辱的气忿。维克多也动怒了,口气不好地解释这是世界展望会在实行的一项计划,并反讥他又算老几?那白人咬牙叫我们滚远一点。

后来,直到返回台北的途中,我仿佛还一直听到那白人咬牙切齿,叫我滚开,滚远一点。

第二天黄昏,两部箱型车从市场载来了20个街童,就在扎伊尔世界展望会办公室宁静的庭园里接受采访。他们坐在草地上,好奇而略显兴奋地招手,露出友善的笑容,供人拍照、录像。

一个少年肩上托着破损的铝容器，看似我们平常家用的那种色拉油罐，里面装着半个塑料袋面粉，很宝贝的样子。是的，饥饿时，他用这面粉泡水生喝——这样的一顿很可能是他当天唯一的食物。

我从未这么近端详黑人。这些青少年的衣不蔽体，很像刚从垃圾堆里睡醒，分不清楚是皮肤还是污泥；他们四肢细瘦，肚皮肿大，应该是营养不良，其中好几个有明显的皮肤病变。

每个人依照指示，轮流举手报告自己的身世与年龄。他们似乎是习惯性地皱眉，睁着的大眼睛透露一种彪悍的神情。

涂进安、张达隆取出他们带来的牛奶糖，给街童们分食，啧啧之声不绝于耳。我面前的小孩急切地剥开包装纸，用黑色的手指将黄澄澄的牛奶糖送进嘴里，饥饿地咀嚼，才嚼了三两下就犹豫起来，可能发觉牛奶糖太小，不堪使劲咀嚼，立刻改成吸吮，舍不得地，用舌尖和牙龈慢慢舔，那甜蜜的滋味分明使他迫不及待地想吞咽，猛然又惊觉一吞下肚就化为乌有，口水就在吞与未吞之间徘徊，有时不小心溢出嘴角又赶紧吸了进去。脸上变化着贪婪、疼惜的形容。

扎伊尔世界展望会发给每人酬劳——新扎伊尔币 50 元，他们纷纷扬了扬手中的纸钞，摆起姿势面对 ENG 和 16 厘米摄影机镜头，然后藏不住欣喜地把那张纸钞卷了又卷，各自把卷成火柴棒般的纸钞，小心塞在上衣或裤子的夹缝里。

下雨了。雨滴落在街童污秽的身上，总留下清楚的泥痕。目送着他们又被两部箱型车载回市场，我希望他们尽量将钱藏得严实一点，免得被抢，被揍，甚至被杀。

那天下午去看比利时来的费彦神父（Feyen）。1961 年他来到卢本巴希，1970年利用从欧洲募来的款项设立了天主教寄宿学校，收容街头游童。目前收留了200个，其中的50个长期住在这里。

学校里的街童大部分是孤儿，多不知道自己的年龄。两个男童坐在长桌前接受访问。那个穿紫色恤衫的不爱讲话，静静地，把玩塑料玩具，他被父亲送来这里"念书"已经一年多了，却从此不见父亲的踪影。

另一个穿浅橙色上衣的，则被父母逐出家门。因为他的牙齿不是先长下排，而是上排的门牙先冒出来，巫师说孩童的牙齿若先长上排，是恶灵的化身。这两颗冒失的牙齿带来诅咒，害他被视为是不吉祥的鬼。

有一个19岁青年已经在此生活了七年，他的父亲战死，母亲远走赞比亚，不再回来。现在他习得不赖的木工手艺，准备当一个木匠，赚钱回馈学校，分担神父的辛劳。不管物质或精神，我相信，曾经得救的人，将来一定会乐于救人。

"夏巴人不谙农事，"费彦神父说。"铜价滑落之后，他们的经济就一路垮了下去。"

1974年，附近的农场设立了，神父教他们种植、饲养，教他们劳动。农场里的禽畜好像不少，鸽，羊，驴，牛，鸡都看得见；树下还有抽水帮浦，农舍旁堆置着各式农具。农舍充满动物粪便的气味，一种对未来充满期待的气味。散步玉米田，所有的玉米梗都笔直立正，大穗大穗的玉米正准备肥肥地长大。

这是世界展望会的农业援助工作，教他们种植耐旱、快速生长的作物，灌输他们卫生观念。目前在夏巴省的农场，已经帮助4000户家庭自给自足；在东卡赛省的目标是帮助2万人。

学校的一切条件自然是简陋、克难的，相对于街头，却是天壤之别。有幸在此生活的街童，简直可以听到天使的歌声。想念书的，可以坐在课堂里；不喜欢书本的，就接受职业训练。

费彦神父已经为街童奉献了三十余年，他做的不是救命的工作，是更困难的"发展"工作，有计划地训练他们学习技能谋生。他让孩子学习做木工，制作各种家具、手工艺品，绘画，雕塑……这些幸运的街童习得技能之后，长大在社会上赚钱，会回馈学校，拯救更多的街童。大家参观作品陈列室，每个人都选购了不少纪念品，我买了黑土捏塑的人偶和木雕，觉得是一次愉快的购物经验。

难怪孩子们的神情显得十分温和。寄宿学校有床，有被窝，有自己的储物柜；他们可以吃到热食，洗热水澡；可以在教室里玩益智游戏。几个稍大一点的少年在外面打乒乓球。

"再好的环境也不能代替他们的父母。"费彦神父叹气。

这里丝毫不见街头诡异的氛围，阳光似乎特别明亮，一群青少年在操场玩足球，攻守还颇见章法，人影随着吆喝和笑声快速移位，我站立木麻黄下片刻，便有下场踢球的冲动。关心足球的人知道，70年代，这个国家的足球队——豹队，犹是非洲冠军队，全国上下都疯狂地喜爱足球。

操场对面，有一处停顿的建筑工地，这是兴建中的教室。费彦神父打算增建新教室容纳更多街童，却因为外援终止而停摆。刚砌到一人高的墙角下，散置着几堆砖块。张翘林表示，台湾世界展望会愿意捐助3万美元，和费彦神父合作成立街童中途之家，提供300名街童食物、医疗、学费及书籍，有求学意愿者，协助其学费；没有求学意愿者，辅以职业训练，使他们重新过正常的社会生活。

费彦神父的牺牲奉献,是在为20世纪初以降的比利时殖民当局赎罪吗?尽管17世纪开始,刚果王室就热中用奴隶和象牙,来换取白人的枪械,衣物,和奢侈品,奴隶制度确实也曾提供了刚果权力基础所需的小财富。

尽管和欧洲人交易了几世纪,19世纪以前,欧洲强权还未渗透到内部。这个地方最有名的欧洲踏勘者李文斯东(Livingston),他的踏勘记录,启示了旧教和新教,急派数以千计的传教士到最黑暗的非洲,教化可怜愚昧的"野蛮人"信仰基督教。

如同世界上其他地方,拯救灵魂的热潮,恰好是经济剥削、殖民的序幕。非洲被搜刮矿产和适合生产钱财的土地,成为欧洲和北美发展工业经济的燃料。费彦神父的心灵可能背负着深沉的赎罪意识,他一定不会觉得自己是在行善,而只是一种赎罪行为。这就跟当年的史怀哲一样,将这样爱的事业当作人道责任,"即使我们在能力所及的范围内援助他们,也无法弥补我们所造成的血罪于万一……自然,各个国家也都得展开国家本身的赎罪援助。……在人道的课题上,责任的本质在于社会与个人。因此,光是靠国家的力量,是无法解决问题的。"史怀哲的话总是令我想起费彦神父,想起《教会》、《黑袍》这一类的电影,以及殖民时代背后的血泪故事,不忍卒读的故事。

8

我总是看到扎伊尔总统莫卜途的肖像,在机场,在旅馆,在医院……阴魂不散般,随处可见悬挂着的肖像。不可一世的厚嘴唇,肥胖的黑脸上架着眼镜,头顶经常戴着兽皮船形帽。那些照片多是阅兵场面，他或站立台上或站立豪华礼车上,.总之是站在高处，露出英明领袖的姿态，向低处的黎民挥手致意。

莫卜途的父亲是厨师，母亲是女佣，虽然出身寒微，却无损于现在享受民脂民膏的帝王生活。他创造了自己的神话，也创造了扎伊尔人民的梦魇。

1930年，莫卜途出生于扎伊尔北部的里色拉（Lisala），兄弟四人，他是老大，8岁丧父。中学毕业后留学比利时，在布鲁塞尔读了一年大学。1950年～1956年的七年间，服役于国家保安军。年轻的莫卜途爱好文学，曾以笔名Baney投稿报章杂志；随后转入新闻界，担任记者。1960年6月30日刚果独立时，莫卜途少年得志，深受第一任总理鲁姆巴（Patrice Lumumba）器重，以30岁之龄出任陆军参谋长。翌年，出任陆军总司令。

1965年11月24日，陆军总司令莫卜途中将第二次发动军事政变。夺得政权后，即视国家为个人采邑，盗取国家资产成为亿万富豪。除了在葡萄牙、瑞士、西班牙拥有庞大产业，在扎伊尔，有11座私人豪邸，我在报上看过其中一座的照片，叫"丛林凡尔赛宫"，他所住的那座豪华宫殿四周，几十栋呈放射状的建筑，是供幕僚和警卫使用的房舍。

我多次从外电读到莫卜途乖张的行径。为了派机接一位朋友，他随时可以取消航空公司的班机；为了布置官邸花园，派军机远赴南美载运鲜花、绵羊。他每次出游，要用公款雇整架飞机的拉拉队，来保证到处受欢迎。这使我想起金庸武侠小说里的神龙教主，出门总带着大队歌功颂德的徒众。

冷战时代，美、苏两大强权在非洲操盘，使许多国家出现军人独裁政权。美国不惜结合独裁政权，并提供巨额军经援助。扎伊尔位居非洲中部心脏地带，与刚果、中非、苏丹、乌干达、卢旺达、布隆迪、坦桑尼亚、赞比亚、安哥拉九个国家接壤，战略位置重要；莫卜途又对华盛顿忠心耿耿，他就像一把钥匙，启开美国在非洲的门户。此外，他提供军事基地给美国，帮忙收集情报，策动、援助反MPLA（安哥拉人民解放运动组织），高擎非洲反共产势力的大纛。

随着权力逐渐增强、集中，他逐渐依赖西方支持者——主要是美国、法国和比利时。

为了巩固权力，强化个人崇拜，莫卜途叫人到处张贴海报颂扬他的德行，俨然是完美的非洲导师。想明哲保身的人都谨慎地闭紧嘴巴。

嘴巴不可能永远闭紧。对他的地位最严峻的挑战之一，是1977年铜价直线滑落，几乎降至以前的半价，结果欠下30亿美元外债——当时是平均每人欠下全世界最高的债务。那一年，大约5000名FLNC（刚果民族解放阵线）游击队从安哥拉侵略夏巴省，直抵矿业重镇科卢韦齐（Kolwezi）。

一年后又发生同样的事。莫卜途的军队再度束手无策，必须依赖法国和比利时伞兵来敉平叛乱。两场战事制造了25万逃亡到安哥拉的难民。

莫卜途继续统治，动荡的经济、政治纠缠着他的政权。

对西方支持者来讲，莫卜途生平只做对了一件事：向西方靠拢。如今他是一个国际性的困窘，盟友共同的尴尬。美国在冷战时代后期首先抛弃了他，撤回大使，断绝紧急人道救济之外的援助，并转而支持他的宿敌提许赛凯帝。他现在已经完全失去了西方盟邦的支持。

莫卜途也曾企图让自己的政权比较受欢迎，可惜实行的计划多是些化妆品罢了。他的改革大概仅止于把洋地名改成非洲化的名字，像1971年更改国名刚果为扎伊尔；将南部的卡淡加（Katanga）易名为夏巴（Shaba）……其他地方则鲜有改革，例如他明明对流亡的异议分子发出"特赦"通告，却将他们逮捕，处决，或干脆在路途上加以刺杀。

当他知道妇女走上街头示威，就上电视告诉儿童："如果你的母亲参加示威活动，你应该殴打她、踢她。"

1971年4月15日～21日，莫卜途曾应邀来台"访问"，双方发表"联合公报"。我们高雄澄清湖畔的圆山饭店开业第一天，就用来招待他。

我重新翻阅这些歌功颂德的旧报纸，重新发现如何去解读台湾数十年来的媒体传播。

一个传播媒体塑造出的英明领袖，自然敷陈了不少传奇色彩，当年台湾的媒体就恭维他"不仅利民，而且亲民……常常到全国各地召集万人群众大会，由他亲自主持。他利用大会，使人民听到他亲切的声音……订制了一艘豪华医院船，沿着刚果河两岸行驶。让两岸的人民，可以上船就医。"云云，云云。

我猜想他曾经是满怀抱负和理想的。刚夺取政权时，莫卜途要求人民给他五年时间来恢复国家的政治安定和经济繁荣，未必是诳言。一年后，币制稳定，农业也有一定的发展。

然则权力究竟是人性最恐怖的腐蚀剂。

今年64岁的莫卜途，总是令我想起尤金·奥尼尔的独幕剧《琼斯皇帝》（*The Emperor Jones*）。那个美国黑人琼斯，干过卧车侍役的杀人犯，越狱后逃到小岛上哄骗土著，自立为皇，长期受到压迫、剥削的黑人决定推翻暴君。琼斯皇帝睡觉时，黑人们逃上山去，准备杀死他；琼斯皇帝明白自己的统治不会太久，也早已计划逃到海外。

这出戏最惊心动魄的是土著的鼓声，贯串全剧。琼斯离开皇宫，开始逃亡，他面前不断出现各种幻象，土人的鼓声如影随形，每当听到鼓声，就感到土人在背后追赶，逼近。愈逼愈近愈响愈密的鼓声，不停地追逐逃到丛林里的琼斯皇帝，叫他迷路，叫他的脸孔因恐惧而扭曲变形。鼓声，象征着造反的力量，加剧琼斯皇帝的惊疑和绝望。

我猜想莫卜途一定也听到那鼓声。造反的鼓声，愈逼愈近愈响愈密。

当数百万黎民苍生辗转沟壑，名列世界富豪的莫卜途却还挥金如土。其实自他上台，以美国为首的西方盟邦每年都提供巨额经援，可惜这些银两全进了他瑞士银行的账户里。其实他一定明白，自己早就被人民唾弃了。现在还能勉强控制局势，主要是掌握了一支全国最精锐的部队，他用这支在以色列受训的总统特勤师来镇压异己，并对蜂起的哗变大开杀戒。

现在，莫卜途为了防范可能的攻击，大部分时间都住在北部的巴杜莱宫，不然就躲藏于刚果河上一艘游艇里，随时可以逃亡海外。

> 我的政府是一张捕蝇纸，
> 上面铺满鼻涕黄的黏剂。
> 招引仇恨的谣言，
> 招引挣扎的哭声，

>　　招引腐尸的气味，
>
>　　招引饥饿的黑影。

　　造神运动既然行不通，造鬼运动就势在必行。

　　这个混世魔王和所有野心家一样，深谙权力游戏的手段，他一定明白，在所有促成团结的工具中，仇恨最容易运用。老百姓可以不相信一个英明的领袖，却绝不会漠视一个魔鬼。为了转移人民对他普遍的不满，他的办法不是敦品励行，而是为乌狗般的老百姓寻找值得诅咒的新敌人——他技巧地转移群众的愤怒目标，挑起夏巴省人和卡赛省人的冲突。

　　远在比属刚果时代，比利时殖民当局为补充矿工之不足，从扎伊尔中部的卡赛省引进劳工，到南部的夏巴省开矿。赤手空拳的异乡人勤奋工作，在夏巴省落地生根也已经两三代了。这些外省第二代、第三代不管在经济、教育或社会地位，一般多凌驾本地人。

　　爱不能凝聚的共识，集体的仇恨往往可以做得到。

　　本来还很模糊的嫉妒和憎恨，迅速被引爆了。谣言，仇恨的谣言触动愤怒的扳机。种族冲突使老百姓变成军队，夏巴、卡赛两省开始武装斗争。

　　"驱逐外省人！"

　　"卡赛人滚回去！"

　　一项大规模的种族肃清运动（ethnic‐cleansing campaign）立即制造了数十万无家可归的难民。

9

"我们没有政府！"扎伊尔的朋友说，"我们的政府不做事。"

数十万被迫离开夏巴的卡赛人，遭军队驱逐到卢本巴希西北方的利卡希（Likasi）等火车，他们分别集中在九个卫生条件差到骇人的难民收容所。收容所里每天总会有一些人饿死。

世界展望会所安排的行程相当紧凑，作完晨祷即枵腹出发。天刚亮，阴霾的天空终于落下阵雨，我们驱车疾行，往利卡希的这条雨路，正是卡赛人跋涉的归乡路。两小时后抵达一所充当难民营的学校。

超过4万户家庭塞进这所学校里，等火车回卡赛。但火车总也不来。

卡赛省位于夏巴省的西北方。从利卡希到东卡赛省的姆苇内迪图（Mweni Ditu），有1000多公里长的火车线，每班列车大约可以运送2000人返乡，每张火车票票价在12至15美元之谱。大多数的家庭当然付不起车资。

目前他们形同夏巴的人质，不能离开工作现场，不能寻求援助。虽然有铁轨通往卡赛，但火车总是杳无踪影。

他们在这难民营等火车返乡已经等了一年半。新的难民陆续涌入，早已超出这个收容所胃纳的十倍，超重的负荷，加上愈来愈短缺的食物和医疗，平均每天有四个儿童死亡。死亡的儿童就草草葬在学校的空地下。空地上是一群乞食的儿童，他们的肚皮多因营养不良而肿胀，肚脐突起如异物，据说是土法接生的结果。侥幸火车终于来了。这条1000多公里的返乡路，其实很可能是一条极其悲惨的黄泉路。被驱逐出境的卡赛人没有得到政府的任何资助，没有医药，没有食物，估计每班列车有40个人要死在路途上。加上火车可以为任何理由在任何地方停靠，一停靠，也许就是一个多月，自然更升高死亡率。

为访客作简报的是一间会议室，简报室十分克难，仅有的几张桌椅都很破旧，窗玻璃没有一扇是完整的，有些窗干脆用草席遮风。难民营的领导人系着一条皱折的深蓝色领带，黑白小方格的西装上郑重地别了一朵小红花，他看起来有点木讷，简单致了几句欢迎辞，就请大家随意看看。

难民营的领导人向一群聚集的同胞说明访客的目的，他们的面容都很愁苦，仰着脸表达意见，仿佛努力在诉说什么，恳求什么。他们总让我想起等待离开埃及的以色列人。

"最好在一个小时之内结束访问，离开难民营。"展望会的朋友再三提醒访客不要太招摇，要抓紧时间，免得遭夏巴军警误会是在"野心煽动"，给自己也给难民营管理委员会添麻烦。

难民营的儿童很兴奋，许多小鬼一路跟着我。背着弟弟妹妹的，比手画脚崇拜中国功夫的，头上顶着东西的，不停伸手讨钱的……他们或轻或重，腹部多肿胀着，明显是营养不良。他们也许是出自于热情也许是误会，一见我举起照相机，几个少女再三指着我胸前挂着的照相机表示要拍照，每次我按下快门，她们就报以欢呼。一部小相机如此受到欢迎，难怪肩上扛着ENG的葛传富，和扛着16厘米摄影机的张达隆屁股后面总是跟着一大票人。

一个襁褓中的婴儿躺在地面一张尼龙布缝制的床垫上。这是我在此地目睹最舒适的床了。床旁是堆置锅碗瓢盆的临时厨房，床头是一个大尼龙袋的东西，可能是家具或薪柴。我估计，将那席对折的尼龙床摊开来,这家人拥有的空间也不足3坪。

小婴儿的邻居见我在调焦距,连忙抱来另一个襁褓中的婴孩,放在床垫上要求合照。这两个婴孩显然受到家长不错的照顾,看起来还未感染皮肤病,也没有营养不良常见的症状。

开始参观我才理解,一座腹地不大的学校,如何容纳四万户人家。

我进入一间又一间肮脏而阴暗的教室,焦黑、破损的天花板、墙壁,很难令人跟"居住"联想在一起。所有的窗户都用篾席、砖块代替玻璃来遮风避雨。

难民营毫无照明设备,日光又似乎不太肯光临教室,白天恍如黑夜,有些地方几乎得摸索行进,角落里的黑人,竟像消失了,在手电筒的光圈下才偶然出现,这天地,前途般黯澹。

每间教室都随便以草席、破烂的塑料布分隔了近20户人家,潮湿、窒闷的空气中有一股挥之不去的异味,好像是人气、腐败的食物、尿酸、粪便在高温中蒸发出来的气味。一个男孩端坐炒菜锅里洗澡,旁边的地上堆置着帆布、棉被、火炉、煤炭、厨具、食物……显然这些人家生火煮食、盥洗、排泄、睡眠都在这间小教室里,难怪疟疾、肺炎、痢疾流行。

教室的容量自然是不够的。对难民来讲,一张草席、竹篾或塑料布就是一个隔间,不但每一间教室每一道走廊都塞满了人,校园里的任何一块空地也都搭起简陋的帐篷、茅屋。

帐篷与帐篷之间的泥泞地上,有人摆摊子贩卖油炸、脱水食物,和煤炭,有的人则把货物顶在头上成为流动摊贩,一路叫卖,俨然形成小市集。看起来这些被逐的卡赛人,生活态度是要比夏巴人积极。

一个老人，一个骨瘦如柴的老人，木然坐在塑料布床上，他的家刚好位于这间教室的讲台，老人的头顶上是黑板，和勉强分辨得出来的板擦；他的脚溃烂，好像是患了什么厉害的热带性溃疡。相对于身体的其他部位，那双脚显得硕大，尤其是脚掌，一种长年在大地上辛劳跋涉、挣扎求生存的那种扩张，扭曲的大脚掌。

他简短地回答了几个问题，蚊蚋般的声音不知喃喃说了些什么，只看见他以右手姆指和食指作数钞票状，向趋近垂询的访客讨钱。

黑女人喜欢把鬈发一根根拉直，再用细线缠绕，结成一条条细小的冲天辫，整个头可以结成数十条小辫子，分成数十个小块，星罗棋布。

她可能是难民营最注重仪容的女人了，坐在帐篷门前的板凳上，对着左掌心的小镜子梳理鬈发，见我拿起相机，露出喜悦的白牙。我还未调好焦距，许多邻居围过来要合照，都一一被她给叱退，然后收敛笑容，矜持地，摆出梳发的姿势看着镜头。

我不晓得她多大年纪？也没有问她名字，只是礼貌地笑了笑，非洲黑人的年纪很难从外貌判断，他们的身体通常早熟，早衰，就像难民营外那一排火焰木，火红的花苞开得极其艳丽，却因为组织松弛，很快就会凋谢。

大部分男人不见了。家计和一般劳动工作似乎由女人负责，路上看到头上顶着东西的，清一色是女人。她们总是空着双手，无论大小物件，全稳重地顶在头上，举重若轻地跋涉远路。

难民里不乏以前的地方政府官员、教师、警察、商人和各种专业人员，多是中产阶级，他们在一夕间失去了一切。

"那一天晚上我和家人坐在客厅看电视，突然冲进一群人说：'你们是卡赛人，滚出夏巴！滚回你们卡赛去！'"一位知识分子谈起被扫地出门，仍忍不住愤慨。以前他们还算是小康家庭，一夜间变成赤贫如洗；现在，他们全家人挤在一顶帐篷里。

目前只有少数国际救援组织对他们伸出援手。看着这些被掠夺的外省人，外貌似乎比夏巴人温和。我猜想，他们极可能会变成激进分子。新贫民比旧贫民更容易激动，因为突然降临的贫困，和记忆犹新的丰裕生活都像烈焰，在脉管里燃烧。他们随时会为一句口号去拼命。

摩西率领以色列人离开埃及，尚有神力相助，对未来有一个想起来都会微笑的憧憬。被驱逐返乡的卡赛人，没有摩西领导，没有神庇佑，没有憧憬；只有更悲惨的未来。

10

飞往姆布吉马伊的这架夏巴航空班机，外形像波音727型，登机前知道，这是一架货机，机腹除了一辆小卡车，更堆满各种货物，气味杂陈。机舱阴黯，无窗，无座位，自然也不可能有什么安全带一类的装置。进了机舱，必须侧身在货物与货物的间隙小心通过，各自在黑暗中寻找容身的位置。

情景仿佛在逃难。

整个机舱如同储满战斗物资的防空洞，黑黑地，一时不太能看明白周围是什么人或什么东西。有人打开手电筒，我数了数，扣掉驾驶舱里的飞行员，这架飞机共载了17名乘客。飞机动了一下，终于开始在跑道上滑行。我抓紧捆绑货物的麻绳，在轰然的引擎声中，偶尔听见不甚清楚的赤道英语。

机舱这 17 个乘客像极了偷渡客，分别把自己塞在坐起来堪称稳定的角落，最舒适的大概是坐在小卡车驾驶座上那两个黑人。我坐在一堆货物上面，头部距离天花板还有半公尺。这堆东西不晓得是什么？发出一股奇异的味道，上面印着一排英文："易腐品，散置阴凉处，小心保存。"猜想是救难用的玉米粉。

机舱的颠簸，不免使我想起以前当兵在屏东受空投训练时，搭 C119 的经验。这种古老的运输机为了方便空投，作业前即先行拆除机尾舱门，阿兵哥当然没有座位，飞机起降只好靠自己的双手抓牢拉环站稳。起飞时，目睹脚下的大洞渐离地面渐远，听着轰轰咆哮的引擎，不到 20 分钟就会晕机。

这架货机不会比 C119 高尚多少，它显然没什么空调装置，随着高度爬升，温度迅速下降，我看到身旁的张艾嘉抖索，只好把自己的薄外套给她穿。我虽然脂肪层比较厚，暂时无虞寒冷，然而窝在狭仄的角落，长久维持一种坐姿，双脚无处伸展，不免觉得脚酸腿麻、反胃，刚被抗生素压下来的上呼吸道感染又出现不适，鼻水流了下来。

张艾嘉已经是第二次来非洲看难民了，她说上次到索马里，见孩子抓起一球黑黑的东西往嘴巴送，黏附在上面的苍蝇飞走，原来不是黑色的食物，是一粒去皮的白色的梨。我听了觉得她是去了一趟地狱。

所幸航程只有一小时。气温迅速上升，我知道，飞机开始下降。我和张艾嘉比较接近机门，飞机停稳后，我们率先摸索着要穿过货物与机身间的空隙。机长使用听不懂的法语急促叫嚷，好像是命我们退后，退后！退后！机舱突然弹开了，就在张艾嘉和我左肩依靠的机身，巨大的舱门以我们都来不及反应的速度向上弹开，白茫茫的日光轰然泻进。幸亏那时我们的重心刚好倾向右边的货物，否则随着舱门的弹开，肯定会摔落地面。原来我们站立之处，恰巧是卸货的舱门，我看见张艾嘉花容失色，知道自己的脸色也看在别人眼里。

被驱逐出夏巴省的卡赛流民，陆续已有50万人回到卡赛省。1993年十月起，国际世界展望会在东卡赛省设立难民营，散布食物，救援部分难民。

救援工作大体集中在两座难民营：一个靠近姆布吉马伊（Mbuji-Mayi）的巴夏拉（Bashala）难民营。另一个姆韦内迪图附近的四个村庄。纪录中的受益人数目是这样的——巴夏拉，1.064万人；姆韦内迪图，1.2183万人。国际世界展望会的食物分布，多集中在乡村。目的是诱导拥挤的都市人口，热衷于乡下的经济生产，促使他们在农业上自力更生。

然则救援工作面临的是严重的食物匮乏。两地的难民营加起来，仅能收容已返乡难民总数的1/25。

无家可归的人陆续涌入。

我们被安排去见东卡赛省副省长。站在副省长家的院子里等待接见，为了避免触怒当地政府，听说这种安排有其必要。等了16分钟，获准进入会客室，副省长一一跟访客握手，他握手的方式是伸出手指让你轻握，那手指跟脸的笑容不同，连面具式的表情和语言都省略了，五根手指只是礼貌性地伸出，和访客的手接触时并不会弯曲，也不会稍稍使力，完全没有传达任何语意。

嘴巴自然是要张开的。他讲法语，由当地世界展望会的朋友译成英语。副省长边致欢迎词边用右手遮住右膝盖的西装裤补丁，他表示这是第一次看见台湾人，可见爱是没有距离的，爱心是全人类最崇高的精神，并说这里的人会记得来自台湾的关怀……简短的欢迎词之后，由张翘林会长致答谢词，然后再一一握手如仪，告别。

往巴夏拉难民营的路，泥土严重流失，也可能是土质过于松散，经常陷塌。路面坑坑洞洞，有的深坑达两三公尺，俨然峡谷，汽车必须很小心地蛇行。女人的头上多顶着东西来来往往。这片土地破烂的程度，已经不堪居住、行走。

在巴夏拉难民营，放眼望去尽是茅屋，数百个茅屋聚成一个大部落，里面住着返抵故乡较久的难民，他们好像已经在此落户。国际救难组织正在旁边的空地发放粮食。

更远的丘陵地上，是数十个蓝色帆布搭建的巨型帐篷，在旷野上排开。帐篷不少，也看得见活动的人；然则除了几个帐篷旁种植了几行青菜，周遭的环境仿佛史前时期的荒原。

几个孩童被大人抓到空地上洗涤下半身，使用很节约用水的办法。那些孩童大概太久没清洗了，不情愿地哇哇哭叫。

另一种哭声吸引了我。站在帐篷门口，一阵热浪带着浓烈的臭味，和令人心悸的呻吟、哀嚎迎面扑来。我终于还是鼓起勇气走了进去。

帐篷内部，木头为椽，虽有通风设计，里面仍闷热难堪。靠门口处，梳冲天辫的女医师拿着听诊器，为排队的患者诊治，她显得很忙碌，并未理会我们这群外国人进来所引起的骚动。

黑暗的帐篷里面堆满了难民，大部分躺着，不是在睡觉就是在喂食，宛如在等待什么。他们都很瘦，满身尘土，形容憔悴，似乎没什么力气站起来活动，一个个看起来像幽灵。被饥饿囚禁的幽灵。

几个国际救援组织在这里成立喂养中心。喂养中心的孩子不一定有名字,左手腕上却都戴着一个手表般的号码牌,每一个号码都代表一个生命,喂养中心记录有他们的喂养、存活情况,和健康的变化。

穿桃红色上衣的妇人左手抱着襁褓中的婴儿哺乳,右手以汤匙喂两个较大的孩子吃流质食物。大概母乳缺乏,怀中的婴儿嘴里吸吮奶头,睁大眼睛眈视兄长们进食,不甘愿地吐出奶头,哇哇大哭,妇人赶紧喂他一汤匙,补充母乳的不足,随即又把乳头塞进他的小嘴。我不曾见过如此干瘪的乳房,失水地松垂着,上面密布着皱纹,我猜想那乳头恐怕像橡皮奶嘴,里面并无奶汁。婴儿双颊翕合,继续困难地用力吸吮,他明显不满意分配的一份,又睁大眼睛虎视两个兄长的进食,就在他吐掉奶头,准备放声嚎哭时,妈妈的右手已经及时送来一汤匙黄色汁液。

编号第 67 号的男孩侧卧在竹篾上睡着了。他和很多人一样罹患皮肤病,上身穿着一件浅绿色条纹衬衫,脚着一双黑胶鞋,赤裸的下身可见睾丸有部分脱皮溃疡,成群的苍蝇、虱子在溃脓的皮肤上爬行。我以为我走进地狱了。

那些皮包骨看起来竟似一具具枯骨;那些呻吟,分明是怨鬼哭号。情景和敦煌变文描写目连救母,来到阿鼻地狱相仿佛:

> 绕生饿鬼道,
> 受罪何时了。
> 行似破车声,
> 卧如槁木倒。
> 遍身烟焰生,

口黑如烟道。
一日之中百度烧，
长年受苦何时了，
……

地狱似乎永远不乏空间，来容纳更多苦难的灵魂。《一千零一夜》讲的地狱分为 7 层，层与层之间相距 1000 年的里程。其中刑罚最简易的是第 1 层，里面有"1000 架火山，每架火山下有 7 万个火谷，每个火谷中有 7 万座火城，每座火城中有 7 万幢火堡，每幢火堡中有 7 万所火屋，每所火屋中有 7 万张火床，每张火床有 7 万种刑罚"。规模之庞大，可见一斑。

然而一切苦难最可怕的，是永恒的苦难。地狱之所以痛苦和恐怖，是因为他们要挣扎着"活"下去吧，每一分钟的延续，都是一分钟的折磨。我曾经饱受牙疼之苦，牙疼不是剧疼，而是不间断的，缓慢的一种疼痛，似乎可以忍受，却是难忍的煎熬。即使轻微如牙疼，如果这样轻微而永无止境似地蔓延下去，不是疼一小时，或半天；是永远疼下去，不增一分，也不减一分，恐怕已经接近地狱的苦难。

痛苦远比死亡更恐怖。数百人堆积的帐篷里面，走道两旁所见的人，脸上不乏瘢痕，和皮肤溃烂，非常难看。他们似乎受尽烈火和寒冰的折磨，眼睛像燃烧的煤球的饿鬼。他们的性命不会比台北街头的一条癞皮狗更有价值。

暴躁的日头，带着火的獠牙。

蒸腾不散的燠热是病菌滋生的温床，在这通风不良的帐篷里好像什么传染病都有，就是没有医药，使本来轻易可以克服的疾病到处蔓延。

昨天才刚抵达难民营的那对双胞胎兄妹,今年才1岁,奄奄一息地靠在祖母的怀里,似乎已经没有力气呻吟。老祖母不停地拭泪,诉说他们在利卡西搭火车,抵达姆韦内迪图,然后步行了100多公里,来到这里。小兄妹的母亲死于旅途中,三个兄弟也都相继死于饥荒引起的疾病。

这对小兄妹患的是什么厉害的皮肤病呢?尤其是妹妹,全身大大小小的溃疡;那张皮,松弛地垂挂在骨架上,像一块破布;清楚的肋骨底下,是严重营养不良而肿胀如瓮的肚皮,尖凸如芒果的肚脐,状其恐怖。已经腐烂了的小手指沾着紫药水。幼稚的脸上透露忧郁的创伤,似乎已饱尝岁月的风霜。

访客们分别抱起了小兄妹,用手为他们挥赶脸上的苍蝇。他们那么轻,甚至没有我乡下岳母养的一只鸡重。

小兄妹又被轻轻放回地上,连姿势都没有变化,不晓得能否救活?苍蝇飞来飞去,停满脸上及身上的伤口,他们的大眼睛不会没看见,却完全没有挥赶的力气。

> 如今我还剩下的只有眼泪,悄然
> 滴落干渴的大地
> 化作大地的血管
> 我们一起用眼泪浇灌这块高原
> 期待它快快变成玉米田
> 期待枯干的奶头再渗出奶水

不知是谁带头唱起了歌?躺着的人全都坐起来,站立起来,拍手打节奏，对着我们，对着摄影机反复地唱"我们为健康祈祷"，歌词只有几句，单调的声调愈来愈响，变成一种令人动容的呐喊，"我们需要医药，我们需要食物，请救救我们。"歌声悲怆。

我感到鼻酸，晕眩，忽然觉得帐篷里这条狭窄的走道其实是奈何桥，桥两旁是哀求的怨鬼，折磨生者的肉眼。我在想，假如有因果循环，前世要作什么孽，今生才会坠此饥馑贫病的深渊？

这是惩罚和苦难之所，它的存在，是地表的耻辱。阿拉伯《古兰经》里记述不义的罪犯，在地狱不但要享受铁鞭的抽打，内脏和皮肤将被沸水溶化，还要"垫火褥"，"盖火被"，如果干渴求救，解渴的便是烧灼颜面的沥青。雪莱笔下的地狱，则是一座很像伦敦的城市，一座人口稠密、烟雾弥漫的城市，各种人都无事可做。而我毋需援引，只要回想此地的难民营，便轻易可以描摹地狱的意象。

我走过窒闷、恶臭的帐篷，两旁有那么多几乎是回天乏术的病患，那么多哀求的声音："我们需要医药，我们需要食物。"

  我又在饥饿中醒来，
  睁亮习惯悲愁的黑眼珠
  环视四周，蓝色的帐篷囚禁
  饥馑的幽灵，乌云压迫
  史前期的旷野。
  亲爱的祖母
  眼泪不能冲淡的痛苦，
  会有暴雨路过

把一生冲走。

我睁亮习惯悲愁的黑眼珠,
还是找不到安全的梦境,找不到
妈妈干瘪的乳头。
我没有食物
肚子却肿胀如瓮;
我没有衣服,
幸亏皮肤溃疡像一块破布,
宽松地挂在骨架上。

这大地再也容不下穷人了,
我想去地狱,在那里
可以和尊贵的总统、将军、官员们为伍;
我不要上天堂,不要预约
来世,那里只有僧侣、神父和妈妈。
别再哭泣,当我的身体终于冰冷,
亲爱的祖母,千万别再哭泣,
请拉开我的眼皮,
我怕黑。

　　经过长期饥饿的人,须避免立即吃高脂肪、高蛋白的东西,最好先饮用淀粉类的流质食物。
　　喂养中心在帐篷的另一个出入口发放玉米水,每个人大概可以配给一个漱口杯,满满一大桶的黄色液体很快就见底了,救难人员倾斜着铁桶，为后面排队的人舀桶底的汁液。

编号第55号的小女孩来迟了，她看起来不到4岁，大约3岁的样子，乌黑的大眼睛，惹人疼惜。她穿着一件粉红色毛线衣，一双相对于小脚显得太大的拖鞋，左手拿着碗，右手拿着漱口杯，人中挂着两行鼻涕，匆匆要赶去领取食物。

来来往往的孩子都很瘦，他们泰半赤裸着上半身，肚皮肿胀，锁骨、胸骨、肋骨清晰地突出那层黑皮。一对姊妹携手走过我的观景窗，姊姊走路时总用左手提着身上那件碎花洋装，对她的身材来讲显得太大的洋装。

很多人要求照相，我笑了笑，尽量满足他们。我曾经想到照片冲印出来之后，寄给他们留作纪念，然则要寄到那里呢？他们全都是失去地址的人。何况我回到台北之后，他们有些人可能已经不在人世。

我怀疑，人在地表上的开发程度，是否受到纬度的直接影响？何以已开发国家多在高纬度，低纬度国家多是落后地区？古来文艺作品对地狱的描绘，不外乎高温的煎熬，这种现象可以印证现实世界，赤道附近的酷热地区，和饥荒贫病总脱不了关系。

那小女孩独自坐在地上喝玉米粉泡的水，相对于她的头颅而显得巨大的橙红色塑料杯，还可以看得到未拌匀的黄色玉米粉沾在杯沿。大概是配给不足，她用十分珍惜的办法喝了几口，也就喝光了。我觉得她的可怜相，很适合上镜头，就蹲在旁边，准备猎取一个特写。小女孩穿着一件破旧的米色洋装，一双堪称完整的塑料拖鞋，坐在地上发呆。她看起来大约4岁，眼睛的余光似乎瞥见身旁的镜头，和镜头后面的外国人，她双手捧起杯子仰头就喝，巨大的橙红色塑料杯遮盖了整个面庞，杯子里的玉米水早已经空了,也许还有三两滴残留在杯底,她耐心地仰着脸,杯底朝上,动也不动,等待那滞留杯底的三两滴玉米水乖顺地流进嘴里。

我蹲在她面前动也不动,透过观景窗狩候,像透过准星守候一头猎物,等待她移开塑料杯,现出黑色的脸孔,最好嘴角还沾着玉米粉,显露贪馋的饥相。我手里紧握着相机如握着枪杆,右手食指轻按着快门像扣着扳机这样伺机蠢动着。

一定有两分钟过去了,我觉得手有点酸麻,也开始有点不耐烦,小妹妹脸上还黏着塑料杯,丝毫没有移开的意思,气氛透露着古怪。周围慢慢聚拢些看热闹的人群,指指点点,奇怪地上这两个人究竟在搞什么?我等得不耐烦,叫她,她恍若没听见,毫无反应;我感到不安,怀疑,杯底若还残留三两滴玉米水,也早已流入肚子,为什么还固执地仰脸捧着杯子?

塑料杯稍稍离开脸庞,杯底不再朝上,我赶紧重新对好焦距。她的肩膀微微在动,动得愈来愈厉害。我在观景窗里看见她哭了,哭得好伤心哪,好像被谁欺侮了,眼泪流进杯里。

她不是为饥饿而哭,我突然发现,刚才她用塑料杯遮盖脸庞好几分钟,并不是在等待残留的玉米水流进嘴里,她一定早就知道杯底已没有东西。原来她一开始就不能自抑地哭泣。为一种模糊的自尊吗?一个侵略的外国猎人?

我的行为显示,在别人的苦难里,我好像才找到了来此旅行的理由和动机。这个富庶的穷国,上百万人正遭饥饿凌迟,无家可归,没有教育,没有医疗,没有这一切的基本人权,正是莫卜途努力维护的现状吗?

这是一个被遗忘的国家,它潜在的悲剧遭漠视、延宕得太久。美国在 1993 会计年度紧急人道经援扎伊尔近 700 万美元，1994 年多出一倍；然则扎伊尔目前有 300 万严重营养不良的人，幼儿的死亡率一直在上升。作为这个国家下层建筑的人民已然瓦解。

国际世界展望会在巴夏拉难民营设立粮食紧急发放中心，广场上可见两货柜的食物，一袋袋的面粉、红豆倾倒在地上，堆积如小丘。环绕着发放中心，是排队的人群，长长的队伍里大部分是妇人，她们缄默地鱼贯前进，抱着襁褓中的婴儿，抱着水桶、脸盆、塑料瓶、麻袋等一切容器，在烈日下排队领配给的口粮。工作人员以三根木头架起简易的秤杆，按照人口分配食物分量——每人每月的配给是面粉 13.5 公斤，豆子 1.5 公斤，和少许的食用油、盐、糖。

较早返抵故乡的难民，开始在茅屋前作生意，随便几根木头搭个架子，或一块破塑料布铺在地上，就卖起芒果、香蕉、散装香烟、消炎药、煤炭……生意似乎颇为清淡，卖东西的女人躺在地上休息。我打听售价，两个芒果卖 100 万扎伊尔币。卡赛省拒绝使用新币，仍继续通用旧币制，当天的汇率是美金 1 元，等于扎伊尔币 1500 万。

我想起金沙萨的医师倪廉笔，一个月薪水是 5 美元，相当于 150 个芒果。

12

走进孤儿院的时候，一个小孤儿正蹲坐地上添加柴火，在又大又黑的非洲锅里煮着糊状的东西，乍见访客，沾满泥灰的黑脸闪过不知所措的笑容，低头添加柴火；旋即又起身，举铲在锅里搅拌；复端坐锅前。浓烟在这间临时厨房里徘徊不去。

院子里有一株结实累累的面包树，树下来往着聒噪的家禽，情景类似台湾旧时的农家。院长是一位名叫玛丽·露意莎（Mary Louisa）的扎伊尔中年妇女，胖胖的，满脸都是忧愁。

这是一家天主教慈善机构所设立的孤儿院，它的法文名称：Centre de Reeduoation‐Et Protection De L'Enfance，意思是"儿童复健和保护中心"。斑剥的古墙上写着一行法文：DIEU SOIT BENI（神是善的）。

露意莎自70年代后期起即主持这家孤儿院。她准备了可口可乐、芬达汽水、花生、甜饼招待访客，一边介绍孩子们的作息：早上6点起床，祷告，唱歌；7点供应粗糙的营养点心，"使他们保持强壮"；10点玩耍，"这里变成一个喧闹的场所"……

世界展望会援助位于姆布吉马伊镇的这家孤儿院，目前喂养的84个院童中，有三十几个是夏巴省种族肃清运动的牺牲者，他们的家庭破碎，被迫从夏巴省逃亡至此的途中，失去了双亲或单亲。这里在赤道南方约1000公里，流离而来的小难民不断增加。

1993年6月，世界展望会开始照顾被带来这里的小难民，他们的食物有固定配额：每月15袋玉米粉（每袋50公斤），2袋豆子（每袋100公斤）。每天供给孩子的食物包括树薯叶，黄豆，米，牛奶，糖。玉米粉是孤儿院的主食，他们用来煮粥，或和黄豆搅拌熬成块状食物。

夏巴人对卡赛人的嫉妒和仇恨十分普遍，甚至对儿童也不例外。许多父母宁可让骨肉失散，拼了命也要把孩子送到卡赛省，免得遭受迫害。

他们先送走心爱的孩子,打算不久相聚,却从此失去音讯。这些流离失所的儿童举目无亲,容易在动乱中被捕,遇难。他们还太小,不明白夺去双亲的命运,正继续在冲击他们幼小的生命。这些种族冲突的替罪羔羊,虽然被环境逼迫快速长大,却仍不懂得保护自己,他们犯法,受伤害,死亡。

没有家,没有朋友,这些小难民独自活下来,远离他们熟悉的家庭生活,来到陌生的"故乡"。当身心遭受巨大的创伤,他们只有哭泣。露意莎说,3岁不到的李兰菊(Lelange Tresseur)被遗弃在孤儿院门口,她的母亲死在利卡西(在夏巴省,被驱逐出境的火车起点站)到姆苇内迪图(在东卡赛省,返乡的火车抵达站)的火车上。

当李兰菊刚出现在孤儿院的时候,"一无所有,身上穿着一块窄小而肮脏褴褛的破布,到处是裂洞,"露意莎回忆,"那就是她仅有的。不仅如此,李兰菊在火车的旅程中生病了。诊断是疟疾,下痢,加上全身长满疥癣和容易传染的皮肤病,肋骨突出她那小小的胸腔,痛苦地外露,膨胀的腹部诉说着严重的营养不良。"

像李兰菊这样的小难民正在复原中,但要达到理想的健康和体重,还得规律地喂食。

"如果你能看到这些孩子来到'之前'和'之后'的情景,"露意莎说,"你不会相信那是相同的孩子。"她悲伤的脸孔皱着眉,似乎又回到往事。

"第一次看到他们的时候是多么可怕啊……"

薪柴在临时厨房里燃烧着,有烟飘出院子。几个较大的孩子搬出自制的乐器,娱乐来去匆匆的访客。那些乐器有简陋的鼓;

有像挖空的葫芦瓢，里面填满豆子，可以发出乐音。

他们还太小，除了食物和医药，最需要的也许是照顾和拥抱。他们小得还不懂憎恨和嫉妒，还不懂得吃饱；然则似乎够大了，大得要感念所接受的帮助和照顾。

13

扎伊尔的军人经常打家劫舍。

从姆布吉马伊市区驱车往巴夏拉难民营的半路上，日光利刃般闪亮，亮得有点诡异恍惚。我们又被五个军人拦下来，他们着绿色制服，头戴白色钢盔，腰间都佩挂乌兹冲锋枪和刺刀，卡赛世界展望会的人立刻跳下车，熟练地进行交涉，随即又上车，继续上路，过程十分流畅。

"没什么，问我们要食物吃而已。"

我想起从卢本巴希到利卡西的公路上，也两次被持枪的军人拦截下来讨食物吃，说他们肚子好饿。这真是恐怖的遭遇。一群饥饿的士兵，身怀杀人武器，拦截你，问你要食物。

对这个国家来讲，军队已经是一种政治团体，而不是抵御外侮的国防力量。扎伊尔的军人干政相当嚣张，1993 年 2 月，反对党控制的临时国会不肯批准新钞通用，军方即封锁临时国会，扣押国会议员，拒绝接受改革派所订的宪法。

军队不属于国家，最近，莫卜途就常派遣他的私人部队包围政敌提许赛凯帝的办公室，阻止临时国会开会。

除了总统特勤师，扎伊尔一般军人的薪资微薄，关饷日期常一再拖延，部队的积怨已深；加上装备窳劣，纪律废弛，士气低落。这些卖命的小兵，饥饿的时候变成盗匪，到处抢劫商家，射杀民众。但真正面对武装的势力，立刻又显得懦弱不堪。

1977年3月，以安哥拉为游击基地的"刚果民族解放阵线"越过边界，攻击夏巴省，扎伊尔政府军无力抵挡，最后是依赖摩洛哥出动1500名正规军，加上法国运输机和军事顾问，埃及飞行员，和比利时、英国、西德、美国的军事援助，以及中国的食物供应，才将游击队驱逐出境。

1978年5月，赤色游击队再度攻击夏巴省矿区，并屠杀一百多名百姓。扎伊尔政府军节节向北败退，游击队占领科卢韦齐市和夏巴省南部的大片土地，到处抢劫、奸淫妇女。法国和比利时立刻派遣空降部队飞赴科卢韦齐，救出两千多名欧洲人。

事情愈闹愈大。通货膨胀率高速攀升，工业生产停顿，食物短缺，盟邦终止经援，待遇菲薄的军人蓄势待变。1991年9月杪，金沙萨数百名伞兵哗变，袭击军营，洗劫首都，这些盗匪不久又都消失在广大的老百姓中。暴动迅速蔓延至其他军事基地和城市。比利时出动1.1万名、法国出动3000名空降部队，紧急疏散侨民，并控制机场和金沙萨市区。

姆布吉马伊一直处于紧张状态。

1993年11月29日，我们来这里的两个月前，在台北还看到消息，说西卡赛省首府卡南加（Kanaga）刚刚发生士兵抢劫的消息，就在姆布吉马伊西边两小时车程。即使我们目前所在的地方，军人抢劫也时有所闻，勾当干多了，反而习以为常吧。

有时候，军人更扮演刽子手。夏巴省的种族肃清运动，最令人心惊的镜头是持枪士兵，驱赶手无寸铁的老弱妇孺，押上往卡赛省的火车。如果不了解内情，会以为是捍卫领土的军队，驱逐侵略的敌军。

14

为了避免机位或航班被取消,在非洲搭机得不断再确认机位,却没有一架飞机准时起飞。

访姆布吉马伊难民营那天,我们清晨6点即赶抵卢本巴希国际机场,进入停机坪。乌云厚重,像浓稠的黏土,快要塌下来似的。那架飞机已经启动引擎,大家露出欣喜之情,好像会有一班准时起飞的飞机了。

机长看似比利时人,脸色赤红,在停机坪走来走去,走来走去,拿着对讲机不停地联络,音量颇大,脾气显然不太温和。白人机长好像还在维持秩序,一个黑人不晓得夹带什么违禁品托运,那行李被他重重丢下机,屁股又遭他狠狠踹了一脚。机长的脸红得像关公,破口大骂。

已经过了起飞时间,所有旅客还在停机坪上等待登机,这时候,飞机却熄掉引擎。脚酸的人或站或蹲,静静在飞机旁等候。

下雨了,旅客纷纷躲在机翼下避雨,等待飞机重新启动引擎。在非洲,我养成不看表的习惯。非洲多是独立不久的新兴国家,一切典章制度还未定型,不能一致,各种手续、规定可能都因办事员不同而有异。从时间的角度观察,似乎比较能够理解非洲人的低生产力,和低工作效率。

结束姆布吉马伊难民营的采访工作,下午2点半,来到一家餐厅午餐。枯候半小时,侍者才送来餐具,刀叉是中国制品。由于要赶飞机回卢本巴希,焦急地再三催促侍者快一点。状至悠闲的侍者开始显现无辜而不耐烦的表情。

邻座一位正在用餐的英国人刚好是这班飞机的驾驶,他看了一下腕表，回答我们说应该来得及，但得抓紧用餐时间。他等了一个小时才有饭吃。

我在卢本巴希的喜来登旅馆里用餐，每餐都得等候一个小时。记得有一天晚上我告诉侍者买单，他点头说好；半小时之后，他手端着账单的托盘出现，本来他也的确是向我走来，后来不晓得想起什么或被什么吸引，却转了弯走出户外，不知去向。直到我在餐桌上打起瞌睡，他才又重现江湖。

在这里，时间是廉价的，任何约会迟个两小时稀松平常，比较麻烦的是忘记约会。当年史怀哲初到加彭行医，等不到担任翻译的黑人来上班，雇条小船去接他，经过好几个礼拜还没有来。

15

从扎伊尔飞赞比亚的夏巴航空，每星期只有一个航班，我们租了两架小飞机先绕道赞比亚首都卢萨卡（Lusaka），再从卢萨卡转机至约翰内斯堡。

驾驶员先将小飞机推至停机坪，上上下下仔细检查，加满油；再斤斤计较地，将我们的行李堆置在机尾，按重量分配座位。张达隆、涂进安、葛传富和我搭一架，其余五人搭另一架。

"千万不要乱按机上的按钮。"起飞前，驾驶回过头叮咛我，并请大家一起祈祷。我虽然不是教徒，搭飞机第一次被机长慎重其事地要求作祷告，不免十分认真地祷告起来，心中差不多把知道的各路神佛全都求过一遍。

小飞机轻盈地滑行。拉高。我坐在副驾驶座，觉得像开着一部汽车升天。旷野。丛林。冲进云层。再爬高。冲出云层。蓝天。刺眼的日光。时速100哩。100哩。120哩。

驾驶似乎很忙碌,不断变换频道,戴着耳机报告飞行状况。

扎伊尔的政治混乱、经济崩溃,必须从实行一段长远的经济生产计划开始。来自民间的团体并未在这项国际救援行动中缺席。张翘林表示,台湾世界展望会要捐助 10 万美元,参与救援、发展行动。

我愈来愈相信,一个国家的开发指标,不是看军队或经济力量,也不是看首都华丽的建筑;要看人民是否安宁福利。

小飞机进入云雨层,随着高度的爬升,我觉得越来越寒冷,我用蜷缩的姿态,高速地,和扎伊尔拉开距离,回归现实的冷漠。是的,多情往往只会加重记忆的负荷,就让高空的寒气冷却我。随着高度的爬升,我对这片土地逐渐有了俯瞰的角度,一种严峻的角度。不晓得是因为高空缺氧?抑或身心疲惫?我靠着座椅打瞌睡。

小飞机冲出云雨层,日光再现,沼泽。河流。雨林。原始森林的美景洗涤我,脚下那片原始森林莫非就是桃花心木林?我在约翰内斯堡遇见的那个木材商所拥有,他一天到晚砍伐的珍贵原始桃花心木林。这片广袤的土地上,应该可以养活千百倍人。

原野上,到处隆起二三层洋房般大的圆丘,形状古怪。据当地人说这是古时候就留下来的蚁冢。纪德和史怀哲都曾记载过这种蚁冢,它们的确是几世纪前就形成了,但如今已空无一蚁。这些蚁冢像城堡,像教堂,墙壁坚硬如砖,几乎跟地面垂直。纪德说他看过一些,因为修公路被挖开的蚁冢,里面"走廊"、"客厅"一应俱全,令人惊叹。他判断那些建筑蚁丘的白蚁之所以都搬了家,是因为被另一种只会营造小蚁丘的白蚁占据了。我想起卡赛人和夏巴人。

英国、法国、比利时、西班牙长达五百年的殖民剥削，榨取资源，交易奴隶，造成非洲民不聊生、经济衰退的惨境。独立后的非洲国家缺少了宗主国保护，各国的资本家更放肆地榨取资源，倾销物质。

纪德旅行刚果时，土著尚未见过汽车，出于好奇，女人和儿童们乍见汽车，纷纷跑过来，有的坐在公路中央，有的甚至躺下来，想看清楚汽车究竟是怎么跑的。经过半世纪，非洲人更穷了，然则这几天，我无论在约翰内斯堡，在夏巴省，在东卡赛省，总是看见 TOYOTA 汽车到处乱跑。日本汽车快统一了这片纷乱的黑色大陆。

以前白人跑来这里挖铜矿，抢钻石，猎象牙，部落里大概也曾经繁荣过。那些钻石、铜、象牙不晓得搬运到那里去了？这块大陆仿佛只听得见呻吟和哭喊。"我们需要医药，我们需要食物。"

我已经逐渐远离巴夏拉难民营，在高海拔的天上飞行，为什么还一直听到他们悲怆的歌声？我知道，那地方对我来讲，最多只是一个梦魇；对他们而言，却是永无休止的炼狱。

需求是大量而急迫的。

我在飞机上阅读一份联合国的资料：这一天终将来到，受压迫受损害的人得到保护，饥饿的人通过耕耘得到粮食，大家都有公平的工作机会赚取酬劳，获得健康，营养，和教育……

结束地狱的访问，就要回到人间了，但我好像有什么东西忘了带走，留在那里。我没办法完整写出地狱的游历，我老惦记着遗失在那里的东西。

后　记

　　《在世界的边缘》，八成写于1994年2月至6月间，我从扎伊尔返台后，记载的大致是在扎伊尔4天的观察和思索，文稿尚未完成就搁置抽屉。此其间我因为重回校园当老学生，进入一个空前的忙碌期，每天埋首书堆，压力沉重，始终无暇考虑发表的问题。后来才利用几个假日完成。

　　距我回到台北转眼已经一年了，不知那艾滋孤儿是否还活着？大约有半年的时间，我勉强还算认真地想认识这种隐讳的传染病，虽然也只能是一知半解。

　　不记得听过谁夸张地警告，"甚至被一只叮过艾滋病带原者的蚊子咬了，也可能被传染。"我愈想愈不安，想起在扎伊尔被蚊子叮过好几次，想起在医院拍摄艾滋病患时，底片刚好用完，我匆忙换装底片，右手中指的伤口不慎磨擦到那患者躺卧的床单。

　　事情是这样的：出发赴非洲的前一夜，我在家里拿拖鞋打蟑螂，因为用力过猛，蟑螂没打到，右手中指却被墙角碰出伤口。啊，该死的蟑螂！我一直耿耿于怀，经常凝视那中指的伤口，碰到艾滋床单的伤口，仿佛那是死亡的隐喻。回台北之后几次和朋友们聊天，总是竖起中指吹牛，好像那伤口被吸血鬼咬过。有一天简嫃终于忍不住抗议，"你一定要每次都这样对别人伸出中指吗？"

　　因为努力要追忆扎伊尔之行，我有机会回头审视自己的贪功与夸饰。

好像打开照相簿，那些衰弱的乞讨声，那些骇人的景象，又纷纷回到眼前。那仿佛是一个被神诅咒过的国度，到处是苦难的骷髅头。我想起从东卡赛省返回夏巴省，卢本巴希城有盛大的独立示威游行，其实远在扎伊尔刚脱离比利时殖民独立，不到一个月，夏巴省即和南卡赛省相继宣布独立。扎伊尔正处于大动乱的临界点。

我返回台北没多久，卢安达难民潮涌进扎伊尔，举世瞩目，各国纷纷捐输。偏偏扎伊尔的士兵在掠夺难民的救援物资，杀害难民……我最心悸的是那些奄奄一息的饿童，他们连母亲干瘪的奶头也被夺走。

我总是看见巴夏拉难民营里的孩子，他们肚皮肿胀，瘦骨嶙峋，皮肤如破布；我仿佛一直听见他们微弱的哭声。

卷二

我 的 爱 河

上次到中山大学演讲，去拜访余光中老师，和他长立研究室外的阳台看海，西子湾温柔多情，校景堪称全台湾第一；奇怪我并未露出羡慕神色，反而产生骄傲之情。

定居台北已经二十几年了，仍然缺乏一种籍贯感，好像只是暂时在这里居住、生活，并非真的是台北人。我常怀念高雄的亲戚、高雄的朋友；怀念少年时晨跑的寿山，求学的半屏山下、莲池潭；怀念练柔道的道馆，和周末去踢足球的海军军区。

我出生在中华路段濒临爱河的陋屋里，生下来没多久就被父亲抛弃了，母亲到外地作工，把我寄养在外婆家。我自幼非常孤僻，常常独自坐在河边的木麻黄下想念妈妈。外公的稻田、猪舍，外婆的菜园和她饲养的鸡鸭鹅至今历历在目，他们手植的龙眼、番石榴、香蕉、葡萄在我的记忆中不断变高大变茂盛。

高雄市的现代化非常快速，我身历其变，有时甚至觉得来不及应变。

我对高雄的乡愁首先来自爱河。爱河曾经清澈，我目睹过它美丽干净，河底的石头清清楚楚，小鱼游来游去；后来就臭了，而且越来越臭。即使这么臭，还是有一大堆伤心的人跳进爱河里殉情。大约一个人陷入情网就不免盲目；后来恋爱失败，乃至于决心寻短，遂不再计较香臭了。

爱河启蒙了我的爱情观。我记忆里的爱河畔，尤其是五福四路附近，有着相当典雅的公园灯、防护铁链，和热带风情的椰子树，石板步道沿着河岸在草坪间弯曲延伸，是高雄人散步、野餐的好地方。在记忆不太能追索的童骏时期，跟随大姨一家人在河边玩，我边注视着三两对牵手散步的情侣，边摇摆走在草坪上，可能太专注于憧憬漫步的情侣了，竟迎面撞上椰子树，额头上立即肿了起来，我在众人的笑声中感到羞愧、疼痛，跌坐草地上哭。这是我生平初次遭受爱情的伤害。

从前高雄最出名的娼寮在市政府后面的爱河畔，"市政府后面"这个专有名词跟"盐埕区长"这首流行歌一样，成为一种互相狎昵的形容词，带着神秘、禁忌和某种启蒙的意义。傍河的弯巷斜弄里，莺莺燕燕总是站出来拉客，学龄前的我看过她们穿着薄衫，两粒奶晃荡着，蠢蠢欲出，令人心荡神驰。她们拉客通常是生猛有力的，积极进取得几近卡通，我看见一个欧吉桑，单车才骑进巷弄里，就把持不住车把，边说"不要不要不要"边连人带车被妓女拖进房间里；我也看见一个状似斯文的少年家闲逛着，似乎不太理会两旁的勾引，冷不防脸上的眼镜被夺走，他一路追进她的房间里……

我的初恋果然以爱河为场景。小学一年级，我爱上了同班同学，她是班长，头发绑成两条长辫，每天在我眼前晃呀晃的，我因为每天可以长时间偷看她，乃对上学有一种秘密的窃喜。当时我家赁居在爱河边的公寓三楼，每天放学我总是跟随在她背后，快抵达家门时就飞奔上楼，站立阳台目送着她的背影渐行渐远，她的背影总是很快离去，消失在茫茫的人群中。我每天回到家里这样深情地想念她，期待翌日上学的重逢。自卑，加上天性胆怯，我始终不敢正眼瞧她，同班三年，也没有培养足够的勇气跟她讲过一句话。小学四年级分班之后，我不曾再见过她，直到高一，我坚信她就是一见钟情，终生不渝的对象，我清楚记得她的容貌，记得与她擦肩而过时浮动的暗香，我甚至相信这段恋情影响了我一生的审美观，我觉得，女人就是要那样长才美丽。

我移情别恋自然是邂逅了第二个恋慕的人。念左营高中一年级时，在拥挤的五路公交车上，惊艳同校的一位女孩，我至今不知道她的姓名，却永远记得她制服上的学号：00081。同窗死党怜悯我一往情深，打听到她每天搭第一班5路公交车上学，从此我就没有了好眠，每天黎明即起，赶搭第一班公交车，清晨的高雄火车站显得异常空旷，有时薄雾如梦，略带着异国情境。我总是坐在她正对面，端详她，她大概被看得很不自在，摊于膝上的英文课本永远在那一页。死党对于我这种行为颇为不屑，强烈建议要坐就坐在旁边。虽然坐在旁边，有色无胆，终于仅停留在企图搭讪的表情和动作。她大概不堪其扰，转搭19路公交车。19路公交车过盐埕区绕鼓山区到左营，几次公交车驶经爱河时，胸臆间竟升起一股羞愧感，刚开始是飘浮般的，一种背叛了初恋对象的罪感，后来就淡了，可见爱情的本质跟爱河差不多，难免会从清澈到混浊。

第二次的恋爱事业犹原很不顺利，我试过各种人家教的说词，在脑海里演练过各种状况，包括"这位同学：我们班想邀请你们班去澄清湖郊游"，"这位同学：我有一个数学问题想要请教你"……这一类弱智的人才会想出来的问话；即使弱智，我还是只停留在想象的层次，一句话也说不出口。有一天在放学的公交车上，我拼命挤到她的座位前，刻意晃着沉重的书包，期待她说一声"我帮你拿书包吧"，遗憾她只是羞红着脸，始终不肯抬起头来；下车时我才发现我的裤子拉链没拉上来。

在她面前，我像一只骄傲又自卑的孔雀，拼命想吸引她注意,却总是缺乏行动力;我怀疑,她甚至从来就不知道我的姓名。那次我获全校作文比赛第一名,她经过布告栏时抬头看了揭晓名单,那一刻,我幸福得好像躺在上帝的怀抱里。

机会来了,高二时学校在澄清湖举办露营活动,啊,合法化的郊游、烤肉,合法化的男女互动,还有引人遐思的营火晚会。我深陷想象,我想象牵着她的手漫步在湖畔,背诵余光中和郑愁予的诗句给她听;我想象和她在营火前跳舞,火光跃动她美丽的形容。然则这一切也仅止于想象。即使在梦中也没有陪我散步跳舞。那晚她倒是去了溜冰场,穿着溜冰鞋趑趄踌躇,显然才开始学。我痛恨自己不会溜冰,好朋友同情我的焦躁,自告奋勇下场教她,我则见机在场外拍照,充满感激地看他仔细耐心地说明动作要领。我在观景窗中看见他带领她越溜越顺,行进的速度也越来越快,他和她,手牵手绕着溜冰场一圈又一圈,那么流畅,那么自然。我的心神被他们转来转去转晕了,胸中升起妒火,教就教嘛,何必牵着手?我的世界剩下他的手和她的手,眼前整个模糊掉了。那晚,我独自干掉一瓶乌梅酒,宿醉加剧了我的痛苦。我好像忽然明白,何以伤害自己最深的往往是最要好的朋友。

澄清湖以前叫"大贝湖",后来是欢喜为各处风景区易名的蒋经国先生给改的,寿山也被他老人家改成"万寿山",爱河则改成"仁爱河"。我还是偏爱旧名。从前大贝湖畔有一块石碑,上书"清风吹得游人醉,莫把斯湖当西湖",忘记是谁题的句子了;我去过西湖,并且在湖畔住了两天,始终固执地坚信我们高雄的大贝湖,无论风姿、气质都不输他们杭州的西湖。

高中毕业那年的大专联考,考场在爱河附近的高雄女中,我座位前面和左右的考生,都穿着雄女制服,一看即知是准大学生,不像我一脸衰样,注定要名落孙山。可能是成绩太差又无力自救,日久乃养成了莽撞的叛逆性格,当时一看国文试卷,又如往年出了道很八股的作文题目,遂没按照题目作文,难抑愤怒地大骂教育部长和联考制度。骂完了,起身想交卷被制止,周围的女生紧张地遮盖她们的答案卷,稍稍伤害到我的自尊。我有点崇拜雄女的学生,也实在喜欢她们,真希望有机会向她们解释,我只是自暴自弃想逃离考场,完全没有偷窥的意图。

准备重考时,我兼作送报夫,每天早晨骑脚踏车到前镇的加工出口区对面等派报。当时尚未有高速公路,"中央日报"北报南运后,刚好是上班时刻,我总是阅读着手上的"中副",看数万个女工同时涌进加工出口区大门,声势慑人。我的送报范围在三多路到五福路之间,近午时分骑车回九如路,几乎纵贯了大半个高雄市。每月领到工资,我通常先到高雄师范学院旁边的书店逛逛,我的九史和《资治通鉴》都从那家小书店购进;当时高雄市还被讥为"文化沙漠",难得有名人来演讲,也难得有艺术表演,我拥有的一套《徐志摩全集》是专程搭火车到台南"南一书店"购买的。

兵役通知单寄来了。大学考期渐近,我一天比一天无法接受教科书,竟完全失去了考试的能力,我明白必须要先入伍服兵役了。我依然清晨即起,骑着那辆老旧不堪的脚踏车,从九如路经过八德路、七贤路、六合路、五福路、四维路、三多路,接近二圣路,到加工出口区对面等"中央日报"从台北运来,我在前镇重工业区送报时总是看到林立巨大的烟囱冒出七彩浓烟,我知道那种彩色的浓烟肯定有毒,可我座下这辆脚踏车频频故障,骑起来倍觉吃力,上坡路段不可能屏住呼吸。我快要当兵去了,没必要换一辆新车;也许这辆旧车确实太老旧了,脚下的踏板变得好沉重啊。

我 的 运 动 史

前前后后加起来，我正式学习羽毛球有四个月。羽毛球也需要学习？它毋宁是一般家庭的普通运动，接近休闲游戏，带着更浓厚的娱乐消遣意味，我们从小在晒谷场、在衢巷间挥拍，焉有不会玩的道理？当初参加羽毛球会，只为寻找一个固定的、室内的运动场所，那里晓得羽毛球竟是激烈运动。初次见识到羽毛球的激烈，是跟水福对打，他交互运用高远球、杀球、下坠球、平球、网前吊球，在五分钟之内让我喘得像一条狗。

教练先纠正我的挥拍姿势，"像拿菜刀一样，轻松地握着，打击的瞬间才用力抓紧。"

我从此开始打不到球，越意识到要计较姿势，距离球偏偏就越远，有时候擦身而过，有时候球拍跟球相距达一公尺。我的镜片度数一定需要调整了。我再三鞠躬跟对手说抱歉，走回发球区继续努力发球。

羽毛球总是未按照我的想象飞翔。我理解要继续在球场上混，必须接受基础训练。大概是姿势已经不成体统了，球会的人陆续摇头走过来，会诊我的问题，"先练习打高远球好了，"高远球是基本功，他们轮流教示我基本姿势，身体如何向后展开，球拍如何背在肩上，"用手肘、手腕将球拍挥出，击球瞬间，体重完全放在左脚，在最高点上击出。"

球会的人陆续离我而去，我完全能理解，面对一个老是击不到球的对手，再慈悲的人也会失去耐心。过没几天，我在球场只能对墙壁练习。墙壁我家也有。

每当我独自对着球场的墙壁练球，不免升起被弃、屈辱的情绪。墙壁我家也有。

"叔叔，我陪你打球。"我惊喜回头，看见教练 4 岁的儿子，用力拿着与他身高相仿的球拍来邀请，真是虎父无犬子，可惜他委实太小了，球拍还拿不稳，一年半载恐怕还无法将球击过网。打了几球之后，只好感谢他的善意，继续面壁练球，带着些许修行的意志。虽然我家也有墙壁。

好像，我总是缺乏要领，甚至抓不住何时才是要用力的瞬间。也许生命里有太多姿态需要纠正了，许多情境，我总是用力过猛，紧紧把握，却在关键时刻又轻忽放弃。

我很懊恼未抢在 6 岁前即开始从事这项运动，如今肢体僵硬，可塑性低，每次挥拍都非常卡通。姿势纠正得多，我越来越打不到球了，起初是救球时脚踝扭伤，足足休养生息三个月还没痊愈。回到球场第一天，接一记高飞球没接到，击到自己的左手背，瘀青、肿疼了两星期才好。后来，大概也许是姿势太过夸张，球拍快速挥落时，击球落空，球拍顺势挥下，竟，竟重击到自己的睾丸。那球拍到底是哪种质材所制？不锈钢吗？何以挥下的力道这么厉害，这么具摧毁性，这么痛。

为了养生，年过 45，似乎应该经常运动；为了养生，年过 45，又似乎应该尽量避免运动。春山茂雄在《脑内革命》中的告诫很残酷：人过了 25 岁之后，要尽量避免过度激烈的运动。他认为最好的运动是散步，因为散步比剧烈运动更能有效燃烧脂肪，更可以分泌大量对人体有益的"脑内吗啡"。

运动长期被世俗化为阳刚符码，适合男性从事；相对地，音乐则被世俗化为阴柔符码。然则我所认识的体育活动，不见得会比音乐活动强悍。海明威幼年时选择父亲给他的钓竿、猎枪，放弃母亲给的大提琴。大提琴不见得就比猎枪或钓竿阴柔，大提琴也可以拉得十分阳刚。

可能是潜意识渴望有着彪悍的体魄，我少年时即酷爱运动，尤其是激烈运动，成年后忽生伟大的梦想：当运动高手。可惜我天生似乎比较缺乏运动细胞，身体的协调性差，从国中开始，柔道、足球、游泳、登山，无一精通，却参与不疲。遗憾的是不知何故，我从事任何运动都会遭到运动伤害。

第一次打棒球，挥棒，没击到球，却准确击到捕手的头。轮到防守时，大家认为我既无一技之长，又应该体会蹲捕的辛劳，遂派我担任捕手。不料投手投来第一球，快速直球进垒，我紧张得闭起眼睛，那球，不偏不倚，正中我的额头。我从此不敢玩棒球，改玩柔道。

我在高雄市一家道场拜师习艺以来，时间也不算短，同学们相继多已经升上黑带高手，我的腰间犹系着白带，一级也升不上去。有一天，和青年杯摔角冠军的同学在道场比画，他使出过肩摔，我刚好未全力抵挡，于是那招其实不怎么猛的过肩摔，刚好使我头上脚下笔直落地。我感觉脖子忽然缩短了两吋，当意识稍微清醒，发现教练正焦急地拉拔我的头颅，好像努力要把那截缩进去的脖子提拔出来。

柔道是一种受身（跌倒）的艺术，练柔道两年，摔过来跌过去，不知凡几，渐渐学会跌倒也能跌得有一点点帅气，一点点优雅。我可能那时候开始变呆的，后来我一直考不上大学，说不定跟那记可疑的过肩摔有关；现在，我的颈部经常酸疼，恐怕也跟当年倒栽落地有关。

运动，是一种身体的修行。练练身体，学学拳脚，不但有益健康，还可以抵抗强暴者的欺侮，令正义感有了依恃。李苦禅艺术创作之暇习惯练武，武术的训练使他增强了"多管闲事，急人之困"的勇气。李苦禅在北京国立艺专西画系习艺时，非常贫穷，晚上得靠拉人力车维持生计，当年京西、海淀一线常有拦路恶徒出没，一般人力车夫不敢经过这一带，李苦禅为争取时间，又自恃武功，身缠七节钢鞭，常冒险拉这条险路。

　　我对生命的美感，大约倾向于尚武。高中三年，我迷上足球，每逢周末、周日总是吆喝着群聚左营海军球场，或移师高雄师范学院踢球，风雨无阻。虽然只是后补球员，我还是爱极了踢完球那种淋漓畅快感。我常常放纵想像力，想象自己身手敏捷，以一个假动作骗过对方的拦截，忽然大转身，盘球逼临底线，起脚劲射。像巴西球王贝利在自传上描述，"我如果带球就可以左穿右插，哪怕是他们全队人马来拦截我一个人，我几乎可以穿过他们的身体把球传给队友。"

　　我从来不曾带球穿越任何防守的人，只要我未立刻将脚下的球踢出去，三秒内必定被抄走。是一个细雨的冬日，球被飞快带近底线，复被迅速赶到的后卫踢得老高，我跑过去抢球，听见后面起哄："用头顶！用头顶！"我感受到被器重、被鼓舞，一种回报的热情使我奋力跃起，用头将那粒球顶得更高。

　　"勇！实在有够勇！叫你用头顶，你真的用头去顶。"

　　那粒球吸饱了雨水，变得十分沉重、坚硬，我感到晕眩，其实已经听不太清楚背后揶揄的笑声。

　　我自然不会轻易再使用头颅了。结束足球梦，是在另一次的运动伤害，这次是右脚——为了像贝利那样劲射球门。没踢到球,却踢到肌肉严重拉伤,整条腿瘀血,足足跛了一个月。

服兵役时,碰到连队篮球赛,他们不理会我退缩的理由,坚持要我代表营部连参赛。

"我每次打篮球都扭伤手指头,不然就扭伤脚踝,"真的,我作梦都不敢幻想跟人家比赛篮球,"何况,我连篮球规则还搞不懂。"

"没关系,我们可以教你怎么打球,就是没办法教别人怎么长高。"

他们吩咐我固定防守一个人,并站在篮下抢篮板球,工作很简单,责任区也很清楚。两分钟后,他们叫我下场休息。我如释离去时,听到教练跟其他队员在背后嘀咕:"块头那么大……只会在那边跳来跳去,半个球也摸不到,白痴!"

我空有一身蛮力,却因为不会打篮球而变成白痴,委实感到自卑。更自卑的是,我的运动史是一页运动伤害史,连保龄球也不例外。多年前旅行到花莲,跟太太在投宿的亚士都饭店打保龄球,使劲掷出第一球,不料球往后飞,不要紧,没砸中人,我转身时知道扭伤了腰,已不良于行坐间。翌日,花莲朋友见此窘状,咸感匪夷所思,陈列就冷冷地说:"二度蜜月也不必那么用力。"

许多都会里的现代人辛勤运动,缘于对健康的窘迫感,为了远离疾病的恐惧,将运动排入日程表,并宽列生活里的运动预算,参加各种健身或"塑身"俱乐部。可见身体其实可以很有个性,不遑多让于包装在身体外的各种名牌服饰。

从前的人好像比较仇视身体,或假装仇视身体。柏拉图认为身体是灵魂的监狱;中国道家更直指身体是"臭皮囊",阻碍成仙；佛家也说身体是老、病、死、衰、恼的苦源，除非修炼成如来的金刚不坏之身。人们似乎习惯将心灵、身体二分对立，并将心灵提升至较高尚的层次；我重视身体，不输心灵，心灵需要修行，身体也是。我自然无意练成金刚不坏之身，却衷心向往有一具野兽的身体，搭配文明人的头脑。

"你都没有运动喔?"台大医院的护士指着验血报告，责备地问。

我看了血脂肪指数，忽然觉得健康好像悬在悬崖上摇摇晃晃，随时有坠崖的忧虑。武侠小说里，几乎所有的主角在变成绝世高手前，都长立悬崖上，望着大海出神。我也许还有希望成为运动选手。然而习惯激烈运动的人，忽然四体不勤了，血脂肪浓度会迅速上升，远比平常就鲜少运动的人危险。《吕氏春秋·尽数》："流水不腐，户枢不蠹，动也。形气亦然。形不动则精不流，精不流则气郁"，我可能已经不在乎肌肉结实、身材健美了；我更介意不腐不蠹的身体，这具"臭皮囊"是该潜心修行了。

——2002 年

我 的 房 事

道听途说，台湾已经进入一个财富重新分配的年代，我闻言不免着急，每天注意投资理财的信息，忐忑苦思对策，深恐稍有疏忽又被分配在无产阶级，难以翻身。我自觉还算是一个力争上游的人，在"财富重新分配的年代"努力工作，希望将来，我的子孙不会世袭贫穷。

"上班？太慢太慢啦！要赚到什么时候？"写诗的朋友退伍后即一头栽入房地产市场，并劝我趁早远离文艺，共同闯荡江湖。那段时间，好像全世界都在赌，股票、大家乐、六合彩……似乎都是穷人翻身的契机。我不懂股票，存了几年的一点点闲钱怎么抵御通货膨胀？贷款购屋吧，我宁愿吃20年的蛋炒饭，也不要像贾岛那样一天到晚哭穷。

这是生命中仅次于婚姻的豪赌。我开始关心台北市政府公告的各路段地价，更准备了一本笔记本，每天留意售屋广告，分析，并加以剪贴、编号，实地勘察后下眉批脚注，作为比较、选择的依据。除了土地持分、权状、格局、屋龄、贷款额度等等，可能是每通电话均仔细查询这些项目，便养成职业口气，引起误会。

"你别再问了，我们是同行啦！"

"我不是中介业，我是自己要买。"

"免骗！你在哪一家公司？"

找什么样的住宅呢？当然得考虑交通、学区、治安，附近最好有邮局、市场、自助餐厅。我觅屋的范围东临内湖、深坑，西至板桥，南抵新店山区，北达淡水，鞋痕所及，涵盖整个大台北都会区。有时候竟觉得不像天涯海角在找窝，是出巡的市长。

房价总是令人优柔寡断。一位美丽的售屋小姐耐心听完我对产品的批评之后，直率地指出："其实，你的问题只是没有钱。"

没有钱练就我杀价的勇气和凶狠。一年的寻找、比较，我的个案大概已经加载所有中介公司的档案，刚开始他们不太理会我这个只会到处杀价的"职业杀手"，后来也许动了恻隐之心，偶尔会接到善意的电话，"介绍你买一间便宜的房子"，让我升起一种重要感，仿佛被全台北的房屋中介业重视着。

如同恋爱谈久了会没有勇气结婚，一年来的观望和犹豫，已冷却了家人的购屋热。我自然清楚，房屋掮客惯用的种种促销伎俩，然则面对每一间售出的房屋仍觉得可惜。这种可惜感逐渐深化成危机意识，忧虑便宜的好住宅全叫人给抢光了，害怕自己正以不容迟疑的速度向穷穴坠落。

眼见持续在升高的房价，我从笔记本里的两百多户个案中，选择编号第 76 的一间电梯大厦一楼，此屋虽小，却享有 36 坪庭院的使用权。

庭院。莫非梦境才敢企求的那种空地……水池，假山，修剪平整的草坪，黑松，葫芦竹，争相竞放的繁花，路过的鸟群停下来追逐游戏，蝴蝶飞来飞去……我之所以有勇气购买这间远超出能力负担的房屋，当然没有社会地位或事业成就可供表征，大约只是对草坪的浪漫想象。建设公司恭喜我"买到便宜的好房子"，我高兴得就像吕明赐击出一支满贯全垒打。

购屋的过程是从薄有积蓄到债台高筑。我以妈妈的旧屋向银行借贷，作为购屋的自备款。阮囊羞涩，央求艺术家好友义务充当设计师,"没问题,我阳明山那块地多的是花树、石头,再动员学生来造园,全部装潢费不会超过 50 万,包你漂漂亮亮。"他设计的主体是书房,这间有一坪半违建的书房盖好之后,激发了大楼住户强烈的道德感,和拆除队的闪电行动。看着倒塌的书房,我安慰太太,没关系,当年杜甫连茅屋都被秋风吹跑了。

"安啦!台北市的违建多是盖两次才成功的,何况我们才加盖这么一点点。"贪小便宜的投机心理使我接受艺术家的建议。我开始四处借贷重建书房。想像力带我进入一个心荡神怡的世界,那块堆满瓦砾、垃圾的庭院,忽然变成艺术家的庭园,莫内到枫丹白露森林绘画旅行后所描绘的那种庭园,垂荫与花圃交响,光戏弄影,一个宁静得会醉人的景深。新居在瓦砾堆中一寸寸地站起来,家人开始打包书籍、家具,就在搬家前几天,又来了拆除队的人马。

"这栋大楼 26 户,全部都有违建,为什么只拆我家?"

"他们没被告发呀。"

我到底需要住什么宅第呢?住在虚荣里?住在富贵里?太太和我,把辛苦工作几年的积蓄全部投资在建筑一个温馨的家,却发现我们的账户里的数字急遽减少,终于挂零,连希望,也都亏空了。我们开始吵架,像电影《钱坑》(*The Money Pit*)那样,一间希望之所系的新家,瞬间变成吸引钱财的黑洞,变成随时会引爆情绪的火药库。

艺术家朋友在股票市场摔得很惨,再也无心理会我的房事,躲到厦门的工作室潜心创作。

拆除队走了之后,我鼓起余勇回到现场,他们刚刚在这里做了什么?试爆飞弹吗?装潢半年,折腾得家人在生活中相对如刺狷,搞得梦里也惶恐不安;借来装修的100多万像丢进化粪池,却把房屋弄成废墟,进退两难。我首先面对的是财务危机,每月将近10万元的利息,把我变成一头失血过多的野兽,负伤爬行。卖掉它吗?那无异从时速两百公里的快车跃出。

这间钉钉补补的家暴露我的贪求和投机。我之急于购屋,自然不是想摆起架子像一只骄傲的孔雀,只是期盼跟得上物价飞扬的脚步,和亲人共同生活在堪称舒适的屋檐下。

房屋最初的基本功能不就是遮风避雨吗?这是文明的产物。可惜文明并未改善人的处境。人在文明愈昌盛的地方愈没能力拥有房屋,很多人为了遮风避雨,每个月必须付出"足以买下一整个印第安棚屋村"的租金。以前我读梭罗的《湖滨散记》,非常同意这种遮蔽处其实是,也应该是多么轻便的东西;不幸现在却落入一个贪婪的陷阱。也许我真的是个不合时宜的人,在台湾已是全民皆商的时代,还以为房屋只是用来食憩、工作、睡眠的场所。然则我并未真正拥有房屋,我拥有的,是一笔偿不清的债务。

全台湾的趋势专家都说,这是财富重新分配的年代。但,来不及了,我发现财富老早就重新分配过了。

我明白贫困容易造成人的自卑和狂妄,这种综合情绪要早日释放,否则将来嫉妒别人的富裕,又悔恨蹉跎岁月,自艾自怜的情绪会一天比一天严重,终于沦为一个不可理喻的穷酸文人。

为了搏节开支,我去书店买回一大堆室内装潢、庭园设计的图书杂志,日夜研究,并试着绘图,两个礼拜后,终于掷书长叹。那些建筑工程、管线配置,玄奥得跟官式文书一样。台湾虽然没有住宅政策,跟住宅有关的法律、契约条文却绝非普通识字的人所能读懂，那是另一个世界的事，玄奥到要聘请代书来解释。

新设计师笑了笑，全盘否定艺术家的作品，他强调专业，强调质量"按图施工"的精确性。我每天早晨送女儿去幼儿园，看她摇摇摆摆的背影，心想还好，古来英雄豪杰，常出身陋巷贫户。离开幼儿园，我总会去看正在动第三次整形手术的房屋，在断垣残壁间穿梭，在怀疑和担忧之间徘徊，"这房子看起来，地基很稳固，"轮到太太安慰我，"而且，我们的土地持分还值一些钱。"我在院子里种了桂花、黑板树和七里香。

生活那么重，为什么不松弛心情呢？我每天去工地，常常就哼着电影《屋顶上的提琴手》那支主题歌：如果我是一个富翁，就不必辛勤工作，我要建市区那种宽大的华宅，有一打的房间，长长的楼梯，鸡鸭在院子里呱呱叫……嗯，只要我有钱，院子外停放的是漂亮的新车，车上会发出洪亮的喇叭声；有头有脸的大人物全都会来拜访，聆听我对各种议题发表意见，我会，肯定会像所有的伟人般，忽然成为英明睿智的人，"只要您愿意，可敬的焦桐。""请宽恕，可敬的焦桐。"深奥的问题，闪过我饱学的目光，嗯，只要我有钱。

工地每天敲敲打打的，太太觉得有必要在搬进去住之前先敦亲睦邻，她大清早挨家挨户拜访回来，羡慕地说很多户都雇着有佣人，都说："太太还在睡觉。"啊，啊，啊，只要幸福和快乐都还可以憧憬，我愿意是她们母女日夜使唤的仆人。我虽然并不希望妻女都有着体面的双下巴，但我多么期待，期待有一天，她们看起来就像富家的太太和女儿。

又两个月过去了，此屋大致上整形完工，院子里那株黑板树已冒出绿芽。我的想像力仿佛可以预见它愈长愈高大,在这个冬天结束之前,已有相当茂盛的枝叶在空中招摇,路过的鸟群将愿意停在枝叶上唱唱歌。如果它们会说话,我真希望在有生之年,这些路过的鸟会说:"啊,这里住着一户有钱人家。"

——1992 年

星 期 四 晚 上

我发觉星期四的台北夜影特别美丽,是开始上日文课之后的事。

那是半年前,我刚迷上爬山,每个礼拜总要到山上走走。也不清楚当初是受什么行动驱使走进日语补习班的?只记得缴费报名后,拿着那本初级班的课本走在街头,有了重新当学生的心情,喜悦中掺杂着忐忑。不要紧,我告诉自己,还不算太晚,朱光潜年近花甲才学俄语。

我带着一种重新当学生的喜悦,把滨田秀三郎的《台湾演剧の现状》和三宅周太郎著的《演剧五十年史》摆在案上,列为计划阅读的努力目标。我想起以前看过法国欧陆剧团演出尤涅斯可的短剧《美国学生法语会话练习》,升起浪漫的期待,说不定在练习"好天气与坏天气"、"过去式与完成式"……时,能够像荒谬大师一样,洞察语言的陈腐和滑稽,进而激发出艺术创作的想象。

学习过程的艰苦,远比预料中悲惨。我首先遭遇的困难是语文训练通常会有的索然乏味。同学们在上课之初即已熟背的日文字母,我足足花了一个月才勉强将纠缠不清的平假名和片假名分开。

我从练习字母的清音、浊音、拗音、促音起,就开始感觉血压升高。上课的时候好像在听一张跳针的老唱片,"就是这里也好。""这里就不行。""就是那里也好吗?""那里就好"……老师讲一次,我们最少重复三次,一句接一句的陈腔老词在脑门里冲撞，游离而混乱的助词、指示代名词、动词过去法、形容词连体型，统统找不到它们的正确位置。

下了课，血压恢复正常之后，回家还得努力把句型结构的动词连体型、动词假定型、形容词当副关系、名词当副关系……等等等等，全部收拾整齐。常常是疲倦地睡着了，日语的句子还在梦里冲撞，找不到出口。

"有桌子吗？""桌子也有但是椅子有。""有什么忘记的东西吗？""什么忘记的东西也没有。"……我听同学念这些无意义的话，每次听几十遍，仿佛是听一群口吃的人在念符咒。"黄先生走街上。""飞机飞天空。""今年的夏天大概也热。""不会的事无论怎样做都不会"……当我自己反复练习时，觉得听到的不是一个人在讲话，而是一头野兽在叫。

就在我亟思休养生息时，一起学习的同事抄写刚学来的单字、句型，张贴在墙上，抬头便能看到，喃喃背诵；我固然知道这是学习语文的好办法，却始终没有心情再瞧那些日文一眼，就像刚越狱的人，不会再深情地回头注视监狱。

我极想专注，偏偏很容易分心，常常上课上到一半，神游幻境，忽然又想起什么而使思维失序，忘记刚才和现在所听讲的一切，脑袋里干干净净，剩下发亮的空白。我刚刚想到什么呢？橡皮擦？刮胡刀？修正液？还是忽然想起一封忘了贴邮票的信？一通忘记回的电话？

渐渐地，我和同学们的程度愈拉愈远。

渐渐地，我明白正在练习的并非日文，其实是意志的折磨；而我最需要阅读的不是日文课本，是励志文章。

日本话讲努力干活叫"一生悬命"，我虽然不够用功，总觉得真的像悬着生命,拚死拚活要把日文学会,只是难耐不断的挫败吧。好像一部年老失修的老爷车,开到高速公路上跟人家飙车,引擎虽然卖力运转,最大的想望却是退出车赛。

"没关系,开窍比较慢,不见得就是不会开窍,"太太很同情我的遭遇,频频安慰我:"你跟郭靖一样,本来就是那种勤以补拙的人。"

老师发批改好的习题给我时,体贴地轻声说:"下课再看,免得没心情上课。"

下课时,偶尔会获得好心的鼓励,"你今天进步了。"我当然明白,这是大家的好意,千方百计维持我的自尊。

躲不掉了!我意识到勇敢面对残酷的资质问题了。我想起学生时代最美好的光阴——在艺研所念书时,我们全班三个人,两个女同学,美丽、智慧,我们一起上课、看戏、看电影。美女伴读虽然幸福,却不无压力,我为了在美女面前有所表现,每逢语文考试,必定全力以赴;我的同窗,冰雪聪明,通常是考试前一夜,念两个小时即游刃有余,成绩之优,远远把我甩在后面,现在,她们听说我发愤图强,报名学日文,忧心地说:"叶哥,你年纪大了,念书的事千万别太勉强。"

我努力想追求、学习的事物,和实际能够把握的事物之间,似乎永远保持着一段距离,不太遥远,却无法企及。课程日益艰深,我想逃学的念头日益强烈,上课变成桎梏,教室变成牢狱,如果不是死要面子,我老早就挣脱课本,一辈子不再碰日文。然则,日文还不能摧毁我,它摧毁的,只是我的自信,这个世界还是一样,每个星期有七天。

开始学习日文以来,生活变成以星期为单位,重复循环一种单调的节奏。星期二和星期四下午上课,出门要记得准备停车用的十元硬币。星期一和星期三陷于最严重的紧张,神经质地,复习功课,赶写家庭作业,准备即将到来的挫折感。从此,无暇登山,不太敢看电影,情绪经常低落,精神无所寄,生活失去了趣味。

尤其每星期二、四上午,潜意识里一定是期待着老师突然请假,那种期待,如同在垂死边缘的人期待奇迹能突然出现一样。到了中午,颇有风萧萧兮易水寒的气概,反而不太忧郁。有一次,补习班修理水电管路,临时通知停课一次,我接到电话,好像统一发票中了特奖。

一个月过去了,两个月过去了,挫败感似乎不见好转,每次要去上课,都要先压抑逃学的念头。如果没有复习就去上课,会觉得自己是一头掉入陷阱的野猪,慌张,绝望,等待逼近的猎人的吆喝和狗吠。

幸亏每个礼拜都有一个星期四晚上。

星期四晚上夹在紧张、挫败的日子中间,使原来的周末失去意义。这一天晚上,离下一次上课还有四天之遥,紧绷的情绪顿时松弛,无所用心,诱发人悠闲散步,诱发人痛饮狂歌,这一夜的台北,美得惊人,有时简直像亨利·米勒眼中的巴黎,走在街头,看往来奔匆的人影和车灯,像在看这世界的忧愁和悲哀。是的,只有这一天晚上,可以忍受塞车之苦,看街头到处是"携手共度交通黑暗期"的标语,好像真的可以憧憬未来。

后来,感觉生命是为了这一天晚上而活,这是真正的假日,心情暂时得到释放,刚好培养出足够勇气来应付下星期的苦难。可惜星期四晚上总是过得特别快,像一个快乐的梦。

时间的结构改变了，生理结构也作了一定程度的改造吧。从前我一喝咖啡，半个小时之内会产生心跳加快、呼吸急促、手指发抖的现象；现在却相当依赖咖啡因的刺激。我每次出门上课，即使寒冷，还是要用冷水冲头；进教室前，即使已经迟到，也并不口渴，还是要先跑进街角的便利商店买一罐罐头咖啡提神。

四个月过去了，五个月也过去了，我似乎逐渐能领略学习日文的些许乐趣，如今终于熬过初级班，中级班第一期的课程也将结束。这是一个星期四下午，我走出补习班，走向停车的地方，决定课程结束后暂停上课。这五个多月来的学习，我略微计算，总共把 43 罐咖啡喝到肚子里，把 172 个 10 元硬币投进路边停车场的收费器，并且少爬了 27 座山峰，少看了 12 部电影……这些付出都不会令人懊恼，真正懊恼的是，我开车到公司，还是想不出如何将上述句子译成日文。

——1992 年

当亲爱的人病了

最近,救护车日夜尖叫,大家紧张得快疯掉了。

台北忽然间变成危城,我所有的研讨会、演讲活动几乎都取消或延期了。生活在高传染区,仿佛都成了危险分子,最近,台北人到外县市去,恐怕多会带着些许自卑感,歉疚地戴起口罩。

我们忽然间都变得神经兮兮的。

前些日子幺女双双感冒——扁桃腺发炎、流鼻水、咳嗽。我听她哑着嗓子,反复练习刚学会的童谣,心疼得要命。她还那么小,无法明确表达身体的不适,反映出来的往往是哭闹、食欲不振、睡不安稳,半夜里我被她剧烈的咳嗽声惊醒,整夜无法再入眠,既无法帮她平息咳嗽,只能无助流泪,我还没有宗教信仰,却屡屡想乞求冥冥中的某种力量,赐予我心爱的人具备更好的免疫力,帮助她舒服一点,帮助她赶紧痊愈。

幺女尚未痊愈,昨天,长女珊珊又因发烧、腹痛送进万芳医院急诊室,足足检查了十八小时才回家。医院里,穿梭着全套防护装备的蒙面身影,我亲爱的女儿躺在急诊室病床,仅戴着简单的口罩,我看着她无奈慌惧的形容,别过头去,悄然拭去泪水。

如果可能,天下人都愿意代替亲爱的人受苦受难;然则生命的苦难终于只能独自承担。子女只是普通感冒或肠胃不适,可能就让父母连续失眠好几天,我委实没有勇气想象那些SARS疑似病例、可能病例,乃至已病故者的亲朋的焦虑和哀痛。

SARS蔓延,搞得全世界集体焦虑,在台湾,有商人囤积口罩,有儿童捐零用钱买口罩;卫生署准备限制药局卖消炎药,立刻引起消炎药的抢购潮……

大家好像都慌了，各种预防SARS偏方应运而生，例如教人认真喝绿豆汤、多吃胡萝卜和菠萝，于是有人喝绿豆汤喝到性命垂危，还有人吃毒蝎，更有人养蟒蛇抗煞……有一天我看电视新闻，植菠萝的果农深夜里拿着钉耙巡守菠萝园，后来索性挂起蚊帐在园里守夜，唯恐宵小来偷菠萝。

认真计较健康是重要责任，对关爱自己的人的起码责任。这段日子，我赴校常带着一保特瓶饮料——根据廖美丽医师的书所烧制的饮料，刚好够我往返路途上喝，仿佛因此而有了安全感。

现在，我比较少看到随地吐痰的人了，搭电梯时也不见喧哗者，我经常收到学校"防疫通报"电子邮件，大家都以严肃的态度动员起来了，只要有学生发烧，立即送到招待所之独立空间休养。我相信SARS即将获得控制，经济活动也将逐渐恢复；然则SARS之后，更长远的健康管理呢？我们是否从此有了警觉？

也许SARS蔓延，从此提醒了个人注意公共卫生、善于管理自己的健康，并训练出政府机关的危机处理能力。果然如此，则这次的灾疫，并非没有正面意义，它激发了我们的情感——愤怒、沮丧、怜悯、冷漠、憎恶、悲痛、恐惧、绝望与希望之余，也像一种教育学程，彻底给全台人民上了一课，包括健康伦理、公民与道德；它像一面镜子，叫我们照见自己，逼视自己。

日治时期以来，台湾的医师即有着深厚的人文传统，他们乃知识分子的典型，如蒋渭水、赖和、杜聪明、王昶雄……甚至外籍医师马偕；他们多是社会菁英，如今在缺乏有效的行政支持时，仓促被推上火线，令人不忍。

我的朋友邱展贤就是一个医术高明、认真负责的好医师，他在忠孝医院SARS病房担任总指挥，日夜抢救罹煞病患，等他休假出来，等他隔离期满，我要为他开最好的红酒，亲自下厨，感谢他救人，为他打气。

我每天都想跪下来，向各路神佛乞求，允诺消灾解厄……

——2003年5月27日

摩 托 车

最近路过机车店,常会驻足参观,对那些流线造形的摩托车摩挲之际,往往升起购买的冲动;特别是陷在塞车的路段动弹不得时,更羡慕那些左冲右突的摩托车。想象自己也骑了一部,远远抛开胶着的车阵,咆哮驰过交通辐辏的台北街头,快意中带着冒险的紧张。

幼年游戏的巷弄,平常鲜少听见摩托车引擎,来往的总是脚踏车铃声;偶尔出现一辆本田 50CC,上面必然端坐着衣着体面的绅士。记忆里的童年,遇有摩托车进到戏耍的巷弄,我往往原地立定,目送他离去,带着一种情绪,十分遥远,仿佛童话书里的圆桌武士,策马经过原野。

高二时,同窗好友阿辉刚领到机车驾驶执照。我到现在还清楚记得那天他冲进教室,扬了扬手上的证件,嘴角牵动掩不住的笑意,深度近视眼镜背后的眼瞳闪闪发亮。我尾随他呼啸着冲出教室,快步跑到停车棚……一部崭新的白色伟士牌,像一匹昂首顾盼的白色骏马。

我开始有点崇拜他,这个全班第一位骑摩托车上下课的家伙。

那时候,我们两人同时暗中恋慕着学校里的一个女生,平时互相鼓舞对方的勇气,也私下彼此较量,希望能早日得到美人青睐。自从那部白色伟士牌介入"战局",已彻底瓦解了我的信心。我每天等公交车时,总觉得听见悦耳的机车引擎声,脑中映现的是骏马美女那种心酸的画面;迟早有一天吧,她会坐在他后座,驰骋市郊去游山玩水……我终于放弃追求她的企图，非战之故，我输给一部摩托车。

第一次拥有摩托车是在大学三年级的暑假。为了赚外快买书，我利用那个暑假到仁爱路的一家杂志社上班，正式从一个穷学生变成一个不快乐的伙计。那是校友会办的一本双月刊，文稿多是内制，我的工作除了编辑台上的事务，有时也得外出取稿，更要利用下班后的时间采访、撰稿。

我每天早晨8点打卡上班，傍晚6点疲惫下班，往返阳明山与台北，奔波于大街小巷之间，委实需要一部摩托车代步。这是我们家庭的一件大事。母亲带着她的点滴积蓄上台北，陪我到环河南路的中古车行物色，我性情急躁，对机器又外行，不耐比较选择，无视母亲犹豫的神色、隐约的忧虑，才逛第二间店就断然购下一辆出厂四年的白色百吉发。我十分欢喜，强调这是投资，笃定领了薪水就可以开始回收报酬。付清2.5万元的车款，我们骑了摩托车，沿着环河南路经过百龄桥、士林，直驱阳明山。

车子开始爬坡，我似乎感觉引擎在吃力地转动，发出奇怪的声响。山风带着凉意掠过树林，迎面吹到我们身上；我想起策马入林的骑士，回头告诉母亲：从此不必再为等候公交车苦恼，节省下来的时间可以多读一些书，多做一些事。摩托车继续发出轧轧的异音，排烟管冒出浓浊的焦臭味，顿了几顿，终于在山腰处抛锚。我们在黯黑的山路旁费了一个多小时，弄得两手油污，仍检查不出故障所在。

"会不会被骗了？"她知道我心情恶劣，谨慎地问。

我们母子二人慢慢推着摩托车上山。夜深了，陆续有汽机车打着远灯呼啸而过，我听见母亲年迈的喘息，我回头发现她汗涔浠的脸容有苍老的颜色。

"不要紧！"她勉强挤出微笑鼓励我。

凌晨零点30分，我们终于推到山上惟一的机车店停放，等翌日他们开店时修理。我将车锁好，继续徒步上山，回到我租赁的农舍。

第二天清晨，母亲说想先去南港看一个老邻居，然后就要回高雄了。临行她塞给我两万元，再三叮咛我骑车要慢要小心，千万别急躁，也别忙着赚钱，"我已经替你存好教育费了。"我知道这笔钱是她平日省吃俭用，刻薄自己所攒下来的积蓄。

我坚持送她到台北车站。"骑车要谨慎啊！"她嘱咐我放心修好车去上班，说自己懂得搭车回家。我们在台北街头行走，母亲和我，默默穿过四处奔窜的引擎声和气急败坏的喇叭声。母亲不识字，我也不清楚应该在哪里下车才对？只好告诉她："上车后请车掌告诉你在哪一站下车。"母亲犹豫要走上一辆开往南港的公交车，尚未上车，那车已开始缓缓移动，车掌不耐烦地推她一把："快一点啦！"随即吹哨，重重地摔上车门。

那辆公交车冒着黑烟，一个急转弯驶入快车道，怒吼向前奔去。我从后窗望见母亲站立不稳的身影跟跄扶住座椅，回头频频向我挥手，带着抱歉的神情，慌张地，好像在催促我赶紧去上班。我低头走在来往奔匆的人群里，仿佛也能够明白，热闹中的冷漠，拥挤中的疏离。

第一个月，我总共把摩托车推进修理店二三十次，平均每50公里要维修一次，更换大大小小的零件，所费超过4万元。在长途电话的这头，我总是骗母亲说这辆车很好骑，不敢让她知道，除了那2万元，更到处借贷修车费。那个月底，我领到

7000元的"工读费"。

有时生命的处境，常是重复循环的拖磨，人们为了使生活过得愉快轻松，耗尽了心力，却往往帮助自己的生活更沉重；当我们行经略微颠簸的途程，而改拣一条可能较平坦的道路，其实是误入一条泥泞不堪的小径。

不知有多少深夜，我疲惫喘息，推着摩托车在无人的路上寻找修车店。

"嘿！你买了一部废铁。"士林一家修车店的老板在更换化油器时对我笑笑。

"狠！够狠！"光复南路那间机车店的技工拆掉引擎，抬头笑着说："换这副零件竟然敲你1万7。"

摩托车又在路上熄火了。我雇了一部小货车把它运到环河南路那家中古车行，迟疑地告诉老板车况，他手里握着一根闪亮的螺丝起子，欺近我，吐一口槟榔汁，说："这样好了，你若对这台车不满意，再贴1万5，给你换另外一台。"

那是一个大雨倾盆的深夜，我冒雨骑着甫修好的车回住处，模糊的街景使得这座城市看起来十分陌生。一部熄掉大灯的出租车悄然自后驶近，当车身贴近左侧时，司机忽然猛按喇叭，我吃惊向右闪避，不料右边却是一条低陷半尺左右的排水沟。那个路灯黯澹的雨夜，我连人带车摔了下来，复被车速的余势拖了一段距离才挣扎着爬起来，看见那部恶作剧的出租车重新扭亮车灯，扬长而去。

雨落着，相继有强烈的车灯在路上滑行，雨水打在我疼痛的伤口上，洗涤不断渗出来的血液；我弯腰检视磨破的长裤和伤口。雨势滂沱，眼镜弥漫着水雾，完全看不清楚这城市的建筑和人影。

可能这是生活中难免会有的碰撞、摩擦,和损伤,在人际纷沓的交通中,善意、和谐与健康的心情难免会因受伤而摔跤。

开学了,我辞掉工作,离开充满揶揄和嘲弄的城市经验,躲回租赁的山居,重新检视荒芜的功课,闭门读书,不敢轻易再下山。生命的处境果然是重复循环的拖磨?我为了赚钱买书、改善生活,弄得四处借贷,下课后去餐厅洗碗盘偿清;为了节省时间,而花费数十倍的时间在对付推车、修车。我住在山谷里读书、思想,收拾一些疼惜的心情。那辆抛锚的白色百吉发就斜倚在农舍旁,如伏枥的老骥;大学毕业后,以两千元转售给机车店。

第二次拥有摩托车是在两年后,我回到学校念研究所,并在一家杂志社兼职。日子,像在赶路一般,常要往返于赁居的景美、上班的复兴南路,以及上课的阳明山和故宫之间;新婚的太太也觉得家里确实需要有一部摩托车代步。这次当然不敢再考虑中古车了。我们向同事借了3万元走进机车店,几经比较商量,郑重挑了一辆红色的铃木机车。我每天早晨先送太太去汀州路上班,再骑到自己上班的杂志社,无论刮风下雨,总也不改其乐;这是第一次拥有新车,自然倍加欢喜。

两个星期后,太太筹足了3万元车款,想送来还给我同事,却在公交车上被扒。我望着她被扒手割裂的皮包,望着她慌张欲泪的形容,别过头去,不忍面对彼此的忧愁。

从此我骑着摩托车,总似驮着债务在奔跑。为了弥补亏空的预算,夫妻两人在微薄的薪质中更撙节开支,计较生活中每一笔细微的账目;有时候忍不住去看一场电影,奢侈得仿佛是向未来预支了超额的快乐。

在刚知道妻怀孕那天,我们到公馆看晚场电影。散场后,我故意骑摩托车绕远路兜风。深夜的台北仍有奔匆的人影和车群,来来往往,像没完没了的连续剧,重复演出冗长而琐碎的情节;我们都在这连续剧里分派了至少一个角色……也许,只是跑跑龙套。水源路上的人车稀少,我们步上河堤,车声好像在很远的地方流行,路灯投射在新店溪,随着溪水奔波向前,涌动着美丽的光纹。

"贫穷的摩托车骑士,"太太笑着说:"别人结婚时都有蜜月旅行哪!"我感受她轻度的埋怨里混合着体谅和期待。当她还是女朋友的时候,多次帮我推着那部抛锚的白色百吉发,在炎热的正午,在寒冷的深夜,到处寻找修车店。我们坐看溪水,憧憬着未来的美丽与忧愁,溪水在路灯隐没处转弯,奔向海洋;永福桥下的溪面上温柔升起了一片水雾,带着些许的浪漫情怀,在过去与现在的挫折里。

回到家附近的巷口,时间似乎放缓了脚步,我又想起童话里的圆桌武士,策马驰过原野、道路和森林。我熄掉引擎,让摩托车静静在巷子里滑行;深夜的公寓断续传响洗牌的声音,混合一些猜疑的狗吠,后座的太太把头靠在我肩膀,我曾经亏欠生活一笔债务,如今要和她共同行过这趟青春岁月。

——1988 年

第 四 堵 墙

那年夏天特别赶。

我们几乎每天晚上都在剧场里流汗,为了一出即将公演的戏,通宵达旦地排戏、磨戏。导演要求写实,负责大道具的同学每天捧着19世纪欧洲的家具图册,一钉一锤地模仿制作。天气逐渐转热,校园里的蝉声好像忽然间都集合到耳际吵闹;日子催赶着日子,很快很快,到了学期末就要正式公演了。

我们推出的剧目是果戈里的讽刺喜剧《钦差大臣》,大意是描述一群贪官污吏,把一个异乡的流浪汉错认为微服出巡的钦差大臣,极力奉承、巴结的趣事。这一出戏是果戈里戏剧创作的极致,同时也肇始了俄国的写实主义运动。

那年夏天,教西洋文艺思潮的教授正好讲到易卜生,现代戏剧之父,开启了写实主义的新传统。

戏剧一直发展到自然主义(Naturalism),所谓的镜框式舞台产生了第四堵墙的观念;这种极端的写实主义为了要制造完整的幻觉效果,把舞台大幕视为可以升降的墙——第四堵墙。这堵墙对观众而言是透明的,对演员则是不透明的。意思是要演员暂时忘记自己正在台上表演,而是在一个四面封闭的空间里真真实实地生活;观众进入剧场,不是看戏,却像是在窥探邻人的生活。

相对于剧场的小舞台,在我们存活的空间里,这一堵透明的墙,常常以各种形式揭开,呈现悲喜交集、美丽与哀愁的演出。有时候我们冷静旁观周遭的人事浮变,有时候也正正经经表演,忘记不透明的墙外,也许有许多眼睛正静静地审视着。以前我家隔壁住过一对年轻夫妻,丈夫嗜赌,输掉了积蓄,也输掉了健康;妻子是歌仔戏的小生,脸上常带着亲切的微笑,大概脑海里堆聚了太多角色的对白,她聊天时总是吐露敏捷的诙谐和机智。

他们夫妇过着流动的生活,从这个城镇迁徙到另一个城镇,追寻演出的机会。酬神作醮的日子,她每每在黄昏时出门,走向锣鼓喧天的野台,粉墨登场,对着麦克风大声唱戏;半夜回到家里,洗尽铅华,发现她溺赌的夫婿已典当了最后一套西装,不知去向。我听过她暗暗饮泣,却不曾闻见他们吵闹的声音,这是岁月折磨出来的宿命?还是防备着墙外聆听的耳朵?白天,他们总是关紧房门补充睡眠,因为到了夜晚,一个去唱戏,一个去打牌;他们委实太疲倦了,他们需要更多的精神和力气去对付生活。我总是看见她在隔天的黄昏,拎着化妆箱出门,使用暗哑的嗓音再三叮嘱丈夫;我看见她笑容里折叠了很深的皱纹,那尤其清楚的鱼尾纹恐怕得用更多的粉去填平吧。我没有看过她在戏台上表演过什么英雄事业、儿女情怀的掌故,却每天看她回到空洞的房间,演出自己的孤寂憔悴,以及被丈夫输掉的青春。

居住在现代都市拥挤的空间里,每一幢公寓的每一扇窗都很可能开向别人的隐私,我怀疑这现实生活中的第四堵墙,其实是一堵禁忌的墙。

有一晚我在朋友家玩弄一具单筒望远镜,透过白茫茫的圆筒,对着窗外试调焦距,当视界逐渐由模糊转为清晰,我发现一张放大的女人脸孔,因盛怒而显得有点扭曲的脸孔,我惊吓得放下望远镜,看见那张脸孔竟站在眼前不逾两公尺之隔的阳台:"他妈的!你是什么狗东西!这样偷窥人家的隐私……"她身旁站着两个孔武有力的男人，握紧拳头，配合着那一连串轰雷般的谩骂怒目看过来，他们奋力关门、熄灯，丢下一句严重的"混蛋"，留下羞愧和被误会的我，错愕在灯光明亮的窗前。

公演的日子近了，空气中弥漫着焦虑的气氛和浮躁的情绪，大家说话的音量不自觉提高了许多，剧场内外有零星的埋怨和争吵。演员开始着戏服整排、彩排，灯光调整了又修正，化妆、音效也都试了再改，似乎一接近演出就出现更多的错误。似乎每一场戏里里外外都不免错误。我猜想人生是充满错误的，戏剧才反映错误，并且努力要提醒人们从错误中挣脱出来。就拿这次演出的《钦差大臣》来讲，果戈里即是借着一连串的愚骏和错误事件，揭露帝俄时代的腐败官僚和裙带政治，戏里头极尽尖酸刻薄地挖苦官场百态；一切仿佛很夸张，又十分真实。

戏开锣了。

服装和化妆都华丽美艳，布景道具也搭得精致堂皇，所有的制作都指向肖真的效果。站在舞台上，我开始迷惑于这剪裁完整的幻觉，我仿佛可以看见暗黑的观众席中，有许多狡黠的眼睛审视着；我的意识每一场都游离出所扮演的角色，站在暗中和观众一同讪笑自己滑稽的对白、夸张的动作。当我发现自己完全暴露在强烈的聚光灯下，一无躲藏的角落，更感到惶恐和害怕。

连续五天演下来，我们都觉得好疲倦。每天晚上，幕将启未启的时候，好心肠的票务总是赶到 green－room 来夸张售票成绩，表情带着愧疚和鼓励。那几天台北一直落着雨，艺术馆的大门在等待中打开，观众稀疏地持票入场，我看见导演总是站在屋檐下望向南海路，好像忧虑着天气，似乎又期待雨中来往交错的车灯中，有人会下车，撑伞走进艺术馆。

戏开锣了，我们总是在零落的掌声中感谢说谎的票务，感谢在观众席用力鼓掌的工作人员，以及在谢幕时献花的同学。戏终于落幕，所有的观众都已经离去，大家各自卸妆，拆解道具装置，搬上卡车运走；华丽的布景倏忽回复空荡的舞台。我们步出艺术馆，晚风吹动树叶，植物园的垂柳围绕荷花池低低垂着，荷花池断续有蛙鸣鼓噪，带我从角色回到自己。天地藐藐，刚才还热闹的动作，瞬间成为斑驳的故事；在人生的票房里，欢乐悲愁哪一样才是最悸动的满座？

我开始比较认真去思考戏剧的问题，是在离开剧场以后。那时接触了更多的人更繁复的面貌，意识到大家都端坐在自己争来的位子，恰如其分地扮演着各种角色，才知道已经从剧场的小舞台，一头撞进社会的大舞台。我常常在人群里观看各种刻意打扮的表情，在交际场合遇见浓妆艳抹的言谈，在人们虚虚实实的交通中，不免感到扑朔迷离，觉得一切仿佛都真实，也带着许多虚幻，为一个疲惫的主题演了又演；然则他们或我们知道现在正扮演的是角色还是自己吗？相对于社会大舞台的疏离和装饰，剧场的小舞台需要怎样的一种投注和认真呢？"婊子无情，戏子无义。"戏剧之受冥落古今中外皆然，甚至尊如法国国宝莫里哀，虽然一生备受礼敬，但因为他是演员，不但不能进法兰西学院，死后也得不到基督教徒式的葬礼。莫里哀幽默的魂魄有知，对冥顽的世事人情不晓得是莞尔还是掉泪？我新近认识的朋友中，颇有人为我喜爱戏剧而戒备、猜疑，甚至忍不住耳语："他这人很会演戏哦。"

"演戏"是什么意思？舞台上浓缩了现实的质素，鉴照生命的各种错误，反映人性的懦弱以及潜在的悲因。幕启，灯亮。丑角蹦跳着出现，愚蠢的行径，滑稽古怪的嘴脸，充满谬误的际遇和巧合，为枯索的生活提供了许多笑料。观众往往在哈哈大笑中肯定了自己的优越感，发泄胸中块垒。在笑声的背后呢？丑角要从表演回到自己的生活，他带着一种怎样的情感和寂寞？苏东坡诗云："搬演古人事，出入鬼门道。"意思是说演员所扮演的尽是作古之人，在勾肆戏房中出入，好像出入鬼门一般。

演员从后台走上前台，运用自己的肢体、表情、声音搬演辽远的故事，努力要造成一种剧场的幻觉效果，感动观众；当然，也常常感动自己。灯暗，幕落。所有的掌声消失之后，演员从前台回到后台，卸妆，从往昔的情节拉回到现实的自己，在短暂的时间内，对镜褪尽了油彩和装扮，那是两种截然不同的心情。我想敏感的演员既然饱尝了悲欢离合，对生命的态度应该更诚实、更敬重吧。

我愈来愈明白，人际间这一堵墙其实是不透明的高墙，在拥挤的人潮里，隔绝彼此冷漠的表情，隔开人与人之间的关怀与疼惜。去年冬天的一个早晨，我骑机车要去上课的途中经过三军总医院，看见一个人倒在路旁。那时正好是上班时间，行人来来往往，车辆咆哮离去，偶有路人瞥他一眼，随即转头加快脚步离开；我看见那个中年男子全身痉挛地倒在人车嘈杂的路旁，我清楚看见他倒卧在离医院门口 30 公尺左右的路边，口吐白沫，四肢抽搐，没有人停下匆忙的脚步。我犹豫了一会，旋即催紧油门逃难般逃到阳光灿烂的校园；那一整个上午，我坐在教室里对着要考的课本，被一种冷冽的羞耻鞭笞着。

一整个冬天，我都看见那个无助的中年男子，四肢抽搐，口吐白沫……

纪德在《伪币制造者》透过爱德华忧郁的口吻说："我们每个人都扮演着切合自己身份的一出戏，而承担自身悲剧的遭遇。"是的，有一出戏，漫长而曲折，在各自的生命里重复演出；无论是欲言又止的对白，或悄然泪下的独白，这一出戏演过少年浪莽的故事，又铺排中年迷离的情节，起伏着老年深情的追忆，直到所有观戏的故人都一一散去，夜深的黑幕垂下……

也许真有一堵透明的墙吧，在我们呼息与共的空间里，有意无意间，总窥见别人的种种经验和错误，笑声与泪影。然则无论是经过熙来攘往的忠孝东路，还是行走在装饰繁复的西门町，我都感觉人际间有一堵揶揄的高墙，不能通过，无法透视，隔开彼此的冷漠，也隔开相互间的关怀和疼惜。

——1986 年

论 饥 饿

学生们在广场上静坐抗争那几天,我下班后都会去。那是深夜,我脱离中山南路拥挤的车阵,困难地,勉强将车停妥,迎面涌来的是节庆的气氛。广场上都是人,剧院和音乐厅外面灯火辉煌,学生静坐区周围聚集的数百摊小贩也亮着灯,这些摊贩除了少数卖图书、杂志、录像带,大部分为满足口腹之欲的饮食摊,包括烤玉米、香肠、糯米肠、炸花枝、甜不辣、鸡屁股,和肉粽、寿司、葱油饼、果汁、青草茶……油烟和吆喝弥漫在庙会般的广场上,热闹滚滚。一切仿佛乡村酬神作醮的野台戏,戏棚上疲倦的演员卖力在演出;戏棚下卖棉花糖、李仔糖的小贩好像吸引了更多不专心看戏的顾客。

天气有点寒冷,很想也买一条"民主香肠"来充饥解馋。我引颈望向国家戏院,知道廊沿下有数十个学生在绝食;当我想象这些饥火烧肠的绝食学生,道德感压迫着羞愧心。广场上有风,食物的气味和嘈杂的人声飘来浮去。他们以热情御寒,忍受一寸寸逼迫的饥饿,在充满嘲讽滋味的烧烤油烟中,忍受食欲的侵袭、折磨。

特别在一个过度餍足、虚胖的社会,饥饿,很能代表一种愤怒,一种情操。数十名学生的绝食,立刻升高了温和的静坐抗争。

饥饿也能够是一种力量。

当年甘地为抗议英国政府歧视印度人民,再三进行绝食抗争。这是非暴力者纠正社会不公不义所采取的手段。"绝食乃是消极抵抗者用以替代其本人或对方刀剑的最后武器"，圣雄甘地强调：绝食是一种自洁的历程。他日薄西山时，眼见甫独立的印度各教派间的流血冲突愈演愈烈，乃断然决定进行无限期绝食，以期唤醒被仇恨控制的印度人，他说："纯洁的绝食是一种义务，它的本身就是报酬。我并不打算为了可能带来的结果而绝食。我这样做，因为我必得做。所以，我盼望每一个人都不要动情感来分析我的动机，让我死，如我必需，安静地死，如我所望。死亡对我是一种光荣的解脱，比我眼看着印度败亡，眼看着印度教、回教、锡克教沦丧为好……愿我的绝食能唤醒大家而不是使大家麻木。你们只要想一个根本问题，即在这可爱的印度，有她的一个卑微儿女，够坚强，够纯洁，采取了这种愉快的步骤。"

饥饿而能够愉快，委实是靠近超凡入圣的境界了，我觉得这种呼唤良知的绝食已超越政治动机，升华为一种精神的绝食，要求的是灵魂的清洁。

然则饥饿毕竟是不堪忍受的磨难。当饥饿支配意志，欲望统治了整个灵魂，人性除了贪馋，已经无所谓友谊、抱负或道德了。

卓别麟电影作品里那个温柔天真、多情敏感的流浪汉夏何洛（Charlot）就是一个经常挨饿的人。例如《淘金热》（*The Gold Rush*）有一场描写他和淘金的同伴被困在阿拉斯加的风雪中，携带的粮食早已吃罄，同伴饿昏时眼前出现幻象，一双饿眼把夏何洛看成肥肥的大母鸡，于是危机降临，敌意产生，出生入死所建立的友谊被饥饿吞噬殆尽。夏何洛恐惧、焦虑，拚命闪躲同伴的追捕，连睡觉时也头尾颠倒，双手穿鞋，眼睛藏在被窝里窥伺，不敢真的睡去。

夏何洛自己也难耐饥火，遂将皮鞋煮开，放在盘中，举刀叉切鞋如切牛排，大口咀嚼品尝；吃鞋带仿佛是在吃面条，吮鞋钉仿佛是在吸鸡骨头，状似饱食了一顿美食。这些镜头滑稽笑谑中隐藏着眼泪。

　　饥饿通常是源于贫穷。"朱门酒肉臭，路有饿死殍"，许多第三世界国家的人民拚命耕种，饭桌上却经常是空的。那是阳光照顾不到的角落，贫穷睁大了饥饿的眼睛四处寻找食粮，后面紧紧跟随着的往往是罪恶和耻辱。

　　有人为忏悔绝食，有人为健康挨饿，在富裕的社会里比较常看到的是为美观节食。《墨子》有一则滑稽故事：楚灵王喜欢细腰的人，害满朝文武努力节食、束腰，每天都饿得头昏眼花，要扶着墙壁才能勉强站起来，一年之后，更是个个憔悴得黑瘦干瘪。故事表现专制威权宫廷里一般臣仆的哈巴狗性格；其实，在现代社会，这种献媚取宠的典型并不少见。他们饥饿的目的当然也是为了身材苗条，但不见得就认同苗条的审美观。

　　我颇有一些朋友，婚后担心身材走样、担心妊娠纹而拒绝受孕；以前也曾听说有人不慎怀孕后，恸哭得如丧考妣。

　　印象中，孕妇几乎都是美丽的象征，怀着人们期待的新希望，是许多文学、艺术家讴歌礼赞的对象；然则在饥荒地区，每个孕妇都代表了新的饥饿、灾难和死亡。我曾经在杂志上看过非洲难民，骨瘦如枯枝的四肢颤抖着，那一张张被饥饿蹂躏的脸孔好像受过苍天的诅咒。

　　30年代，萧干有一篇文章《鲁西流民图：济宁车站之素描》，报导遭水患流离失所的饥民，大头瘦脸的婴儿紧抓着松软无乳的奶头，灾童被父母遗弃路旁没人敢认，到处哀号呻吟，简直是悲惨地狱。其中记载了一位 78 岁老太婆领到一个赈灾的黑馍馍，令人动容："她用枯柴的手牢牢抓着，死命地向嘴里填，胸脯的瘦骨即刻起了痉挛。她恨不得一口全都吞下去。旁边有个妇人劝她慢些，她勒紧了衣兜，狠狠地看了那妇人一眼，以为是要抢她的那份。"

也许拒绝生育有其严肃意义。

我总觉得近代中国患了严重的饥饿症，这种饥饿症恐怕源于人口的过度膨胀。中国人特别喜欢生育，总是竭尽所能去繁殖后代。自孔、孟、墨、荀以降的思想家又多主张多子多孙多福；统治者为了富国强兵的征税和徭役目的，也鼓励大量生育。但生产者同时是消费者。马尔萨斯的《人口原理》早就警醒世人：人口增殖力远大于土地提供的生活资源。这本书由于"一举粉碎了和谐宇宙的一切美好希望"、"推翻了人类进步的前景，而代之以一贫瘠、阴沉而冷清的未来"，问世之初即人人咒骂，马尔萨斯也被当做仇视人类的恶魔。

然而从 20 世纪的 40 年代开始，世界人口在 30 年之间迅速倍增。在未开发国，平均每天有 1 万人因营养不良所引起的疾病致死；每 20 个小孩中有 10 个极可能因饥饿而夭折，另外 7 人则可能患有生理、智能上的障碍。他们一生要面对的最大问题是饥饿。

有位学者指出，中国农民就长期在饥寒中绝望挣扎，以廉价劳动，勉强支撑千疮百孔的近代中国社会，他们一生奋斗的目标常常只是图个温饱；历朝政府的施政目标也多只求"黎民不饥不寒"，经济既在人口增加、效率降低的双重危机下恶性循环，整个社会也就不思进取、暮气沉沉，终于恶化为几百年来积弱不振的贫困文化。我想,台湾社会也是饥饿症患者,在这虚胖的年代,狂赌大家乐、六合彩,狂飙股市、房地产……都是贫困文化下的饥饿症状。

　　醉过方知酒浓,饥饿过的人通常比较会珍惜食粮,也更懂得品尝饱足的滋味。面对珍馐佳肴固然欣喜,酒足饭饱也令人愉快;但挨饿之后再享受美食,等于是穿越曲折、艰辛的坎途才观赏到明媚的风景,是更快乐的满足。精神上的饥饿常表现这种境界。

　　我明白自己是一个贫乏浅薄的人,对于知识的追求就常常维持饥饿状态。我爱书爱得有些辛苦,也有些贪馋,那窘状大约和阿城在《棋王》这篇小说所描写的馋相仿佛:有一点虔诚,一点点寒酸,以及许多的疼惜和不安。

　　在记忆所能追索到的童骏时期,书包里拥有私人图书委实是值得骄傲的财富。我每次看见他们各自从书包里取出图书翻阅,大部分同学多跑到操场上嬉戏,麻雀在教室外叫;我看见他们彼此交换着配有彩色插画的童话,和当期的《王子》半月刊。他们的嘴角时而牵动高兴的形容,时而透露担忧的神色;我在后座,停止练习四则运算法,趋前看那些神秘的童话。我觉得他们鼓鼓的书包里鼓满了流浪与冒险的故事,那样真实、逼近,却又十分的虚幻、遥远。麻雀在窗外乱叫,远远近近地,笑声从嬉闹的操场那头传来。我羡慕地站立他们后面,日光透过窗玻璃,关怀地照在翻到一半的《卖火柴的小女孩》。我仿佛看到那个饥寒交迫的小女孩,跣足在雪地上兜售火柴,雪花落在她的长发上,在耶诞夜,每一户人家的窗口都点亮了温暖的灯光,街上飘来烤鹅肉的香味,她哆嗦着瑟缩在墙角,感觉饥饿和酷寒又侵袭过来;我看到她又抽出一根火柴，犹豫擦亮，小心把冻青的手覆盖在上面，火光像一根小蜡烛，幽微地，照亮一个贫穷小男孩最初的饥饿。

上课铃响了，他们将图书收拾进书包；我收拾不了的心情开始梦想有一天也能够拥有像《金河王》、《圆桌武士》、《鲁宾逊漂流记》那些装帧着美丽封面的故事书。这种梦想慢慢发展成一种蠢蠢欲动的饥饿感。记得是小学快毕业时才提起勇气借书，被拒绝后好像自尊心遭到伤害，从此不敢再启齿向人借书，那种渴望买书读书的念头也渐渐被贫穷压抑，变成潜意识里遥远而模糊的愿望。

直到高中一年级，我才认识升学考试用的教科书、题库参考书之外，还有"课外书"。同窗好友佳致显然很同情我的无知，遂介绍一些他读过的课外书如《老人与海》、《茵梦湖》、《少年维特的烦恼》、《基度山恩仇记》等等这些"世界文学名著"给我培养气质。从此我果然就常到旧书摊去买印有"世界文学名著"那种商标的翻译小说，而且变本加厉，每天从母亲给的饭钱里点滴攒积书款，想尽办法省吃俭用到苛酷的地步。我几乎天天都在看小说，上课看，下课看，搭车看，吃饭看，如厕也看，每天看到三更半夜，常常不知东方之既白，好像求知欲忽然真空地膨胀。

是不是曾经匮乏过的孩子，潜意识里隐隐会有一种不足的心情？有一种害怕再度匮乏的危机？我的书架上就储备了过量的书籍，读过的，未读的，有用的，无用的，只要是喜欢，就放肆了购买欲。

读书的速度却永远追赶不上买书的冲动，而穷学生站在书摊前，不免会为知识的渴求和肚皮的饥饿彷徨冲突。我就有过几次这种挨饿经验,肚子饿的时候,偏偏就发现一本寻找了很久的书,书价公道,刚好是口袋里的全部数目,于是再三告诫自己不能买千万不能买,买了就得饿饭!

我的《覃子豪全集》就是在那种情况下买的。它摆在高雄市五福四路的一间书店里,夹在一大堆升高中、升大学"题库"、"汇编"之类的参考书之间,有一点破损,也堆了大量的灰尘,书价是120元。新台币120元!那时候正想吃午饭,"饥火烧肠作牛吼"。我全部的钱财就是这120元,这些钱本来是包含了眼前的午餐、晚上的自助餐和第二天的阳春面。第二天佳致是约好了会来找我,可以请他救济,但我真有把握挨到那个时候吗?万一,万一他临时有事没来呢?我在书店和面包店之间犹豫徘徊,手里紧紧握着口袋里的钱,两种欲望在内心交战、挣扎。

那天下午,我倒了一杯500CC的白开水,坐在床沿读《覃子豪全集》。饥饿很快又噬了上来,食欲模糊了眼睛,精神往下沉,力气在消失,那种感觉如潮汐冲击礁岩,起初是一波一波地侵袭,然后就完全淹没了感官系统。饿,原来不只是干胃枯肠在作怪,大约还存在着一种精神欲望,当你不知道下一餐,乃至下两餐的着落时,恐怕会更饿,而且饿得更快。因为害怕那种折磨人的饥饿感,我黄昏时就开始睡觉了,准备睡到第二天下午佳致来救济。半夜两三点,我做了一场噩梦,梦见自己正在努力吃大餐,那时肚子已经饱得撑不下了,嘴里还一直塞进食物,肚皮渐渐鼓起来,嘴巴仍使劲在吃,直到肚皮像饱胀过度的气球,才在即将爆裂的瞬间醒转,惊出一身冷汗,坐在床头分不清楚是饱还是饿?

多少年了,我仍喜欢买书,可能也还保持想认真读书的心情；虽然已渐渐觉得，书之于人不必就像吃饭那么要紧。昨晚我从墙角取出一本未读完的旧书，掸去尘埃，发现扉页有许多蠹鱼蛀蚀的痕迹。我错愕地捧着书，如果不是要整理书架，非但书皮将沾惹更多尘埃，恐怕整本书也难免要变成断简残篇，想起古人烛窗雪案，更觉得惶悚不安。

在餍足、虚胖的社会，我一边生活，一边批判，却鲜少反省到自己微凸的肚皮，啊！这具多脂肪的肉体也患了饥饿症，一直忙着应付生活，照顾三餐。我惭愧翻书，好像又看到那个卖火柴的小女孩偃卧在雪地里，蔷薇红的脸颊犹带着微笑，阳光升起，照着她的小身体，点亮我记忆里幽微的火光。

论 诗 人

1

下午，我坐在案前读书，听见小区的儿童游戏场传来一个逐渐清楚的男童高声朗诵："看哪！天是蓝的，海也是蓝的。"我感到惊讶，开窗找寻声音的来源，想确定是哪个小诗人在练习诗句，一个女童的声音淡入："海边有细细的白沙，我们用白沙堆城堡。海边有亮亮的贝壳，我们用贝壳做城墙。"

我被歌颂大海的小诗人感染。在午后沉闷的公寓里，向往海边戏水的心情忽然就澎湃起来。

中国传统的知识分子几乎都是诗人，一生或多或少总作过诗，遇到红粉知音会藉诗传情、英雄相惜、意气风发要酾酒赋诗，穷途末路时得咏诗抒怀。风气所及，不管是采莲摘桑、丈夫移情别恋，或看到雨打芭蕉、听到杜鹃夜啼总会濡笔咏叹，甚至成为阶下囚也不忘题壁几行。难怪林语堂会认为中国的诗已经代替了宗教任务，说宗教之于中国人只不过是装饰的点缀，遮盖人生的疾病与死亡；而诗，却给予中国人宗教的灵感与活跃的情愫。

可惜诗人只是"人"，不像评论家、哲学家、小说家、演说家、政治家、画家……等等这个家那个家，不像各行各业可以轻易成家，自然天生比较歹命，在世时往往得不到了解和票房，作古之后才忽然被许多慧眼独具的人发现。这世界，诗人大约都曾梦回唐代。

自古以来，诗人饱尝的奚落、嘲讽似乎是一种原罪，忍受到今天，窘境未尝稍加改善。柏拉图在《理想国》第十卷中揭发诗人的罪状，说一切诗人只是摹仿者，专门欺哄小孩子和愚笨的人，"摹仿只是一种幻术之类的玩艺，谈不上什么正经事。""我们要拒绝他进到一个政治修明的国家来，因为他培养发育人性中低劣的部分，摧残理性的部分。"指责诗人种下恶因，专门逢迎人心的无理性部分，餍足人的感伤癖、哀怜癖，断言"除掉颂扬神的和赞美好人的诗歌以外，不准一切诗歌闯入国境"。中世纪的经院哲学家更责备诗是"魔鬼的药酒"，是一种诱饵，导引人心去幻想。

　　尼采透过查拉图斯特拉，指责诗人太爱说谎，爱说谎的原因是对一切懂得太少，而且拙于学习；因为懂得太少，所以打从心底喜欢懵懂。"唉，我是多么厌倦诗人！"查拉图斯特拉觉得诗人从来不曾深思过，都是十分肤浅的小水池，为避免让人一眼看穿，诗人们遂将自己的水搅浊，大家在混水里摸鱼，说他们身上往往只有咸稠的粘液，不见心灵。

2

　　近来诗坛"演诗"之风日益流行，诗人似乎有从书房走向舞台的倾向。诗人的头壳里也许装满了美妙的音乐，但他的嗓音不见得悦耳，仪态也通常不甚优雅，不很适合跟歌星一样站在聚光灯下表演。

　　我刚进大学的时候，面对各种热闹的社团招生，毅然选择最冷门的诗社，后来才知道这个诗社并不鼓励创作，大家在乎的是诗歌朗诵，热衷于参加一年一度的"大专诗歌朗诵比赛"。我第一次参加例行活动，即难以适应他们以道士招魂的音调，配合手势和表情，唱着激昂悲愤的反共战斗诗；然则来不及夺门逃跑已被负责训练新生的京片子社长逮住，京片子社长有意矫正我的发音，递来一首短诗，坚持要我站起来，使用那种比肥皂剧更夸张的表情和声音，朗诵给大家听——

冈上的轰（风）
冈上的蚁（雨）
冈上灿灿然骚（烧）了一整季的杜奸（鹃）花

我的台湾国语提供社员们持续的哄堂笑声，自尊却也使我的双脚从此不敢再踏进诗社。柏拉图在《伊安篇》中假藉他的老师苏格拉底之口与伊安对话，说要干朗诵诗人这一行业就"得穿漂亮衣服，尽量打扮得漂亮"。强调诗人作诗全靠灵感，高明的诗人如荷马，创作优美的诗不是靠技艺，而是因为有神力凭附着，依神的驱遣，才得到灵感。他说诗人"不得到灵感，不失去平常理智而陷入迷狂，就没有能力创造，就不能作诗或代神说话"。我认识的诗人中有的作诗就无暇思考，靠泉涌不止的灵感，日写千行，仿佛真的被神驱遣。歌德就说拜伦作诗像女人生孩子，"用不着思想，也不知怎样就生下来了。"

3

我抱着3岁的珊珊在夜晚的乡村散步，星光灿烂，她忽然提问：

"爸爸，为什么眼睛长在嘴巴和鼻子上面呢？"她似乎已经怀疑很久了。

"为了看得更远呀!"我想到白居易的诗句,忽然觉得自己有一点睿智。

"看得远作什么?"

我的脑海立刻浮现一张脸,自己的脸,鼻子暂时不变,眼睛和嘴巴易位;不行,我戴着眼镜,因此平常的地理位置势必要跟着下降,而且架眼镜的鼻子也失去功能。我猜想每一个人天生具备诗的能力,乃至哲学思辨的能力,长大后不知怎么搞的,竟然就消失了。

我的女儿读高中之后,可能意识到有一个诗人父亲是值得自卑的事,从来不敢声张,后来不知如何竟有部分同学听隔壁班的国文老师说了,就忍不住问:

"听说你爸爸是一个诗人?"

"嗯。"我可怜的女儿可能羞红了脸,低下头承认。

"那,诗人会生小孩吗?"女儿的同学忽然不知如何安慰快要恼羞成怒的对方。

"废话!我怎么出来的?"

"是喔……那,他平时在家,正常吗?"女儿的同学充满了同情。

"大概吧。只是,他有时候会做一些太极导引的动作。"

"是喔……他平常在家会一直朗诵诗歌吗?"

4

我常觉得诗人是神偷,其成就往往取决于偷窃的道行。普罗米修斯盗窃了天上的火种,诗人肯定是偷了某种神秘的声音,才会被贬至凡间，受尽屈辱。

诗人的听觉神经特别发达。查拉图斯特拉说，不学无术的诗人相信：只要伸长耳朵躺在草地或斜坡上，就可以学到天地间的些许事物；倘若诗人感受到些许温柔，就会以为大自然也爱上了他，并在他耳畔绵绵低语。这使我想起夏卡尔（Marc Chagall 1887～1985）画笔下《躺卧的诗人》，那样耽于孤寂和梦想——淡紫色的天空俯瞰松树、农舍和草地，马和猪各自觅食，月亮隐匿在森林深处，诗人平躺在青草地上，双手交叉于胸前，孤独而满足地，沉入深邃的幻想里。

也许靠的就是这种心灵的听觉，我们才会被诗人弄得神魂颠倒。

诗人容或近视，眼光所及，却可以透视星空，直达我们隐秘的观念和梦想。人人都可以登高窥月，"偶开天眼觑红尘，可怜身是眼中人。"只有诗人才看得到。

别以为诗人的特异功能有多么了不起。诗人像李白这样彪悍又充满自信的并不多，米兰·昆德拉一口咬定抒情诗人都产生在女人主政的家庭，他们一生都在自己脸上寻找男子汉的标志。我的诗人朋友多有一种不安的特质，比普通人容易脸红，遇到女孩直视的目光就会心律不整，一场雨、一朵花都足以摇撼他们。

也许是敏感易摧的神经系统，给生活带来痛苦，导致非逻辑的思维。

天地间许多事只有诗人会梦得到，尤其是白云之上的仙境。诗人可能比较容易孤芳自赏，难怪弗洛伊德将诗创作等同于白日梦。诗人通过化妆和隐晦，来降低暴露白日梦的私密。

幸福的人不会幻想，现实生活中不能达成的愿望，是驱使诗人幻想的动力，每一个幻想都是一个愿望的满足，都是对缺憾的一种矫正。

这种异常的心理架构，很容易导致社会行为失调，焦虑，自恋，缺乏责任感。可能是童稚、自恋性格的发育不全，我和我所结识的诗人，或轻或重，多是心理学上所谓"小飞侠并发症"患者，像被宠坏的孩子，虽然并非满口乳牙，不甘愿长大的性格却像极了彼得·潘，和中国的哪吒、孙悟空。

"将来千万别嫁给诗人，"太太在中文系念书时，她的老师史紫忱知道我既写诗、又学戏剧后，曾面色凝肃地规劝她，另外再找高尚一点的男朋友，"何况，焦桐又不是向阳。"

大概史老师的心目中，向阳是惟一有能力养活老婆的诗人。我明白他关照学生之殷切。嫁给一个诗人已经够倒霉了，若还得妻兼母职，照顾一个长不大的小飞侠，岂非人间炼狱？

5

世人多以为恨诗，其实常常不察觉自己偶尔是个诗人，善于玩弄诗的技巧，政客语多双关的发言如此，商业广告亦然。我常惊讶社会上广泛运用着诗艺，特别是政治图腾，旗帜，徽章，标语，教条，各种看似平常的动物或花卉，都可能变成强力的象征符号，激发希望，叫信徒狂热，叫信徒慷慨牺牲。锺嵘强调诗的社会教化功能，可以"动天地，泣鬼神"，威力可谓惊人。

干诗人要有巨大的勇气。诗集是票房毒药，路人皆知，堆满仓库的滞销诗集，不断要支付租金、耗蚀成本，最经济的办法竟是，送进碎纸机当做废纸处理掉。票房使出版商在出版诗集时有着从事慈善事业的光环，使诗人有被救济的幸福感。缺乏知名度的青年诗人，期待出版诗集，无异期待一记耳光。我虽不乏搞出版的朋友，却觉得开口请对方出版诗集，简直是谋害。

在富裕的社会，要求人安贫乐道实在不近人情，但"诗穷而后工"，抑郁固然有碍健康，贫困孤独却常常成就一个诗人。历史上像王梵志这样活泼快乐的诗人十分罕见，忧郁孤寂似乎才是他们共通的气质。

诗人是适合寂寞的。诗人最缺乏的，恐怕也是寂寞。在台湾社会，诗人所组成的社团自成一个拟国度，彼此之间，纷争不断，情况很像金庸的武侠世界。各个诗社给我的感觉跟少林、武当、峨嵋、崆峒……等派相仿佛，大家各据山头，壁垒分明，颇有争夺"武林盟主"的态势。虽然一切的是非只能是"茶杯里的风波"。

可能很多人觉得，这世界少了诗人会安静些。

现实世界中，诗人的窘状略如波特莱尔笔下的信天翁，这种大海鸟本是云霄的君王，"来往于暴风雨中且嗤笑弓手"，一旦流落在充满叫骂的地上，那巨大羽翼不但妨碍行动，也使它显得滑稽萎弱，被水手们玩弄取乐。

诗人最难堪的不是遭商品市场遗弃，而是被蠢人嘲弄。蠢人加上权势，刚好可以形成乌云，乌云流行，总是遮掩星空；然则乌云得到暂时的演出，却无损星空的灿烂。

高瞻远瞩的诗人不会汲汲于登台表演，他可以在乌云的幕后保持寂寞，在黑暗而高远的苍穹发光发亮。诗人应该减少做人情，打知名度，应酬只会伤害创作生命，他应该增加孤独的时间，平静面对自己，聆听在热闹中听不见的声音，那来自心灵与智慧深处的回声。诗人最大的美德是作好诗，不必急着当理论家，吹捧自己的作品；也不必当编年史家，赶紧把自己编进文学史里。

6

我不想谄谀当代诗人，也不愿被人拍马屁，这种行为虽然很流行，却无法使诗人们更有作为，我们太需要诤言了，虽然说谎比诚实更容易，恭维比批评更舒服。

近年来，我有机会多次评审校园文学奖，发觉参赛的诗稿绝大部分呈现贫血的内容，我惊讶的不是作品的生涩，而是诗人对诗的完全陌生。此间的文艺刊物每天都可见诗作发表，我怀疑这些尝试写诗的青年是从来不读诗的，他们的作品读起来好像是电视上一天到晚在播放的流行歌词，有些则是放心大胆地抄袭流行歌词。

虽然诗缺乏市场效益，此间诗人密度之高和产量之巨，令人惊异。有的年轻诗人一年的诗产量，轻易可以超越盛唐大诗人一辈子诗作的总和。然则大部分人写诗还停留在学习拼字游戏的阶段，他们相信作品的生产不是通过努力追索，而是乱七八糟闪过脑海的东西，因此表现出来的极致是机巧，是一些也许有趣的排列组合，提供生活无聊的人消遣解闷；但进入信息时代，这种游戏已经落伍，我们用不断翻新的计算机软件，可以玩出更多花样。至于达不到拼字机巧者，其作品读起来跟灵媒作法事相仿佛，通常是喃喃自语，提供缺乏自信或智障者一种精神官能的满足，不能说完全没有效果。可惜这些诗人大部分作品多像是随地吐痰，是一种不好分类处理的垃圾，徒然浪费纸浆，破坏人文生态。

于是人们也许要说，他只有在吃下泻药时才作得出诗。

我们亟需培养审美能力，和开阔的视野；但诗搞到只会故弄玄虚，既无法引起联想，又缺乏美感，问题一定出在作者的表现手腕，即语言组织有了传递的障碍。知识过分渊博的大诗人作起诗来往往无一字无来历，身为读者努力读书当然还不够，得劳驾注诗家来指引这一行出自何事，那一行出自何书，句句典故，步步惊险，稍微不慎就会遇伏，全诗触礁。李善注《文选》即偏重查考典故，忽略疏通文义，正是患了"释事忘义"的毛病。

既然要读诗，为什么不挑可口一点的？诗人的本领不在设计韵脚、安排节奏，或堆砌华丽的辞藻；诗人的功力表现在山穷水尽的平凡事物中，开拓出柳暗花明的景色。

我相信只有好诗人才可能写得出好诗，读好诗是一种高尚的心智活动。因为真正的好诗能够让读者踮起脚尖，窥探到智慧的风景，值得我们用最清醒的时刻去仔细研读、吟诵。

7

很多人年轻时都作过诗，那是蠢蠢欲动的初春，阿波罗的七弦琴谱出的主题。

小说编织情节；戏剧铺排意志与环境的冲突；诗，尤其是抒情诗，则着重情感。情为心声，在宇宙万物面前，他是一个情人，不是挖掘事实的侦探，不是针砭弊病的大夫。只有爱能够接近诗。就某种现象观察，诗人有特异的生理构造和官能感受，这种感受可能是与生俱来的。陷入情网的男女，随便遇见一张落叶，吹到一阵微风，或照着了一片月色，都会有感触，很容易就在心中飘起缤纷的花雨。徐志摩从来不曾想当诗人，到英国留学时结识了林徽因,爱情的追求和失望,使他变成一个诗人。

情人和诗人的距离最短。没写过一帙情诗的诗人是值得怜悯的;一场没有互赠情诗冲动的恋爱,显得多么乏味。刻骨相思不藉分行抒写,难道还有更好的办法向对方倾诉?

有出息的诗人不会让青春的热情枯竭。思想这引擎,会随着知识和阅历的增加益趋复杂、精密,当它高速运转时,最需要的能量是充沛的感情。林语堂说:"诗是思想染上情感的色彩。一首引人入胜的好诗,就等于是一种祈祷。"只有深情能美化生命,感动理性。支撑李白雄伟的浪漫精神,是激昂的情感;杜甫的杰作,多完成于安禄山事变后,他的成熟,表现于对人间无微不至的挚爱。

伟大的诗人恐怕都因为他们像个人样。我心目中的诗人不一定要像卢延让那般苦吟,却必须是一个严肃的艺术家,用功读书,仔细写作。

从荷马开始,诗人就是美好艺术的象征。我想起许许多多的名字:屈原,陶渊明,李白,杜甫,白居易,苏东坡……他们给人一种珍贵的价值感,我工整地书写这些名字时,总是带着虔敬的心情。

论台语电视连续剧

每天下班回家时，大约是电视8点文件的时段，我进门总是看见母亲守在电视机前。有时候，我会坐下来陪她看一段台语连续剧。母亲很容易入戏，边看边咒骂剧中的坏人，或为剧中的好人一掬同情之泪，偶尔也批评他们乱演。很惭愧，我不曾陪她看完一出，每次观看不到十分钟就觉得血压上升，气得想骂粗话，深觉眼睛和知感神经统统被电视台侮辱了。

就我有限的观看经验，台语连续剧只有坏人、好人两种角色：坏到极点的恶棍，和好到愚蠢地步的乡愿。坏人每次出场就大吼大叫，摆出一付穷凶极恶的样子；好人则一天到晚哭哭啼啼，呼天抢地。这么多年来，我们的连续剧还是完全不长进，尤其是台语连续剧。

台语剧制作单位所设定的对象是什么？从编剧、导演到演员，制作单位把观众贬低到幼稚的地位；我怀疑，恐怕是制作单位本身有智障倾向，完全没有能力改善制作水平。

不晓得台语剧演员是经过哪一种管道训练出来的？他们的表演方式非常怪异，总是声嘶力竭地咆哮，哀求，哭嚎。好像台湾人讲话就是那副粗鲁而低贱的德性，好像人与人之间的相处，充满了仇恨和怨怼。

台语剧并非没有好演员，如白冰冰、陈松勇、文英等等，但大部分的演员从脸部表情到肢体动作，都不会比布袋戏偶细致、丰富。他们的表情是面具化的、制式化的，显现极度的夸张，喜悦时好像就戴上一付代表喜悦的面具；悲伤时立刻就换上一付悲伤的面具。他们的肢体动作是漫画式的，一举手一投足都好像在告诉观众："我在演戏，我正在用力演戏！"这是一种鬼哭神嚎式的表演体系，人物代表的并非殊异的个人，也非行为类型。换句话说，甲剧里的某一个演员，跑错摄影棚，忽然出现在乙剧，也不会令人觉得唐突。此外，化妆也一无是处，电视妆竟化得比野台妆粗糙。总之，整出戏的环节不仅简化了人物，也抽离了人物的社会性关系。

以前布雷赫特（Bertolt Brecht）的史诗剧场讲究疏离效果，他的疏离是一种深刻的省思，鼓励观众"生产地参与"舞台行动，演出的每一个因素都要为疏离效果而设计。台语剧恰恰相反，他们拼命追求写实，却不断产生令人反胃的疏离效果，明明取材自当前台湾的时空，所呈现的景物与人物却陌生得匪夷所思；明明是浓厚的乡土氛围，对话却充满滑稽的文艺腔。

母亲没受过教育，我每次想到她打开电视机只能看到这种低级的连续剧就难过得要命，我知道，她其实不是爱看那些戏，她不识字，亲朋好友都在南部，频道转来换去又都一样，无可选择，为了打发时间只好继续忍受。

——《公视之友》第六期

论 旅 行

决定去走一趟雪山。在后阳台角隅寻出以前的登山装备,发现泰半已不堪使用——锈蚀的背包扣环,布满蛛网和灰尘的水壶,破裂的雨衣,变硬的登山鞋,故障的指北针。八年了,远离我喜爱的高山足足有八年了,我在这些破损的装备中看见光阴走过的足痕,同时感悟准备再出发的喜悦,和出发的困难。

出发,总是生活中最惑人的动词。纪德未满20岁即立下刚果之行的愿望,但直到36年后才成行。多哥青年米歇尔·保马西16岁时,偶然在书店买了一本《从格陵兰到阿拉斯加的爱斯基摩人》,阅读后整个心灵充满格陵兰的召唤,幸亏及时觉悟实践的重要,边走边打工,6年后才得以离开西非,也才有《格陵兰游记》的写作。

我做小学生时,郊游远足是会失眠的大事。半夜从床上爬起来检视书包,书包里,两天前就准备妥当的森永牛奶糖、三叶葡萄干、水果……统统对着我微笑。

对我来讲,古寺茅亭之所以迷人,乃是因为坐落于深山幽谷,我酷爱游山玩水,为了亲近大自然,甘愿辛苦奔波。"仁者乐山,智者乐水。"孔子的观念里,亲近山水不只是人类的天性,原来和聪明道德相关联。我虽然不常出远门,却和济慈一样,宁愿当个鲁莽的旅行者,也不愿是个谨慎的定居人。

旅行予人健康、愉快和力量,并增加生活的乐趣。屈原通过旅行,纾解了心中的郁闷,和忧国之情;庄子出世脱俗的旅游思想也结合了养生,都达到精神卫生的效果。普希金在叙述诗《茨园》里描写富家青年阿乐哥抛弃养尊处优的舒服生活，随着吉卜赛人流浪天涯，他爱过夜的草堆，爱那种懒懒的沉醉，他厌烦的城市生活是"出卖着自己的自由，对着偶像磕头；讨那一点儿钱，还带一根锁链"（瞿秋白译）。

没有旅行的生活，就像没有变化的季节，四季皆春再怎么怡人，难免显得单调、乏味。特别在都市里营生，我们以一己忙碌的工作，介入社会高速的运转，在这条生产在线，每个人都像一颗螺丝钉那么渺小，那么重要。旅行就是暂时脱离轨道，脱离这条生产线，把自己释放出来，免得有一天真的变成一颗重要而固定的螺丝钉。

当我们离开熟悉的环境，出发，到这地球上任何一个陌生的角落，已经在变换环境的同时，卸下社会角色。李白"一生好入名山游"，我总觉得在深山的旅行是比较直接、彻底的一种旅行方式，让精神从充满记号与信息的生活中释放出来，暂停收视一切传播，面对的只有大自然，和自己。

旅行不仅是变换空间，也变换了心情，更要紧的是保持悠闲的视野。我每天从木栅出发去上班，经过警察学校、辛亥隧道、公墓、蟾蜍山、"三军总医院"，沿着新店溪的堤外道路通过青年公园、跑马场、果菜市场到达万华。这条上下班的路大约是13公里，我每天如此这般从起点到终点，都是行色匆忙，只想要赶快到目的地，不曾悠闲体验过这段路程。

中学时代写作文时，常喜欢喻生命为行旅，"人生的旅程充满奇花异草，值得驻足欣赏……""人生的旅途崎岖坎坷……"云云，云云。也许旅行真的就是人生的缩影也说不定，从摇篮到坟墓，我们行色匆忙，如果缺少了对这个过程的体味、静观，就不容易获得旅行的情趣，和想象。这趟"人生的旅程"如果只是要赴目的地，不就等于只是在赶赴坟场吗？

　　高明的旅人，都有一双善于发现的眼睛，一般观光客容易忽视的风景，机场与交通，街道与建筑，任何平凡的地方，都可能在静观中发现，阳光与风在上帝的花园追逐嬉戏。我读游记，特别向往乘坐江南乌篷船，鼓枻于中流，系舟于曲岸浓荫。然则我们月夜泛舟，看得到白露横江，再感喟一下"逝者如斯"、"盈虚者如彼"就已经很不赖了，能进一步发现清风明月的"耳得之而为声，目遇之而成色"，是何等眼力！

　　那次爬雪山，我辛苦走了将近10个小时的陡坡，登上3884公尺的主峰顶，将某个登山团体制作的标高铁牌摆好位置，右脚踏三角点，露出胜利的笑容对着镜头。我后来看到这张照片，总觉得那笑脸，选举海报上才会有的那种笑脸，不应该出现在云海之上，雪山的顶峰。当时，我心中一定充满了夸耀欲，我的眼睛大概只注意到照相机、姿势，而忽视了风景。

　　徐霞客专访人迹罕至之地，见到陡峭险峻的危岩高峰，必攀登而后快；知道深邃莫测的洞穴，非得一探究竟不可，他那种强穿森林、泅渡急流的本事，等闲不能至。玄奘、马可·波罗，以及圆仁可歌可泣的旅行经验，没有超凡的意志力和行动力莫办，也不是一般人的足迹所能企及。我心目中的旅行并非一定要江湖寻踪，游览"天下第一"级的名胜奇观，或"十景"、"八景"之类的烟、霞、荷、月、钟、塔，或什么三十六洞天、七十二福地。行远必自迩，我颇有一些关心自然生态的朋友乐于在住家附近作定点旅行，报导，写作。徐霞客的壮旅，也是从家乡附近太湖开始的。

大学期间，虽然赁居在阳明山的山谷里，却连一座郊山也没有爬过，我对团康活动殊乏兴趣，也不愿和一群人跑到风景区玩游戏，因此大学四年不曾参加踏青活动。我最不堪忍受的旅行经验是参加观光团，分秒必争地，从一个风景名胜赶到另一个风景名胜，或被带到某某政治领袖的故居、行馆，听导游背书般讲述"这是他老人家吃饭的地方"、"那是睡觉的地方"、"这是他和夫人曾经休息、聊天的凉亭……"我曾经跟着一个旅行团到桂林，白天搭着游览车绕来绕去，参观石灰岩洞；夜晚，导游应台湾客要求，带队到专门开辟出来经营卡拉OK的石灰岩洞内唱歌、跳舞。然后，坐进一部中型巴士里颠簸了48小时，被运去参观名人故居。这次的疲惫经验，使我有好长一段时间不敢坐汽车旅行。

　　有好长一段时间，我以为火车上的座位是天下最好的座位，坐在那上面，手拿圆圆的便当盒，看奔跑的工厂、电线杆、房屋……进入隧道，再冲出来，看见明亮的稻田、河流、山、海……有人下车，有人上车，旁边位子又更换不同的人。

　　火车，我指的是铁路尚未电气化前烧煤的那种火车，头靠着长背椅，眼睛注视玻璃窗外的风景，和玻璃窗上模糊的脸，从童年到少年。我一直觉得铁路比公路有旅行感。铁路便当虽然和公路便当一样差劲，吃起来却特别有漂泊的滋味。即使旅程尚未真正开始，站在站台上候车也会升起一种浪迹天涯的感觉。在出国旅行还不普遍的年代，火车站的站台算是离别味最浓的现代阳关，"各位旅客，××点××分开往××的××号列车快要开了，还没有上车的旅客请赶快上车，还没有上车的旅客请赶快上车。"站在送别的站台上，看到人们提着大包小包的行李在奔跑，听到催促启程的广播，立刻升起十里长亭的愁绪。虽然我听了九年左右，才听明白火车站的广播词；但是谁真正在乎那些纠缠不清的广播词呢？

无论南船或北马，舟车自然会影响到行旅质量。清代诗人袁枚嗜好乘船旅行，只要是舟游，即使途远千里，也是撒手就走，洒脱行径令人羡慕。青年旅行家胡荣华单骑走天涯，境界已接近苦行僧，又不是我这种懒人所能轻易效法。我偏爱速度较慢的交通工具，最难忘的经验是去湘西登天子山途中，骑马穿过一段约十里的山路叫"十里画廊"，这段山谷中的小径，两旁是中国山水画里才有的那种山水，瑞雪中的群峰，奇异的悬崖、青松、流泉，仿佛一幅流动的岭南画，我策马入画，想象此地所盛产的神话、山歌和珍禽，觉得这是神仙也会流连忘返的地方，如此继续穿行于峰谷溪涧，很可能会误闯仙乡。

山水清幽，最怕人迹杂沓，我记忆中的名胜古迹，似乎只有垃圾堆积。出国旅行的人大概都知道，随团观光跟随波逐流并无二致。台湾旅行团以疯狂购物闻名于世，旅游业竞争恶质化之后，有些旅行社竟按人头向导游抽取佣金，导游为了捞本，拚命带游客去购物赚回扣；有的导游甚至将整团转手卖给第二手导游，抽取更高的人头费。孤独的旅行却多少带着自我放逐的况味，感伤，不安。一个饱尝孤独旅程的异乡人，失意间听到萨拉沙泰的名曲《流浪者之歌》，潜藏在胸臆的忧郁和哀愁，很难不被那把独奏的小提琴挑起。

旅行时，我喜欢在黄昏前住进旅店，拉开窗帘，看异乡的街道，和来往的行人、车辆，纵容某种遥远感和陌生感升起，扩散，拨弄着神经。我在旅途中出现强烈的漂泊感，不在飞机、火车或轮船上，是在投宿旅店时，特别是小地方的小旅店。

有一次去探安通越岭古道，出发前的深夜，投宿于一间温泉小旅社，我浸泡在无人的公共温泉池里，想象翌日凌晨就要背起背包，离开东部这个陌生的小镇，翻越海岸山脉，忽然就充满了人生如寄的感慨。

真是深刻的旅行啊。那次寻找古道失败，才惊识海岸山脉的诡异，到处是断棱、断崖，和密密麻麻的藤刺，我们找不到出路，黄昏时决定紧急露宿。

天色迅速转暗，我穿戴好雨衣、手套、绑腿，困难地半躺着，随即用开山刀在臀部和脚跟的位置挖洞，以免睡着时滑落山坡。天色全暗了，几只萤火虫的光在密林里明灭，海风驱动寒意，我起身再用塑料袋包住手，并倒出背包里的东西，将脚伸进背包里，用遮阳帽罩住脸部，努力减少身体的散热面积。海风呼呼，刮得树木如群魔乱舞，树木的空隙隐约可见远天有灰黑的云朵移动，我打开头灯，不到晚上 8 点。我感觉饥饿、寒冷、口渴，仿佛潜行的兽，一寸寸地逼近。

我梦见在原始阔叶林里继续挥刀开路，衣裤鞋帽俱被藤刺钩住；我梦见自己是一片树叶，在崖边飘摇；我仿佛觉得是凌空睡在一根瘦小的树枝上，复在坠崖的害怕中惊醒。夜逐渐深了，寒意逐渐尖锐，我蜷缩身子如虾米，发誓一辈子要随身携带睡袋。我抖擞睁开眼睛，抱着膝盖蹲坐着，被一种逐渐增强、逐渐清楚的恐惧感所侵袭，思维快速闪过一些念头，意外险，家人，朋友，进行中的工作……又暗忖回去要如何吹嘘、渲染今天的遭遇，想着想着，竟发现自己与生俱来，特别具有自我怜悯的能力。

"在家千日好，出门一时难。"习惯安土重迁的中国人，通常惮于出远门，从宗炳的"卧游"、李白的"梦游"，到苏东坡的"神游"，多不重视实践，能够在家披览别人跋涉的行迹，神驰万里，已经很满足了。吴鲁芹就认为出国旅游只宜提倡，为了赚取外汇、促进国民外交，也应该提倡，至于躬身参与，则有待考虑，甚至，大可不必。

旅行增进我对地理、历史的兴趣。司马迁将近二十年的行旅，足迹几乎踏遍全中国，在畅游名山大川的同时，以田野调查弥补文献不足，纠正史籍记载的谬误；《史记》的不朽，跟太史公行遍天下有关。瑞典作家西玛·拉格洛芙（Selma Lagerlöf，1858～1940）的名著《尼尔斯的奇遇》，描写懒惰少年尼尔斯被小妖精惩罚，变成一个拇指大的小人儿。有一个春日，在野雁的呼唤引诱下，自己家里饲养的那只公鹅振翅欲飞，尼尔斯企图阻止家鹅飞走，却被它带上天空，远离地面飞行，远离劳动和读书，开始了八个月骑鹅周游瑞典的旅程。带着冒险和自由。这段旅程同时是人格的改造工程，小主人翁几番出生入死，与动物结成莫逆，使他从一个厌恶读书、性情乖戾的顽童，变成善良而富责任感、正义感的少年。

我服膺的旅行方式倾向于一种知性生产。徐霞客长达34年的旅行生涯，以惊人的毅志，考察、记录行履所至的地理现象和风土人情，给我们留下60余万字的日记体游记。西方文化史学者心目中的"东方三大旅行记"：《大唐西域记》、《东方见闻录》、《入唐求法巡礼行记》背后，都是长途跋涉的故事。

达尔文22岁时搭乘一艘帆船式军舰环球航行，五年间，大规模采集动植物标本；晚年时，他回顾度过50年平静的家居生活,仍乐道青年时的壮旅:"贝格尔舰上的旅行,是我一生当中最重大的事件,并且决定了我的全部研究事业。"我想象达尔文出发之初,犹是一个意志不定的青年,没有特殊的专业知识,当然也还未萌生"物种源起"的理论,他带着好奇的眼睛,和 24 本小笔记簿上船,记载这次旅行的见闻和发现。结束行程后,他写满了 24 本笔记簿,和一迭日记、家书,这些文件如今是人类自然科学研究的重要文献。我读他写给父亲、姊妹的 39 封家书,和航行笔记,读到一个科学家的才能、毅志如何迅速发展,也感受他在漫长的航行中逐渐加剧的乡愁,已"厌恶而且痛恨海洋和所有航行在海面上的船只"。难怪他获知归期不远,阿松森岛荒凉的火山和凶险的海石,立刻变成一幅愉快的景气。

人们总是怀着兴奋出门,怀着更大的兴奋回家。这就像候鸟一样,归程比来路飞得更快。

我对旅行,恋情甚浓,如同地中海的水手,被海妖美妙的歌声引诱,虽有触礁之虞,仍痴迷地鼓浪前行,在异质经验中领受生命的波动,在光阴的激流中弄潮,看未知的世界在地平线之外不断出现。

——1992 年

夜宿九九山庄

听说大霸尖山的钢梯要拆除时,我急得四处打听最近准备去大霸的登山队伍,希望能赶在钢梯拆除前,一偿登顶"世纪奇峰"的宿愿。我找到一家专办高山活动的向导公司。"管它拆不拆,大霸本来就有另外一条路可以登顶。"一家高山向导公司的老板说:"而且,讲归讲,工程还要发包,不会那么快就拆啦!"

"要是去到那边,钢梯已经拆了,不能登顶呢?"我还是担心,辛苦深入远山,才知道不能登顶。

"安啦!我保证让你登顶。"老板信誓旦旦地强调。

我翻看一些登山队伍的登顶纪录:"山顶颇为脏乱,不忍卒睹。"我想象在那风霜凛冽的顶峰,泰雅族的圣山,一群人排队爬角钢铁梯上去,脚踏三角点照相,喝饮料,吃零食,留下一大堆垃圾……我带着矛盾的情绪出发,甚至有点希望钢梯真的拆了。

从五峰检查哨到观雾工作站,将近两小时车程的柏油路,有多处山崩、路基塌陷,路旁的草木显得灰头土脸,好几部怪手和卡车忙碌着。观雾到马达拉溪拦沙坝所在的登山口,约20公里的碎石路,崎岖难行,到处是坑洞,和崩落路面的岩石,只适合行驶底盘较高的车。

一连下了好几天的雨,使马达拉溪的水量更形充沛。数十只虎头蜂在登山口附近逡巡,两个同伴艺高胆大,拿着塑料袋去捕捉,"你听你听,这几只虎头蜂的声音,强,又有力,捉回家泡高粱酒,饮了强精壮阳。"我不确知喝了虎头蜂酒是否会很

"勇"，只觉得保特瓶里那些左冲右突的蜂，确实很凶悍，乃回而避之，远远坐在马达拉溪畔晒太阳，吃便当。

我们四个人慢慢走，从登山口到九九山庄，走了近三小时。这条之字形步道一开始就是陡坡，却修整得很好，利用岩石、木头，和横在道旁的树根铺筑为阶梯；沿途并设有里程牌、林木解说牌，和木椅供人休息。路上遇到山庄的管理员邱伯，和几个林务局的人在修路，他说钢梯昨天拆除了。

"那些担心不能登顶、赶在钢梯拆掉前才来爬山的人，我瞧不起。"邱伯说前几天有两千多人赶上山，挤在九九山庄附近露营，排队登顶；今天却只有我们四个人上山，他竖起大拇指，嘉许地望着我们："明明知道钢梯拆掉了还来爬山的人，我欣赏！"

钢梯果然拆了。受到谬赞的心虚，混合着心事遭识破的羞愧，我觉得自己像被人赃俱获的贼，站在一株参天的五叶松下，抬不起头来。

九九山庄位于加利山北坡，海拔 2699 公尺，建有 6 个蒙古包和 1 栋叫"龙门客栈"的木屋，可提供 360 个床位，棉被、枕头、拖鞋一应俱全，除了有厕所、盥洗室、厨房、餐厅等完善设备，也供应各种饮料；此外，还有柴油发电机。登大霸尖，小霸尖，伊泽，加利等山的人几乎可以只背着小背包上山，难怪登山的朋友把这里列为五星级的山庄。

钢梯拆除后的九九山庄，显得格外空荡、寂静。盥洗室有山客没有用完弃置的洗面霜、香皂、牙膏、洗衣粉……我们高兴地用来洗脸洗脚。在山上，还不曾这么干净过，更不曾用过这么高级的面霜洗脸，皮肤接触到冰冷的山泉，似乎连心情都洗涤了。

今夜风大，我们点亮营灯，饮酒、聊天。我整理好攻顶背包后，走上山庄旁的一块高地，在无穷的黑暗中，看到遥远的山下的灯火。我想起在金门服兵役时常常夜行军，疲倦的身体加上想家的心情，使我行经每一条暗夜的海岸，犬吠的街道，都特别渴望看到灯光，从人家的窗户里透露出来的光。我到现在还怀念那一路上点亮的几盏灯光，在宵禁的金门，亮在我身心俱疲的路途上。那是一种奇异的光焰罢，亮在我的记忆里。当我日后走在某一条相仿佛的街道，在某一个相仿佛的夜晚，抬头看到一盏昏黄的灯，脑海里就涌现曾经共同生活过的朋友，和许多忘也忘不了的旧事。

那是竹东吧？我今天早晨来的地方。当黑夜统治了世界，城市的每一条街道、公寓的每一扇窗就迫不及待地点亮自己的灯，那亮丽的灯辉好像是对黑暗的一种反扑；当大地沉睡了，也唯有这些灯辉醒着，散放人间的温热。今夜，我因为要去拜访名山而充满喜悦，因为站在这高地看到竹东的灯火而感动，遥远如梦的灯火，温热我九九山庄的夜晚。

——1992 年

陨石的故乡

凌晨3点,我们穿着雪衣,戴上头灯,自九九山庄出发。气温很低,外面的空气清新冰凉,给人一种涤洗的清洁感。夜空无垠,星光穿透所有的云层、巨松,夐远灿烂,带着锐利的寒芒,把黑森林染上一层冷酷的光辉。

我们四个人夤夜造访名山,除了彼此的脚步声和喘气声,一路上甚少交谈。登山的人在山里活动多保持沉默,更不会高声喧哗,是怕太多话会失掉力气吧。

几天前,我还四处奔走,希望赶在大霸钢梯拆除前登顶;现在,知道不能登顶,不免也还要想象,站在海拔3492公尺的霸顶是什么滋味?吴鸣听说我要来,惆怅地说,大霸尖山是他永远的梦了——台湾百岳中的"五岳三尖",他就缺这一座没登过。林务局要拆除大霸登顶钢梯的消息传出后,造成抢登大霸的热潮,想登顶的人得排队排一个小时,才轮得到爬钢梯;还有人扛着脚踏车登顶,拍照,"创下骑登大霸的纪录"等等。

一路上,借着星光,隐约可见东南东方向,大小霸拔起的尖顶。我们在一块"小心狗熊"的警告牌下休息,喝水,天真地侧耳倾听,希望能听到不同于动物园里那些囚犯的吼声。大霸尖山是泰雅族和赛夏族的灵峰,两族都奉它为祖先的发祥地,都有创世神话流传。有一次,和郑愁予聊到大霸尖山,他说早期他们登顶,全靠绳索、攀岩的技术。

接近中霸尖山有一间避难小屋,两个人在里面睡觉,猜想是要纵走圣棱线的人。避难小屋离大霸已经不远,附近有耶巴奥水池和中霸山屋水池，可惜水质混浊。

走到中霸尖山刚好破晓。脚下是势如大洋的云海，曙光透露大霸尖山垂直的北壁，那危峰，以动人心魄的格局矗立在棱线上。我勉强算是钢梯拆除后首批来拜访大霸的人，以前在无数的风景图片上看过它的气势，心向往之；现在它竟然就在眼前，像一把利剑指向天空，令人惊叹、欢喜，懔然升起严肃、敬畏之感。

我读杨南郡的研究报告，写到大霸顶"已成垃圾堆，美丽的岩块被涂上醒目的油漆，而且最高点有人盖了一座小庙，内奉石雕的观音菩萨神像，香炉的烧香余烬与银纸，污染了圣洁的泰雅族灵峰"。我很难想象，是哪一种人如此无聊，大老远跑上山顶去油漆、盖庙。不知钢梯拆除前，山顶上的垃圾、神像、小庙是否清除干净？希望永远不再有乱丢垃圾的人上得了大霸尖。

不到霸基前的风口，不明白为什么还保留着铁栏杆。罡风浩荡，威胁着每一个通过风口的人。霸基崖下有隧道形铁棚架，和一块"小心落石崩裂"的警告牌。水滴如雨，自峭壁滴落；不时还有碎石滚落崖下。我猜想郑愁予的诗句"陨石打在粗布的肩上／水声传自星子的旧乡"，描写的就是这霸基。哦，原来岩壁上风化、剥落下来的是陨石。

大霸西南方向棱线，通过一道崩崖，很快即抵达小霸尖山。小霸和大霸一样，由硬砂岩层迭而成，风化非常严重，林务局顾虑落石危险，禁止攀登。我徒手攀上岩塔，觉得只要谨慎，并不困难。站在3418公尺的小霸尖山顶，意外地不见任何垃圾，岩石上结着一层冰，大小霸间的深谷升起浓雾，升到棱线上，被狂风吹成龙卷状。我拉起风帽，坐下来，眺望雪山，穆特勒布山，武陵四秀，霸南溪源处的山屋，以及回程要顺路登临的加利山、伊泽山……初阳上升，带着我的心情，照亮开阔的高山草原。

——1992 年

斯马库斯古道

1

那天到登山用品店添购直式背包，谈起这次的行程，"啊，斯马库斯古道，就是去雪白山那条路，"老板说好久以前，他们的朋友走过，"那里出产蟒蛇和黑熊。"

出发以前，我手上有三篇关于斯马库斯古道的资料：林克孝《斯马库斯古道历险》、余世杰《斯马库斯古道怀古》和马腾岳《泰雅族最后的伊甸园》。这些文章都描述古道的荒芜陡峭，举步维艰，三天两夜的行程必须有相当的体力，和资深的山岳向导。

读了林克孝的文章尤其令人忧虑。他们是在 14 年前的冬天出发的，第一天，从上午 10 点 55 分踏上古道，直到深夜 12 点 40 分才找到一处狭窄的斜坡勉强扎营。他们七个人在攀爬中都出现抽筋现象，也都有坠崖纪录，到最后甚至接近休克状态，全队凭着一股求生意志，在风雨中挣扎着前进。

我的忧虑，其实掺着轻度的兴奋吧，我是否曾经暗自想象，如何在朋友和同事的面前吹牛，夸耀古道的难度？我怀疑自己可能已经把虚荣化妆成勇敢，把旅行描述成冒险……

2

斯马库斯部落到底如何发祥，难以准确查考。据说是泰雅族马里阔丸群的祖先打猎时，发现塔克金溪上游适合垦拓，乃建立了十四社，位于东泰野寒山南麓台地上的斯马库斯即是其中一社。

从斯马库斯到鸳鸯湖，是一条平静、安全的山径，避开了日警镇压原住民的炮阵地，昔时，是新光、镇西堡、斯马库斯的泰雅人进出宜兰的步道，直到北横公路开通，才被废弃。除了偶尔有登山队伍探访，这条路因位置偏僻，久无人烟，如今路迹模糊，到处是支棱危崖，全线呈蛮荒状态。

斯马库斯古道全程到底有多长，难以正确计算，从古道口到斯马库斯，这条虚线蜿蜒曲折，像神话中吞云吐雾的千年大蟒蛇，它在我习惯使用的2.5万分之一的地形图上，占了8格，直线距离等于8公里，估计全长应该不会超过25公里。

古道口在鸳鸯湖附近，100号林道大约16.5K处，在路旁的岩壁间，被茂盛的茅草遮掩，拨开茅草就看到入口，一道陡峻的山沟。这是1991年12月8日，出发的上午飘着细雨。一开始就是阔叶林。此地位于鸳鸯湖北岸，即便不下雨，也闻得出空气中的阴湿和滞重。山沟般的小径，乱石累累，陡峭而湿滑，我们六个人穿着雨衣，背负重装，四肢并用，艰辛地，向上攀爬。

40分钟后，上到东丘斯山南陵。从此开始，古道大致沿着等高线山腰横断，原始森林以壮阔的气势展开。鸟会的吴永华、黄国盛喟叹鸟况太差，我想起早晨，驱车在林道上，他们忽然紧急喊叫："停！停！快停车！"原来路旁有一只鸟在觅食，起先以为是深山竹鸡，取出望远镜追踪，发现是虎鸫，山区常见的冬候鸟。这是整个上午所看到的唯一的鸟了。

深入森林，巨大、密集的红桧、铁杉遮蔽了天空，逐渐感觉荒芜而阴暗，路径大多遭杂草覆盖，路基遭冲毁，触目是断木残干，和密不透风的箭竹林。几乎所有的岩石和树木的支干都长满厚厚的藓苔，上面的水珠闪着亮光，在雾里微微摇晃，仿佛披着绿色绒衣的怪兽在四周张牙舞爪。

登山最令人厌烦的是下雨，尤其绕行在这种封闭的中级山区，坡陡而弯曲，行动相当麻烦。密林里雨水在雾中游移，飘落，雨衣内的汗水在喘息攀爬中不断冒出，整个人觉得是泡在水里。特别是箭竹林，枝叶间蓄积了大量的雨水，穿行其间，简直像在游泳。

中午时细雨暂歇，大家围站着，享用吴永华的妈妈为大伙特制的丰盛便当，我取出瓦斯炉煮紫菜汤。继续上路时，雨又开始挥洒下来。路依然崎岖，攀爬所见是朽毁的独木桥，坍方的断崖。

可见的红桧愈来愈巨大，到处是庞然倒木截断去路，钻行、跨越均感困难。我看到其中一株颓倒的巨桧，朽空的树干下可供必要时紧急露宿。西丘斯山南方支棱一带，是栈道、独木桥最多的地带，可惜栈道多已腐朽，独木桥上的藓苔经过数十年的经营，已有一吋厚的规模，危疑、诡谲，不免令人怯步。

我们携带的清水所剩不多，幸亏冯建三循着巨桧旁的干沟觅得水源。是一道非常袖珍的瀑布，大家欢呼，为它命名"阿三瀑布"，将所有水袋、水壶满装清泉。从阿三瀑布续行十分钟，发现竹木里的一小块平地，勉强可容纳两顶小帐篷，遂决定提早扎营休息。浓雾带着寒意从四面八方包围过来，湿透的内外衣令人抖颤，大家分头挥刀整地，搭帐篷，埋锅造饭，生火煮姜汤。我看了一下高度计，标高 2050 公尺。

3

黑夜以不容迟疑的速度笼罩下来，营灯映照四周的枝干，在帐篷上摇晃着狰狞的魅影。陈列和我体型较大，分配睡二人帐；刘克襄、冯建三、黄国盛、吴永华挤四人帐。我刚躺下来，即听到均匀的鼾声，此起彼落。登山以来，常为失眠所苦，最羡慕、佩服的就是这种阖眼即酣睡的本领。我努力想进入梦乡，偏偏意识清楚，闭上眼睛就看到风中摇晃的魅影，听到各种可疑的声响。人向往大自然，置身原始的大自然中，却又产生相当程度的严肃惧怖之感。

松弛吧，精神。昨天夜宿宜兰青年活动中心，已经整夜被蚊子干扰到接近失眠；今夜若得不到适当休息，用什么体力踏上明天的路程？

我梦见全身湿透，饥寒交迫，在箭竹林中，拨开密密麻麻的枝叶，弯身弓行，雨雾模糊了眼镜。我冷醒时是深夜11点，距离天亮还要六个多小时。这顶二人帐篷没有外帐，细雨虽然不虞淹水，一夜的渗透，刚好可以把睡袋泡湿。我躺在潮湿的睡袋里，知道再也不可能入睡，思绪辗转，觉得这蛮荒的深山里只有我一个人。好冷好冷。

第二天是早晨7点1刻在细雨浓雾中出发的，黄国盛在前面摸索开路，古道周旋在西丘斯山与雪白山南棱山腰，依然是密不透风的箭竹林，挺拔罗列的巨桧，泥泞的岖径，山沟深谷，腐桥。将近9点，天霁，初次遇到开阔地，密林里开始释放出鸟鸣，有薮鸟、小莺。我因为背包的背带断裂，背起来备觉辛苦。9点半走到古道最高点，此地标高约2240公尺，展望极佳，蓝得发亮的天空，汹涌壮阔的云海淹没了山下的世界，只见圣棱线和中央山脉主脊浮出海上，大家脱下湿透的衣服日光浴，拍照，唱歌。这种中级山罕见的风景，使我们逗留了一个小时才再上路。

古道在迂回中略微下降，每一次转弯，都可能出现一株令人屏息的巨桧，到处是阿里山"眠月神木"那种规模的巨桧，庄严地，伸向天际。其中有一株倒塌、腐化的红桧，树干中空形如火车隧道，直径约有3公尺，上面已长出高大的华山松。

这一带是斯马库斯人的猎场，听说除了水鹿，以前多的是黑熊、山羌、山鸡……现在则除了飞鼠，已经难见其他猎物。我路上所见，也只是几支蓝腹鹇的羽毛，几支十字弓的箭。中午时分，抵达一块阔叶林里的大营地，干燥、平坦，大约可容纳六顶帐篷。

部落似乎不远了。我们放心地，在充沛的山泉旁煮面，泡茶，享用了非常之悠闲的午餐。这里是塔克金溪上游，溪水冰凉甜美，日光也显得特别愿意在此逗留。一只鼠步出草丛张望，懒懒散散地，刘克襄说那是台湾森鼠，有极佳的跳跃、攀爬能力。

路径愈来愈明显，黄昏时陆续经过香菇林、桂竹林。不知何故，那些排列整齐的残干上的香菇并未采收。香菇和桂竹曾经是斯马库斯最主要的经济作物，曾经都投注过全部落的人力物力来经营；现在则焚山整地，计划种植水蜜桃。然而地理的险峻贫瘠，交通的极度困难，都使他们得艰苦地向大自然讨生活。如今这里只剩九户人家，六十余人，守着他们爱恋的土地，每年只有圣诞节，远方的亲人才回来团聚。基督教是族人的共同信仰，牧师每周从新光过来主持一次礼拜。

斯马库斯属新竹尖石乡玉峰村,是全国唯一没有任何产业道路可以到达的部落。没有学校,学童必须跋涉到新光国小上课,每个周末回家一次,"每个礼拜六放学后,斯马库斯的孩子常常是拼命似地一路冲回家去。来校上课期间,有的孩子实在太想家了,就跑到校门口外村子边隔着辽阔的山谷,向斯马库斯这边大叫'YAYA(妈妈)!'"我读李文吉的一篇探访报导,讲到医疗和教育,令人鼻酸,"小孩都是自己接生。姊姊有一胎是死胎,到怀孕八个月才流产,夜里丈夫和两个堂兄弟用竹架花了两小时,抬到新光,再搭车到竹东去急救……悬崖峭壁上的小径常常结冰,人走在上面滑不溜丢,很危险,不仅学童曾摔落山谷,大人也出过事。人摔落山崖,如果没被发现救起,在寒夜里待上一夜,必定一命归天。"

我在竹林下穿梭,想象贫穷,宿命地贫穷正催使这个封闭的古部落,迅速变化着。下午4点50分,路径消失,眼前出现一道大崩崖。

4

大家看这道宽约30公尺、长约500公尺的崩崖,一时不知所措。这道崩崖倾斜65度左右,几乎全是裸露、松动的大小岩块,除了中间几根枯干的芒草,没任何固定的东西可以攀缘,显然是最近才严重崩落的断崖。

陆续有碎石自山顶滚落,岩石在撞击中扬起烟尘。疲倦感迅速升起。

"我先走走看。"黄国盛沉思片刻,决定循既定方向通过崩崖。陈列和我尾随欲过时,山顶上的岩石又开始崩落,声似奔雷。我们逃命般退回，使用乌龟避敌的办法，以肩上的大背包当龟壳，蹲坐到落石停止，才忐忑通过，抵达对面的森林。

其实不是森林，勉强只能算是一片稀落的树林，越过树林，竟是一道更宽更陡的大崩崖。大家进退不得，坐在树下，上上下下寻找。找不到任何可以通过的线索。崩崖对面隐约是一条横断的步道。天色渐暗，时间不容犹豫，观察地形后，黄国盛决定采取低绕方式通过，先下降到靠近溪谷位置，再攀爬上步道。他几乎是半走半滑下去的，大大小小的碎石在他四周一起滚动，险象迭生。我尾随其后，愈想愈不对劲，天色很快就会暗下来了，这么陡的山坡，即使全队安全下降，通过，凭什么体力再重装攀上步道？这时，黄国盛跟着落石一起滑落约二十公尺，背包上的睡袋、帐篷坠入山谷，幸亏他身手敏捷，及时稳住。我因为胆小，作了强度崩崖的决定。当刘克襄、陈列、冯建三、吴永华相继通过，山顶上的岩石以暴怒的声势，全面崩落。

天色完全黑了，黄国盛滑近溪谷才通过崩崖，大伙喊叫、闪灯，指引他攀爬的方向。

5

我们非常吃力地，点亮头灯，在倾斜约70度的山坡上，借着稀疏的芒草、树根，向上攀爬，每个人都被刺藤割得遍体鳞伤。当步道重新出现眼前，竟觉得这条步道简直像高速公路。我们在路上拥抱，庆幸部落只剩两个半小时的行程，并决定晚上就把吴永华背包里那瓶参茸酒喝掉。

接近部落，岔路特别多。我们向西续行，看到遥远微弱的灯火，在对面的山腰闪着。那是新光，产业道路的终点。

斯马库斯和新光中间隔着塔克金溪，东西遥遥相对，两个部落海拔都在 1700 公尺左右。因此，明天的行程是从斯马库斯下降 1000 公尺，到塔克金溪谷，再陡升 1000 公尺到新光，我看地形图上的落差，暗暗叫苦。

狗吠声。美丽的狗吠声，此起彼落，引导着方向，大家充满了喜悦，带着一种解脱感，快步奔向部落。我们好像不是夜访部落的过客，是返乡的游子，跋涉过许多漫长、危疑的险路，带着疲倦的身体，终于看到一座有人烟的小村，我们自己出生的小村。

——1992 年

猴山岳的咖啡香

忽然很想独自去爬山。

整理背包时,却产生一种怠惰感,掺杂着些许的孤独,和对路途未知的茫然。我住在木栅,跟石碇山群的二格山列算是芳邻,常感觉它们平易近人,有时又显得遥远陌生。

猴山岳又名"猿山"、"岐山",山棱东西走向,登山口在一片茶园的下方,距山顶2公里,小朵小朵的茶花在茶园里开放。路旁,多是五节芒、昭和草、台风草,走入树林里,还不时可以听到指南宫的广播:"×××先生,你的电话。""×××小姐,你的电话。"

风吹过竹林,发出动听的音响,林下,窜出一只红嘴黑鹎,快速掠进阔叶林。我还来不及欣赏,眼前已冒出三只黑狗,摆出阵势,对我咬牙切齿狂吠,并作势欲扑,我懔然放慢脚步。原来前方有一户农家。我缓行向三只黑狗示好,表示只是路过,不是闯入者。我想我的表情一定像极了卓别麟电影中的那个到处求饶的流浪汉。

一只松鼠,一只肥胖的松鼠贼头贼脑跑到路边,看我愈走愈近,就钻进草丛里。芒草丛有嘈杂的鸟叫声。这一座山我不曾走过,遇到没有路标、布条的产业道路,只有四处试试,折腾了一小时,才发现登山石阶在一间大别墅旁,距山顶0.8公里。石阶虽然稍陡,看起来还算相当好走;走没多久,不见石阶,眼前只见累累的巨石,和石上的青苔,落差显然不小。我戴上手套,抓着树根攀登,一个人在这种阴天出来爬山得特别谨慎,摔下去可没有人知道。猴山岳毕竟是热门郊山,陡峭、苔滑的地方总有人系着伞绳,升降只要小心,都不算困难。

一刻钟之后登顶。此处标高 551 公尺,不晓得是天色阴霾,还是空气污浊?整个台北市笼罩在苍茫的烟尘中,视野不佳。从这里可以看到西侧山腰的指南宫,山下是政治大学,道路、公寓,和附近一大块整理中的建筑工地;西北边是微微起伏的小山陵,和毗邻住宅区的大片公墓。一阵风吹来,将我夹在笔记本的两张名片吹到草丛,端端正正,各被草叶夹住,模样仿佛是伸手接过初识的朋友递来的名片。我起身,看到"茗友会"钉在路标上的铁牌:"发扬公德心,维护大自然。请顺手捡回垃圾,造福子孙万万年。"我只好视而不见,这么多垃圾,要我如何捡起?

四面八方传响各种不知名的鸟鸣,显然鸟况甚佳。很遗憾自己是一个鸟盲,也惊觉登山而不识鸟是多么寂寞的事。寒风吹着。我渐渐感觉冷,乃取出炉具煮面,并烧开水冲泡咖啡。咖啡香飘散开来,在台北市南端,这 551 公尺的山顶上。

我坐下来喝咖啡,听四面八方的鸟鸣,看附近的樟树,五节芒,姑婆芋,和忙碌蠕动的毛毛虫。我喜欢走到山顶,在山顶上,好像精神会随劲风飞扬,食物特别可口,咖啡特别香……

春天不远了罢?到处是颜色艳丽的毛毛虫,不时还会有几只失足跌落在我身上,下次再来,这里大概就会飞舞着彩蝶。

——1992 年

能 高 越 岭

1

入夜以后，我在埔里街上散步，顺便再补充一些上山的食品。这时陆续有几批登山装束的旅人，搭乘客运车抵达，他们三三两两在街道上来回逡巡，继续添购食品。这条街向东通到中部横贯公路的支线，探向中央山脉主脉，那云雾缥缈的山脉存在着伟岸的森林，森林里传来神秘的召唤。

一批又一批的登山客来到埔里，住进旅馆，休息、补充食物和清水、雇车，循着遥远的召唤整装出发。

我打听知道，他们两队人马准备在第二天中午齐集天池保线所，在那里借宿或扎营，其中一队向南翻越卡贺尔山，攀上能高主峰，越过能高南峰，上上下下翻越十余座山头，纵走棱脊到安东军，这一带是美丽的高山湖泊草原区；另一队则从天池上南华山，再循线北上，纵走奇莱连峰。

埔里和雾社，同样是台湾中部原住民迁移的发祥地，并且是中央山脉几条主要越岭路的放射中心。地形上，埔里盆地微微向西倾斜，这块迷人的盆地水质甘美、气候温和、土壤肥沃，素来以醇酒、美人、红甘蔗出名。秋天的深夜，我躺在旅馆的榻榻米上，久久不能入睡，墙壁上的电风扇轧轧地运转，很有规律，保持恒常的速度，像钟摆般左右来去。我侧身，挪开枕头，外面传来断续的哨音和细微琐碎的交谈。那两队人马正在外面集合，分配粮食、炊具和帐篷，两部大卡车停在空地上等待，他们整装、打包，准备拂晓出发。

2

凉风吹着，带来一种淡淡的过客情调。我们也开始整理背包，准备经验这趟秀美的能高越岭。能高越岭路是目前横贯中央山脉，最大众化的路线，属于长程徒步旅行，没什么冒险性。

台湾南北高山耸立，纵列深长，东西交通受山脉阻隔，自古以来就鲜有人踪。直到郑氏渡台，原住民开始越过山脉，向东迁移，逐渐走出东西越岭路的雏形。所谓越岭路，是指从本岛西部越过中央山脉、玉山山脉或雪山山脉，抵达东部的山道；这些山道主要是循取棱线上的鞍部及河谷通过。目前台湾现存的越岭路线，不外经过三种变迁：1）原住民的迁移路线。2）清朝开辟的越岭路；其中由沈葆祯所开的山道，已经超过一百年的历史，俗称"古道"。3）日据时期的警备道路，日本人叫它"横断道路"。

在更久远的从前，发祥于南投县仁爱乡精英村、春阳部落附近的巴雷巴奥群（属赛德克亚族），他们狩猎的时候，发现东方山区有一片旷野适于生活居住，部分族人乃翻越中央山脉到木瓜溪上源，柴田溪左岸山腹的巴托兰区一带定居。后来，托鲁阁溪一带的托鲁阁人因为缺乏耕地，向南迁移，占据巴雷巴奥人的巴托兰区。他们只好又举族东迁至铜门，甚至南移到万里溪与马太鞍溪之间的山腹。我们认为这条迁移路线，可能就是能高越岭路线的前身。

日据时期，日本军阀为了加强对原住民的统治，因循沈葆祯的办法，积极开发山区交通，建立警备道路。1914年完成太鲁阁道路，立即派遣军警、役夫2万多人，发动"太鲁阁征伐行动"，东西两路大规模夹攻无武装的高山族，前后历时八十几天，征服太鲁阁群。1917年日本人继续开路，这条路西起雾社，沿万大溪上行，越过能高山，东下木瓜溪到花莲；路径大体与今天的能高越岭路线相去不远，是所有日本警备道中最宽的一条。原来日本人选定能高越岭路为中部横贯公路的预定线，打算以王田为起点，经台中、埔里、雾社、屯原，越过中央山脉，沿木瓜溪下至铜门，全长192公里。后来因为沿线的地层变动太剧烈，不仅工程倍加艰巨，日后保养也更为困难，那时候，太平洋战事急转直下，这项工程一直没有付诸实行。

1951年，台电循此径开辟东西输电线路，在沿途设立庐山、云海、天池、桧林、奇莱、盘石、水濂七个保线所，作为庐山到铜门东西输电线维修的工作站及保线员工的住所；往年是能高越岭队伍最佳的住宿处。后来听说有次当所内无人时，被登山队伍破门而入，损毁了通讯仪器及家具，台电当局从此拒绝借宿，想借宿的登山队伍得透过各种关系请托。

3

我们拂晓出发。卡车在阒黯的山路奔驰，天空贴满云絮，云絮的隙罅透露几点星光。我开始感觉寒冷，取出背包里的风衣穿上，换一个姿势，勉强坐着打盹。野风呼呼，卡车往屯原的方向左弯右拐，持续爬升，5点30分到达庐山检查哨，等待验证。天色渐渐亮了，云絮散去，我们在屯原下车。

虽然能高越岭算是一条热门的登山途径，但深山总是鲜有人烟，山木草石，处处散发原始的野性和壮丽。我调节呼吸，缩小步伐，尽量让它规律地摆动。向东盘道屈曲而上，渐渐远离青翠的山坡和稀疏的屋舍，整个山区只闻鸣禽的啼唤和脚踩落叶的沙沙声，天空晴朗，好风穿过盘崖的苍松，送来芬香的空气。这条曲折的小径，要通过许多瀑布、吊桥、木桥和幽邃的溪谷，我在前人拍摄的图片中看到，这些瀑布到了雪季就出现冰瀑，仿佛仙境，不像是人间的风景。

一个半小时的脚程可以走到云海保线所。此时，能高主峰及周围绵延的山峦，若即若离，似乎不具什么重量，浮贴在东南方，在早晨的薄雾中，呈现一种暗蓝的色调；眼前摇摆的芒花，在阳光下显得金黄明亮。将近天池保线所，万德瀑布在焉。这是台湾最高的瀑布，水源丰沛，自3000多公尺高的地方倾力泻下，间折分成三段，奔出郁郁苍苍的岩壁和铁杉，流过吊桥，断然堕入千呎深涧之下。摇摆走在吊桥上，水光跃动，泉声訇然，水珠纷纷飘洒在脸上。我恍惚领悟为什么泉水是森林最动听的语言。这一切的吊桥流水，苍崖古木，是能高越岭路上最特殊的景观。

从云海保线所到天池保线所大约四个小时的脚程。天池保线所，海拔2860公尺，是台电东西输电线路的中点站，也是越岭路上最具规模的保线所，一般登山队伍均以此为休息过夜的基地。我坐在一株红榨槭下休息午餐，过了半小时，才看见小伍背着沉重的背包上来；因为正在长智齿，他左手抚着疼痛肿大的左颊，什么也吃不下，一个人坐在崖边吸烟。

小伍来自东埔布农族，刚服完兵役，是这次领队和向导合雇的Porter。我曾在报上看过他和另外三个伍家班的布农族青年，帮助日本登山家胁阪顺一，完成南湖大山登顶。我在报上看到71岁的胁阪顺一脚跂拖鞋，洁净的衣裤毫无皱褶，悠闲地站在南湖大山拍照，显得轻松愉快极了。布农族青年在登山界名头响亮，我们知道，日本人也知道。

一般走能高越岭路，多会在天池保线所休息，轻装顺登能高北峰（又称南华山）和奇莱南峰。从天池保线所登这两座名列"百岳"的高山有两条步道，我们舍大众化路线（先从保线所后侧登山口上天池，再分别登南北两山），取山腰小路，先南下到"光被八表"界碑，再由草坡直攀南华山，这条步道重复的路不多，但比较陡，比较长，多耗损了一个多小时的时间与体力。

"光被八表"是勒在南投县与花莲县界碑上的字，这界碑建在中央山脉主棱的鞍部上。顺着棱线往南爬升，首先耸起3118公尺的牛魔角（卡贺尔山），继续往南则是能高主峰，3261公尺。由界碑鞍部向北陡升，是形状圆浑的南华山，海拔3181公尺，南华山是典型的草原圆峰，没有断崖峭壁，放眼望去尽是草原缓坡；山顶上有一颗三等三角点，和零星散布的塑料袋及饮料罐。

国内普遍缺乏登山礼节，好像都是如此，无论你走到哪里，垃圾就等在哪里。登山客最可悲的愚蠢，莫过于循别人开辟出来的步道，走上山顶后，就幻觉已经"征服"了山。我们背负沉重的背包攀过危崖崩棱，穿越密茂的箭竹海，渡过溪涧深谷，历经许多曲折、坎坷，终于完成一段对自己体力和意志的考验，登上青山翠岭，更应该多怀抱一份谦冲和敬爱才是。

南华山略显肥胖，站在山顶上向东眺望，可见突出于云海之间的太鲁阁大山及更遥远的立雾主山；至于海岸山脉，则完全被苍茫的层积云所掩覆。奇莱南峰在北西北，呈现圆阔平缓的大草原宽棱；奇莱里山和貌似狰狞的卡罗楼山在东北方向。这一线是中央山脉的主棱，台湾的屋脊，除了疏落的冷杉，触目皆是短箭竹构成的大草原，羊肠小道在广袤的草坡上温柔地向远山延伸。

从南华山下到天池，有两条岔路，往北斜坡上奇莱南峰；向南沿着满布石砾的山沟，大约30分钟可以回到天池保线所。由于久旱不雨，天池已经干涸，这座2890公尺高的小塘，嵌在中央山脉主脊的草原间，水源是雨雪和点滴甘露，经由大草原过滤汇入，冬天的时候，池水往往结成洁白光滑的圆镜。

4

三支队伍都在保线所借宿，挤不下的就在所外的空地上搭帐篷。

我在半夜醒来，把睡袋收好，套上羽衣走到外面。星月的光辉随风流漾在树影间，屋侧的岩隙有泉声，加深中央山脉的静寂和荒凉，远处的斜坡站着一排铁杉，白色的枯枝干在黯夜里，增添黯夜的诡秘。我走进猎寮，起火煮咖啡，感觉旁边的石堆上有一团毛茸茸的物事，我打开头灯，看到一只死去的黄鼠狼，可能是保线所的人昨天才猎回来的。黄鼠狼体型细长，适合在箭竹木中穿梭觅食，是高山寒原中唯一的食用哺乳类，对森木中啮鼠类族群的控制，扮演相当重要的角色。这只黄鼠狼是我登山以来初次邂逅的野生动物。我曾跋涉过许多山径，边走边向森林里张望，希望能看见活蹦乱跳的野生动物；至少，幸运的话还可以听见兽类的低吼。然则我唯一在高山上遇见的野生动物，竟是这双眼圆睁、嘴巴微开、全身僵硬了的黄鼠狼。我走出猎寮，靠在树下喝高粱，在这庞阔的黑暗中，天空东隅忽然有一缕光彩散开，像水墨晕染宣纸，橘红的颜彩迅速变换黑暗的天空。

这两天的清晨在山里，总看到两颗星球争辉，那轮明月还亮在西天，太阳已经忍不住从东边的山顶跳出来。冷风在山谷里吹，春天的繁花、夏天的草绿尽皆在萧飒的天候中衰颓枯黄，再过一个月，我知道，此地又将大雪纷飞。时景如飘风，也唯有高山才能对待这些阴阳变化如此涵泳冲淡吧。

5

从天池保线所往东，途中有多处崩砾断崖，必须小心通过。这段路原生植被以红桧和扁柏为主，间杂着铁杉、云杉和二叶松；沿途比较常见的次生植被则是荚蒾和悬钩子，红果绿叶点缀在山野间。快到桧林，我又看到另一只死去的动物，一尾肥壮的龟壳花，动也不动地偃伏在石砾上。猜想是昨天有人从花莲那边翻山越岭过来时，碰到它爬到路上，便顺手处死。

地图记载桧林保线所到奇莱山庄的步程是125分钟，然则地层持续在变动，桧林与奇莱之间的五甲崩山带坍方情形日益严重，使原来的越岭路完全倾圮，必须多绕爬一个陡峻的山头，所费时间至少要五个小时。所谓"五甲崩山带"，是说该地坍方面积有五甲之广。其实五甲是多年前的纪录了，据我观察，现在崩山带的坍圮情形恐怖，已延达数十甲，那满山风化的岩块和崩砾，在浩荡的长风白云下，带着郁苦的形容。

天气一直很好，山峦升起塔状积云。我看见东边的天长断崖像细线般，嵌在山壁间延伸，极远极长，复完全隐没在云雾缥缈间。天长断崖另有一段叫地久断崖，据说也是一段惊险漫长的危崖，通过它的人往往感觉如天地般长久。过去，这般断崖常是登山客难忘的记忆，同时也是能高越岭最后一道关卡。

接近奇莱山庄，霍然出现一条产业道路，道路下方可见巨型水坝及猩红的引水路桥和钢拱桥。台电为了推展木瓜溪水力发电,在此开辟碎石路。木瓜溪汇集了桧溪、林溪、奇莱溪、天长溪、盘石溪,这些溪流的引水工程颇为复杂,他们首先开山筑路,然后在山腹穿凿隧道,再筑坝引水到龙涧发电厂;外观上,除了混凝土溢流坝及引水路桥,其他工程都设在地下。多年以来,台电在东部积极推动水力发电,他们对大自然所做的这种外科整形手术,使木瓜溪流域的天然水路完全改观。我站在路上看清澈丰沛的奇莱溪经过导水道,慢慢流向山腹,流进黑压压的隧道里,说不出是什么滋味。

其实,当初如果没有沈葆桢或日本军阀辟道路、架吊桥,台电大约也不会来这里开发水力电厂;然而,我们要来领略能高越岭的魏伟壮丽就极其困难。李白:"四月上太山,石平御道开。"若非唐玄宗要御驾亲登泰山,出发前大兴土木,开凿峭壁,修筑豪华壮丽的"御道",李白等游客大概不会循此御道登山;环绕着东岳泰山,自然也不会流传着那么多的仙道掌故了。

6

我在天黑前赶到奇莱山庄。

奇莱山庄旁有一间"万善堂",也是台电所建,里面供奉着"好兄弟",安慰过去被日兵追杀到此、数以千计的泰雅族冤魂。山径阒然,参差起落的虫声带着潮湿的野意,传播在料峭的薄雾中。

天长断崖因崩圮废弃,要通过这段路必须涉过 1250 公尺积水的天长隧道,想办法搭乘荣工处载碎石子的铁牛车;或走到龙涧派出所,请警员帮忙叫车;否则就得走到铜门搭 13 点、15 点

50、19点的花莲客运。

离开奇莱山庄前,我到"万善堂"拜拜,案上的香炉插着几柱残香,乌鸦在森林里乱啼,回声振动深山的岑寂。我坐在大理石碑前,对着大朵的波斯菊陷入沉思,这两天的路线又使我想起被屠杀的泰雅族兄弟,以及更久远的从前,巴雷巴奥群的踪迹……

——1986年

南 仁 湖 印 象

落山风在夜半时分静止。

我搭清晨第一班车出发，车子往分水岭方向缓慢行驶。2月4日，恒春半岛亮丽的冬天。

车子往北驶上两百号公路，离开恒春镇，几分钟后进入山区。道路两旁植满木麻黄和相思树，越过相思林，狭长的坡地已开垦为农田，大部分种植着洋葱和西红柿，农民用干稻草编成小屏风，一排排整齐地插在作物旁，抵抗每年持续六个月的落山风。晨间的凉风掠过山坡，袭过摇曳的芒草丛，从半合的车窗吹进草叶淡淡的气味。车厢里没几个乘客，前座那个小女孩站在椅上，后脑勺挽了一个发髻，小手指伸进鼻孔，张着大眼珠对我微笑；我扮了一个鬼脸，侧身看奔跑的风景。

从车窗外望，远方的丘陵温柔起伏，只有小尖石山的棱线突兀其间；近处则丛聚着苎麻，及其瘦长的干状花穗。车子离开柏油路面，开始爬行崎岖；我回头，那小女孩兀自睁着怀疑和好奇的大眼睛注视我，一边还吃着蛋糕；车子颠簸得很厉害，她两颊波动，嘴角沾满蛋糕的白奶油，从明亮的眼眸和健康的肤色，知道是居住长乐村附近的排湾族。有人拉铃下车，道路左侧站着一间小土地公庙，仔细看，里面供奉的却是一块缠红布的石头，想来就是所谓的"石头公"了。排湾族小姑娘终于吃完蛋糕，做妈妈的替她擦净嘴，她又咬着玩具冷静地凝视我，用那双黑亮的眼珠；我被看得浑身不自在，只好又转头看窗外倒退的风景。车子经过一个村落又一个村落，小姑娘停止欣赏游客,偎在妈妈的怀里睡着了。我在岔路下车,转入右侧的林道,进入南仁山区。

南仁山位于满州乡,原名罗佛山,因为山中多兰花,有数十种兰科植物生长其间,后来又曾易名为宜兰山。南仁湖是南仁山区的一座小湖泊,植物学家们浩叹,这里是台湾植物资源的宝藏。以前读过马以工的《热带植物之旅》,略带模糊的印象和些微的神秘感,但究竟是甚么声音召唤我来拜访这个地方呢?我自己也不甚清楚。好像有一些遥远的感情,一些陌生的情绪,对于生长二十几年的土地,有时觉得那些山川风物都真实,又好像若即若离,带着几许犹豫,仿佛只存在知识的思维里。

我来过恒春,也曾在诗里怀念这里的老艺人;昨天夜宿恒春,却初次邂逅落山风。地理书上常如此记载:恒春,台湾南端的小镇,四季如春,年温差不到摄氏7度。这座阳光半岛每年5月至9月,西南季风盛行,雨量泰半集中于斯,7月至翌年4月,吹着东北季风,这种强劲的落山风每秒可达10至17公尺(相当于轻度台风的规模),此时雨量稀少;由于干湿季节交替清楚,林木乃发育成热带季风雨林的特性。

"南仁湖又比去年缩减了许多。"

"穿越那一座原始森林,再通过一条溪涧就可以到达石板屋遗址。那些房屋都用四块石板组成,构造简单,是矮人族部落的遗迹。六百年前……"我一边慢行观察沿途陌生的植物,一边回想昨天夜晚我们在莲华家的屋檐下喝茶,听徐叙述一个古老的传说。

日光从树隙间洒下来,照临沾露的山林投。在草叶间,在植物腐烂的气味中，许多轻盈的蝴蝶和飞蛾翩然飘舞，复停驻于光影交错的花草树叶上。林道转弯的地方，忽然传来引擎的咆哮，一群年轻人驰着五六辆野狼机车呼啸而过，惊起的蝴蝶纷纷飞舞。花季还未来，只有大头茶和长穗草吸引种类不多的蝴蝶；据徐来往多次观察，花季之前有二十余种蝴蝶，我所看到最普通的是淡色小纹青斑蝶，其次是动作迟缓的黑点大白斑蝶停在长穗草上采集，偶尔还可以见到几只大红纹凤蝶造访花间；凤蝶善于飞翔，比较喜欢往高处穿梭。由于捕蝶人肆意张网，和马兜铃的被拔除，这种艳丽的大红纹凤蝶正逐年减少。

  我沿路看见树枝上倒挂着许多人面蜘蛛，这种蜘蛛从背后倒着看，很像京剧图谱中的大花脸，阳光下蛛网闪着诡异的光芒，那些人面蜘蛛守在网中，冷静地，有一些虚假的表情。我拿起相机，为一只反复结网的人面蜘蛛拍照。树林深处忽然又传来摩托车的引擎声，并且在我身后熄火停下。"你在照甚么？"我回头看见一位警察，臂章绣着有垦丁国家公园警察的标志，神色带着怀疑和戒备。"蜘蛛。"我怯怯地回答。"对不起，这里已经划入自然生态保护区，不开放给游客观光。"

  "我不是游客！"我有点生气了，为甚么你进来不是游客，偏偏我进来就是游客，但也自觉误入禁区的冒昧，乃再三解释，实在没任何不良企图，而且"前面还有十几个游客"。他看看没入树林的弯路，又回头扫视我，大概也不像恶意的闯入者，遂不再计较，我们聊了起来。

  他姓方，负责这片生态保育区，每天来回巡逻南仁山区，规劝闯入山区的"游客"保护我们所拥有的自然资源。他们这种警察的工作十分特别，除了要认识该区动植物景观，还得每天流动巡山，防止人们放火、打猎、炸鱼、采砍花木岩石、在树上刻划文字图形，或随处丢弃垃圾等等。此外，还要随时拆除猎人所架设的捕鸟网和鸟仔踏；据说候鸟过境的季节，半天拆下来，网加竹竿往往就有一辆小卡车那么多。

恒春半岛是候鸟旅行迁徙的驿站。尤其是红尾伯劳的灰面鹫，近几年来，变成大家争吵的对象；很多人设陷阱围剿，很多人透过各种传播媒体呼吁保护。我在台北看电影，片前通常先放映一段十秒钟左右的社教片："这是伯劳鸟！"女声旁白严肃地说。镜头出现活蹦乱跳的红尾伯劳特写，接着是血腥屠杀，猎人宰鸟、拔去羽毛，用一根竹枝贯穿鸟身，放在烤鸟摊上待沽："这也是伯劳鸟！"女声旁白严重地叹息。这种镜头看多了，也不甚了了，仿佛过于遥远，不太真切。

候鸟季节已经过去了，但昨天我搭中兴号车路经枫港，公路两旁仍然摆满了烤鸟摊，我约略数了一数，大概在百余摊以上，一串串赤裸的伯劳被搁置在烤架上烧烤，油烟窜起，每一摊位前都有游客群集吃食。越过烤鸟摊，是多刺的苎麻田，再远则是礁石曲折的阳光海岸，和郁蓝的台湾海峡。红尾伯劳循祖先的路线，从彼岸渡海而来。我读克襄的《旅次札记》知道：秋初以后，这些红尾伯劳远从西伯利亚飞到华北，它们开始群集，并且在体内储存了大量的脂肪；当朔风卷起，天地苍茫之际，复继续千里迁徙；白露时分，抵达大陆东南沿海的丘陵；风向东南，它们又振翅飞越风浪，横渡海峡，其中三分之一迷航落海，登陆者又有一半要架在烤鸟摊上烧烤。克襄的书上很尴尬地记载：海峡对岸的农业局非常紧张，他们在东北地区研究，发现农作物的虫害非常严重，虫害的原因是红尾伯劳数量的锐减，而红尾伯劳锐减的原因出在我们美丽的南台湾,那公路两排的烤鸟摊;他们只好透过日本人,间接请我们不要这样乱搞。

"我到前面看看。"方警员示意我继续为人面蜘蛛拍照,他要继续去劝导游客"只留足迹,只取镜头"。

"那边有两只老鹰在上空盘旋。"他愉快地说。顺着他的手势眺望,山谷上空果然有两只老鹰盘旋鸣叫;此外,我终于看见一狭长弯曲的水塘地带。南仁湖。

南仁湖封闭在南仁山区,茂盛的热带雨林之中。大约四五十年前,相继有十几户客家人从中坜迁来,躬耕于深山,像所有开发、拓荒的人一样,过着平淡而艰困的生活。他们傍湖落户,先将湖畔的坡地铲平,围起篱笆,劈木造屋,然后堵住水源,放干湖中积水,穿过湖泊铺出一条条的田埂小径,耕作水稻和菜蔬。这样不晓得经过多少岁月,他们又陆续离开,留下水量耗竭的南仁湖。整个南仁山区现在只剩下一户人家,村长林信一带他的妻子儿女在这里耕种、养鸡饲鸭,另外,还放牧四五十头水牛,及爱嬉水的鹅群,也许是山区交通困难,年轻人不愿再在荒僻的村中过单调的日子;也许小孩子就学不方便,总之,他们纷纷离去。他们已经离去很久了。

目前通往南仁湖的产业道路,是堆土机草草推出来的泥巴路,路旁坡地的树根因泥土流失而裸露;开路的当时,显然没有经过考虑和规划。南仁湖本身蜿蜒曲折,这条泥巴路竟几度大大方方从湖中开过,使得南仁湖多处分成左右两边,一半湖水荡漾,一半是干涸的沼泽,呈现支离破碎的局面。"路,是人走出来的。"我们总喜欢强调,人类有其创造的能力和条件,却忽略能力未必没有限制,像这样一味开路,可能导致另一层面的"无路可出"。其实路本身的意义，已经不只是技术的问题，恐怕得涉及一点哲学的思索。

南仁湖是一座濒死期闭湖，堆积渐厚，水域渐窄，水质渐浊；我推测它乃山间凹处，潴雨水而成的砂丘间湖。

雨季汇聚的雨水有限，流失的湖水太多，原来的湖盆大部分已经变成沼泽区；在湖泊的生命中，已然是衰弱的老年期。湖盆四周绵延起伏着丘陵，背风坡面群树麇集，迎风地带则光秃秃，只见禾草覆盖；想是每年受到强劲的落山风吹袭六个月，树木难以生长之故。雨季还未来，湖水显著地递减。我沿着湖畔散步，觉得每一株树木都带着一种深郁的颜色。泽畔的竹叶上，有几只豆娘在活动，此时日光充足，散布的红珊瑚花开得很好，成群结队的蜜蜂正忙着采集花蜜；湖中斜斜插满一大片水葱，其中隐藏着浅泳的蝌蚪，和快速奔逡的水黾。几十年前，这里犹存在富足的山光水色，如今物换星移，南仁湖逐渐干涸，在我们的注视下日渐消失。其实，我们也不必太过伤心；由于淤泥、硫化物或植物养料的堆积，湖泊通常都会逐渐从清澄幽深，变为混浊浅窄。不只南仁湖，世界上许多地方的湖泊也正在死亡。我沿着这座老年期的湖泊散步思索。

这个地方离大家所熟知的垦丁公园游乐区较远，人迹鲜至；虽然如此，沿路我仍发现铝箔包装的芦笋汁、咖啡和各种厂牌的汽水可乐空罐。而这座日渐枯萎的南仁湖，几乎已经完全失去涵容污染的能力。

我走向沼泽，眼前展开繁复的植物种属。沼泽区到处可见牛蹄印，也弥漫着浓厚的牛粪味，想来是林信一家的牛群所留下。沼泽尽头，田埂转弯的地方，还有一潭浅水，一队白鹅在远处悠游。我沿着田埂走到另一背风山坡,通过独木桥,爬上一座林木密集的土丘,转弯而下,沿小路侧行,右前方开阔出一片坡地;牧草青青,一群水牛低头嚼食,发觉有人靠近即抬头鸣叫,其鸣哞哞,在鸟啼啾啾中清楚可辨。左方沼泽里的水牛正在洗澡,听见同伴发声警示,遂纷纷离开沼泽,急急忙忙向山区奔跑;它们的队伍井然有序,奔跑的样子也很好看,我算了一下,果然有四五十头。那些牛背鹭吃这种阵势一惊,各自振翅飞起,牛群在通往森林的干溪谷消失,剩下十九只留在山坡地,睁着大眼睛凝视陌生人;没多久,那群牛背鹭又陆续落脚沼泽区,随处觅食。

在这片风势急劲的地带,树林的根部为了帮助树干支撑、呼吸,慢慢发育成板根及支柱根。沼泽区边缘是茂密的热带天然季风雨林,由于恒春半岛特殊季风及雨量季节性的分布,形成原始而复杂的林相;在这50余平方公里的沼泽森林,有2200余种热带植物,占台湾植物种属一半。

沼泽区边缘有一条干涸的溪谷,溯溪谷而上可达石板屋遗址,传说是矮人族部落所在。林信一的儿子告诉我:沿着那条溪谷攀爬,大约一个小时脚程就可以到达石板屋。我不谙登山,跌跌撞撞在森林里耗了将近三个小时,仍觅不到石板屋。天色渐黯,我毫无把握能够追索到石板屋遗址,终于怅然离开。

我离开南仁湖,回到我工作的地点继续忙碌;离开南仁湖像离开一位慈祥的老人,我牢牢记得它的音容和怀抱。夕阳西下,我知道南仁湖逐渐在消逝,淡淡地,它没有任何表情。近几年来,很多人努力在保育自然景观、维护生态平衡;在经济开发的过程之中,我们一直缺乏妥善的作业程序,像一个不肖的浪子在挥霍大地的生机。其实草木何足悲,只要我们能活得更好,然则失去了大自然的信托，我们果然能活得更好吗？

我所能够做的可能只有贡献完整的爱和关怀，对于这片美丽的土地，我们不仅要朝朝夕夕地维护，还要点点滴滴地修正；多一分了解和关爱，将会少一分无法弥补的憾恨。

——1984 年

精灵的家乡

飞机飞近阿皮亚市上空时，我看到东北方出现的山峰，那样雄伟、高峻，矗立在所有的山棱、雨林上面，云层的上面。我在最近一期的《中华山岳》看过它的容貌，也曾经和朋友认真计划过要专程来攀登。

京那峇鲁（Kinabalu），这座山的名字本身就充满奥秘。"京那"意思是中国，"峇鲁"意思是寡妇，京那峇鲁山的别名就叫"中国寡妇山"，当地土著卡达浪族流传一个故事：很久很久以前，山顶上有一粒巨大的珍珠，由一条凶暴的龙镇守。这粒大珍珠耀眼的光芒，照亮了遥远的皇帝的野心，遂派王子前来夺取。王子经过艰辛奋斗，终于偷珠屠龙，并娶了卡达浪美丽的少女，但不久却抛弃发妻，回到家乡，心碎的少女经常在山上徘徊悲叹，定定地，北望迢遥的陆地，最后竟变成一块石头。

土著奉它为神山，族人相信，祖先的灵魂居住在山顶；早期的卡达浪族向导更认为，山顶裸岩上的苔藓就是祖先的食物。卡达浪族是沙巴最大的土著族群，世居京那峇鲁山腰，实行传统的流动耕耘，砍伐森林，种植稻米，和树薯、甘薯、烟草。晚近，像包心菜、芦笋之类的温带蔬菜也有了收成，逐渐地，固定的山坡农地取代了流动耕耘。他们在山腰处公路旁摆摊子卖农产品，陈列下车买一大串芭蕉才一块钱马币，听说四个硕大的香水菠萝也是一块钱。

当地居民没有攀登过京那峇鲁山的纪录。

第一次的攀登纪录也许是1851年，雨格·罗（Hugh Low）

爵士登至山上的一块平台,他相信不可能攀得上峰顶了,后来他写道:"除了有翅膀的动物,不可能有人接近得了最高的峰顶。"然则为了纪念他这次光荣的行程,京那峇鲁山最高的峰头,以及那道1.5公里深的峡谷、一种猪笼草、一种石南,和少许生物都冠上他的姓氏。

早期登山者习惯将签名、署上日期的信装在空瓶里,留置山顶上,这种风俗给了我们追寻登山史的线索。1858年,雨格·罗伙同他的朋友史宾瑟·圣约翰再次远征京那峇鲁山,仍然没能登顶,圣约翰后来在他的书《远东森林里的生活》中描述了这次的探险。直到1888年,约翰·怀特黑和他的卡达浪背夫才攀上最高的峰头。

1910年,英国的植物学家莉莉安·姬泊成为第一个攀上京那峇鲁山高峻峰顶的女性,她采集了1000多种植物标本给大英博物馆。同年,第一个旅行团来到京那峇鲁山漫游。没多久,一只叫维格森的公狗得到狗类首登神山的荣誉。

云,总是在山腰徘徊,雾的魅影经常笼罩着山区,土著们相信这是精灵的家乡。这座东南亚第一高山从热带雨林中拔高4101公尺,有八条主要河川发源于此,它提供沙巴许多城镇的饮水、鱼和灌溉;并以自然生态的繁复闻名于世。我觉得这里是上帝的花园,是各种生物乐于定居繁殖的地方,包括300多种兰花、500多种热带鸟类、超过450种的蕨草,和一百多种动物栖息。我回来查资料知道,世界最大的花(Rafflesia,直径可达1公尺)、世界最大的苔藓(Dawsonia,高度可达1公尺)、世界最小的兰花(Podochilus,不仔细看,肉眼几乎不能察觉它细微的白花)都算是土产。我闭着眼睛好像可以感觉到红毛猩猩、云豹、食蚁兽，和长着胡须的野猪……它们在森林里活动。我知道这是神山的魅力，感染我浪漫的心情。

登神山是一种庄严的举动吧。早期许多攀登此山的探险家多提到，他们雇用的卡达浪向导在抵达山顶时要行宗教仪式。雨格·罗的向导携带护符、木片、牙齿，和其他3公斤重的东西上山。怀特黑的纪录则是宰杀一只白色的小鸡。这种仪式似乎日益讲究，供奉的祭品包括七个蛋和七只鸡，加上高声地祷告，鸣枪。当然，鸡和蛋供给向导和背夫可口的蛋白质。行此宗教仪式，是为了抚慰山神，和定居于此的祖先的灵魂。现在，卡达浪向导每年办一次祭仪，供奉七只鸡、七个蛋，以及雪茄烟、槟榔和米。

现在，每年有2万人次从世界各地来爬神山。除了驴耳峰、爱德华国王峰、圣约翰峰、女王峰较少人攀登外，其他如南峰、罗士峰、丑姊妹峰等均是大众化山峰，登顶容易。为了保护神山，以及山里的奇花异兽，1964年成立了754平方公里的公园，公园总部设在海拔1561公尺的山腰，距亚疪市区90公里。

从低海拔的热带雨林，到中海拔的原始阔叶林、高海拔的寒林、草原，最后是裸露的花岗岩，登山步道规划完善，由南向北攀升，全程8.58公里。路径明显、干净，除了一小块箭牌口香糖的包装纸，我看不到任何纸屑、布条，更别说弃之成堆的垃圾；坡度较陡的地方有木头构成的阶梯，险峻处更有铁柱、扶栏保护，行走其间，领略的是探幽的情趣。一路上水源充沛，每隔100公尺即标明走到休息处的距离和时间，七个休息亭，和避难小屋都有自来水；在3300公尺高的山庄，备有电热炉、毛毯；在3810公尺高的地方还建有蒙古包铝屋。一般攀登行程安排两天，在高山客栈住一宿。

陈列似乎很快被森林迷住了，他拿着望远镜东张西望，聆听，观察各种奇禽异木。那步道、木桥修筑得极美，温柔伸向云雾缥缈的密林，精灵的家乡。

走在栈道上，不禁放轻脚步，唯恐打扰到栖息的虫鸟，走没多久。我吃惊地发现被数不清的鸟包围了，那些洪亮高亢的鸣叫，叫得人心里发痴。从登山口牌楼到卡生瀑布，走25分钟的陡坡即抵第一座休息亭，西南方向的展望极佳，四处是粉红色的凤仙花。继续走40分钟，上到棱线，进入原始阔叶林，空气显得潮湿，蕨草和鲜苔铺展如毯。没多久来到岔路，左边通往沙巴电台的转播站，右边曲径蜿蜒在灌木林中。云雾、兰花、羊齿植物装饰着森林。续行一个小时，抵达2021公尺高的山庄，登山者通常在此午餐，享用附近的野莓和美景。

第五个休息亭左方有条小径，十分钟步程可抵帕卡洞穴，这座花岗岩洞穴留有冰河遗迹，许多被冰河搬运来的大小岩块堆积在此，它像一个地质学的舞台，演出岩层的侵蚀传奇，热带冰河的旅行故事。直到现在，年轻的神山仍以每年半公分的速度在长高。

上至海拔3352公尺，离开森林界线，进入裸岩地带，那锯齿状的峰头，极尽想象之造型；那宽阔光秃的花岗岩绝壁，森严得慑人。所幸岩壁上系有绳索，通过并不困难，也无安全之虞。一般登山者在天亮前攀上罗士峰，在峰顶上看旭日初升，照亮整个婆罗洲，和南中国海。

赤道的太阳逐渐增强力量，在高空与地表之间微妙运作自然界的波动与循环。上午10点左右，雨林的呼吸化作水气上升，云雾，像一把苍茫的扫帚，迅速将一切风景扫除干净。到了下午，云层蓄积了足够的水分，飘降还给雨林。京那峇鲁山年降雨量4公尺，下的经常是来得疾去得快的午后阵雨，云飘到哪里，雨就落到哪里。我退回到登山口牌楼下避雨，黑泽明电影常见的那种雨势从屋檐倾下。四个刚登顶下山的英国和新加坡女孩也在此避雨，整理背包。下次，我一定专程来游山，像重逢老友，一路重逢各种珍奇的鸣禽，以及巨大的猪笼草，树干上寄生的金线莲、鸟巢蕨……然后在日出前攀上最高的罗士峰，看旭日破晓，照亮整个婆罗洲，和南中国海。

——1992年

最后的跳舞场

我踏上往旧好茶的步道时，一只白面白鹈鸰从锐叶牵牛丛中扑出，掠向树林，隘寮南溪的溪谷。这是1991年的最后一天。

我在2.5万分之一的地形图上找不到"旧好茶"，只有一条代表步道的虚线，从新好茶伸出来，曲折通过密集的等高线，然后就消失了，没头没绪，像喷射机凝冻在高空的白色飞机云。

"这是山猪刚活动过的痕迹，"在前面带路的鲁凯朋友奥威尼·卡露斯（Auvini Kadresengan）指着草坡上被弄乱土石的几个坑洞说，"旧好茶多峭壁，但物产稳定，古时候雾台闹饥荒，都由好茶接济。"我赶紧取出相机拍照。对我来讲，能看到野猪刚活动过的坑洞或粪便已算是幸运。我在动物园以外的地方唯一看过的野猪是在南仁山，它被猎人关在铁笼子里，急躁地寻找出口，似乎还愤怒地望着我。

新旧好茶之间大约有两个小时的步程，高度爬升600公尺左右，看得出好茶人很用心修筑这条沿山腰横断的步道，石板铺成的石阶，平整而美观。百步蛇就喜欢栖息在石板与石板间的荫凉处。百步蛇是鲁凯族的灵蛇，是艺术表现的重要主题，有人蛇联姻、创世神话流传，族人遇见时要行祭仪回避，不敢触犯。我在新好茶拜访一位100多岁的老妇，她边织布边说起日据时代的传说：三个青年奉巡查部长之命，潜入禁地捉拿百步蛇回去烧烤，立刻遭到神谴，三青年中邪，皮肤出现百步蛇纹，身体腐烂处爬出百步蛇；主谋者随后也发狂，饮弹自尽。

路上不时可以听见绣眼画眉、山红头在啼叫，看见白云上的雾头山、茶埔岩山、北大武山棱线。虽然是冬天,沿途密布的蜜源植物吸引了种类不少的蝴蝶,走路不小心,会被蝴蝶撞到。

两只老鹰,两只聒噪的老鹰一直在山谷上空盘旋。我们在一道小瀑布下的水潭旁坐下来休息,喝山泉。水潭虽浅,有鱼有虾。附近生长着一种树叶,翠绿肥大,看起来像野苋菜,我们采了一些,准备晚上用来包沾芋头粉的猪肉煮食,这是鲁凯族的传统名菜"阿拜",他们叫它"cinaburu"。

这条步道的中点,山路转弯的地方,展望极佳,好茶人匠心经营成休息站。在一株美丽的红榉木下,他们以三块巨大的石板和许多较小的石板组成五层座椅,周围丛生着狼尾草和蔓黄苑,大红纹凤蝶、三线蝶、黑麦画斑蝶在花丛中吸蜜。这个休息站同时也是占卜之地,外出返乡的人到此,休息,听见山红头的吉兆,会知道"家里可能来了客人"、"家里可能有女朋友的来信"、"男朋友可能送来蜂蜜"……出猎的人到此,根据山红头的啼叫次数、声音,和飞行的方向来判断猎物的种类和多寡,以决定继续前进,或干脆掉头回家。奥威尼·卡露斯说:"准确度有七八成。"我觉得很有意思,应该有人来研究、整理鲁凯族的鸟占。

我想象1980年,好茶人为了生计,相互扶持,举村迁到现在的新好茶,走的就是这一条山径。如今,当局为了改善高屏地区的供水,计划在隘寮南溪拦水筑坝,届时新好茶将会淹没在玛家水库的集水区内。好茶人决定重返旧好茶去整建家园。旧好茶,鲁凯人曾经定居六百多年的村落,隐匿在中央山脉支棱的深山中,连飞机高空照相都照不到的深山,连地形图随便就会忽略的那种小村庄,竟是他们魂牵梦萦的所在。

"现在已经有二十几个年轻人要和我一起回老家,"奥威尼和他的族人决心回去重建一座理想村，在废墟中重建石板屋，重建鲁凯人的生活和艺术，他们选择过较原始的生活方式，怀抱的热情和信念中，也掺杂着乡愁和感伤吧。"村里的长辈虽然也多想回去，但年纪大了，山路难行……有些老人家谈起这件事，难过地哭了。"

接近旧好茶，愈来愈多的马樱丹，和随处可见的长穗草、藿香蓟，紫白同株的藿香蓟，以极具侵略的气势占领我的视野。一道瀑布自山棱挂下，瀑布上的棱线，遥见一株修长的薄葵树孤立在森林之上，看到这株薄葵树，好茶人知道，快到家了。

进入村落的木桥已腐，同行的杨南郡、陈永龙相继通过，奥威尼不敢过，我跟随他从右侧小径下溪，正要穿越溪床，发现溪石上一堆宰杀山羊后丢弃的脂肪。"这些东西不容易腐化的，"奥威尼摇摇头，"反正已经到家了，不急着进去。我们动手把它处理掉吧。"我们一起捡拾干树枝，生火，将血脂肪放在火上燃烧；我因为和一个热爱乡土的人共同维护他的乡土，而感到荣幸、喜悦。

昭和年间，旧好茶有两百多户人家，现在只有两个老猎人住在这里。散步其间，只见残垣断壁在荒烟蔓草中，盛开的马樱丹，和茂密的圣诞红、相思树洪水般，淹没了百步蛇家乡。夕阳渐斜，相思林上空，忽然出现一群老鹰，大约二十只的老鹰同时出现在头顶上，盘旋，鸣叫，加深部落的荒凉。鹰和云豹都是鲁凯族的灵异动物，传说族人翻越中央山脉向西移民，就是由云豹带路，由鹰在天空指引的。走在相思林下的废墟，空气中散发浓烈的羊屎味，原来是村长放牧的羊群。羊舍旁是头目的宅邸，屋顶不知去向，几根断梁依靠着倾圮的石板，鲁凯艺术家力大古的木雕作品，隐于残林野草间。

"这是校门口，"奥威尼带我们在村里到处走走，行经马樱丹丛中的两根水泥柱，回头说是好茶国小的校门口。穿过这道连路都难以辨识的校门口，他指着相思林下大片的紫花霍香蓟，"这是操场。"然后又指着树林里一排残壁说："那是教室。"树林里有很薄很薄的烟雾，荒烟，树影，和仿佛的泉声……我拨开蔓草行进，恍然觉得操场和教室间有嬉戏声，远远近近地奔跑。

操场和教室的尽头，有一条往阿礼的小路，路旁是一块"毋忘在莒"石碑，这是日据时代，日本巡查部长南幅重助自杀处。走近一看，果然是墓碑，碑上刻着"南幅重助之墓"，背面刻着"昭和九年六月二十日死亡"，由于年代久远，字迹已不太清楚，50年代的"毋忘在莒"运动时，墓碑正面被人用红色和蓝色油漆各涂写一遍"毋忘在莒"。墓碑的后方是水源地，一道瀑布曲折泻下，在这里形成幽蓝深邃的水潭，深得好像藏着许多传说。

水潭旁有一座吊桥，是昔日往水门的交通孔道，桥已毁损，桥下是战士猎首回来清洗首级的地方。我看到奥威尼俯身捡拾散落岩石、水边的垃圾，装在塑料袋里，大概是要带下山去处理的吧。我忽然觉得很尴尬，生怕自己是一个鲁莽的观光客，一个冷漠的过客。

警察驻在所位于好茶国小旁，位于部落最高处，可瞭望通往三方的路。"这是最后的跳舞场。"奥威尼手指处，隐约可见石板搭成的小平台，阶梯，在马樱丹丛未完全淹没的角落。这个圆形跳舞场可容一百多人圈几圈跳舞。我注意到他介绍自己的部落时，好像特别习惯使用"最后的"这字眼。

英雄 Pulum 之家在部落最外围，如今也只剩几片石板斜倚在茂盛的杂草中，难以辨认。Pulum 是旧好茶当年抵御外侮的战士，他的旧宅南侧设有防御工事；西侧有巨石堆置而成的圆形高台，是放置头颅的地方。走近高台，只见乱石、野草，中央原来挂头颅的柱子当然也不可能再存在，倒是长出一些西红柿。

老猎人移开屋前的两块石板，生火，大家围坐火旁取暖，喝白兰地，吃 cinaburu。白兰地是杨南郡的鹿谷朋友自制的，十分美味。不晓得是白兰地的酒香还是 cinaburu 的肉香，吸引了一群喧闹的蜜蜂，大家在嗡嗡嗡声中喝酒聊天，日语、鲁凯语、普通话此起彼落。我觉得口渴，取出一包姜糖煮姜汤。一只蜜蜂在我跣足的脚底螫了一下。

天色完全黑了，鼠辈在屋前屋后奔窜。云层很厚，无星无月，营火在暗夜里发光发热，人、狗、鼠仿佛是剪影，在火焰周围移动。第一次睡石板屋，躺下来时略带几分迟疑、新奇，我想象隔着一层石板，就是他们祖先长眠的地方；想象部落里许多可歌可泣的故事，都会变成汉人有趣的传说。

整个夜晚，老鼠猖獗地在身旁的储物木桶里活动，我努力想进入梦境，思维里却总是映现夕阳下的废墟，慑人的鹰群，最后的跳舞场。然则从这里消逝的彪悍的战士、奔跑的儿童、编织的妇女……彷佛是徘徊在余晖中的长影，寂静地，依恋着他们的家乡。我起身点亮烛灯，写完日记，又钻进睡袋里。这是 1992 年的第一天凌晨。我生命中第一次睡石板屋，不晓得会做什么梦？我的鲁凯朋友说：梦到泉水表示不愁吃，梦到竹子表示子孙兴旺，梦到藤条表示长寿，梦到亮刀表示家里会出英雄……

——1992 年

卷三

两本书的故事

我看到翻译家李霁野先生写给台湾大学图书馆的一封信，信上说1949年4月，他匆忙离开台北，向图书馆借阅的两本书遂来不及归还，四十余年来一直耿耿于怀，直到现在才有机会托往访的秦贤次先生将这两本书带回台湾。

李霁野今年86岁，青年时即受鲁迅知遇，20年代和台静农、韦素园、韦丛芜等好朋友在北京成立"未名社"，出版作品除了小说集《影》、诗集《海河集》等多部创作外，主要译著包括《被侮辱与损害的》、《我的家庭》、《简·爱》、《战争与和平》、《四季随笔》等等，影响深远。

1946年10月，李霁野应许寿裳之邀，来台担任台湾省编译馆编纂，主要负责编译西洋文学名著。"二·二八"事变后，编译馆被解散，李霁野转赴台大外文系教书，总计他在台湾停留两年五个多月，这段期间，全岛经济萧条，社会动荡不安，许多知识分子如惊弓之鸟。就在李霁野离去的1949年4月，共产党军队接管南京，全台物价大暴涨，杨逵被捕，台大、师院发生"四·六学生运动"……我想象他好不容易才弄到船票，在一个暗夜，草草地收拾行李，避开鬼影幢幢的情治人员，仓皇逃离台湾，甚至未将那两本借书托台静农归还，是来不及托付？还是友谊的设想，怕连累最好的朋友？

我不忍深思，让一个人悬念四十几年的两本借书，背后究竟是什么样的社会和时代？但我知道，90年代的台北，像李霁野这样诚信、体贴朋友的人已经很少了。

——1991年

音 乐 生 活

我忽然迷上音乐。像所有发过高烧的老乐迷一样，三不五时总要跑唱片行，零用钱一下子变得很拮据。这是我从未经验过的生活——置于案头的书换成音乐史、乐曲解说、音乐家传记、音乐美学……醒着的时候，大量的旋律灌进耳朵，在脑海里澎湃、交响；即使睡着了，梦境也萦绕着密集的、挥之不去的乐段。

虽然朋友中不乏资深乐迷，我却一直没有能够近朱者赤，也未曾善用过自己的听觉。朋友们同情我这种起疹子般、突然发作的音乐热，考虑集体收我为徒，加以适当调教，以免走火入魔。他们看我求知的态度还算热真，可怜我年近中年才开始"培养气质"，精神可喜，乃不吝指导我学习欣赏音乐的基本知识，介绍我认识世界著名的作曲家、指挥家、演奏家和乐团。

歌德断言音乐能使愤怒的铁拳变温和，使暴躁的野猪驯服，说"不爱音乐，不配作人。虽然爱音乐，也只配称半个人。只有对音乐倾倒的人，才可完全称作人"。感谢陪我度过每一寸光阴的音乐，和音乐背后的制作群，使我避免变成一头没有气质的野猪，还开发了许多生活的乐趣。我的朋友庄裕安悬壶济世之暇，对聆乐颇有心得，他强调生活里不能没有音乐，说音乐是一种旅行方式："旅行只能去空间的远方，音乐还能去时间的远方，旅行的定点在地球，音乐的终点在宇宙。"这样的生活享受，这样的旅行方式等闲虽不能至，但衷心非常向往。

那天，我又把自己关在书房里听莫扎特，爱听故事的女儿跑进来，腻在我身上要求讲故事，于是我大略叙述这位音乐史上罕见的神童和多产作曲家,"莫扎特好聪明啊,像你这么大的时候就会弹钢琴了;可是当他到了爸爸这个年纪的时候就死了。"

"爸爸,那你为什么还没有死呢?"女儿疑惑地问。

我哑口不知如何回答这严肃的问题,是的,为什么还没死呢?是坦承自己没有莫扎特的才华、热情、努力和贡献,只好继续赖活下去;还是说,因为她还太年幼,做父亲的有责任继续保持健康?

——1991 年

航 向 命 运 海

朋友在电话中沮丧地说："怎么办？上礼拜算命仙说我今年下半年的命很凶。"她忐忑难安，每日生活在歹运的恐惧中。

我翻开手掌，细看上面分歧密布的纹路，不免困惑，什么是生命线？什么是感情线？什么又是事业线？难道那些弯来斜去的掌纹，会是一生命运的舆图吗？

希腊的悲剧英雄伊狄帕斯王，颇能唤起我们对命运的愿望和恐惧。他为了逃避弑父娶母的神谕，自我放逐，远离双亲；却一步一步跌入厄运预设的陷阱里。我怀疑英雄如伊狄帕斯，如果能预知未来的命运，知道何时会弑父，何时会娶母，何时会亲手剜出双目，他还有勇气再活下去吗？命运既然无法预知，就是天机；听说天机不可泄漏，泄漏者会遭天谴。

面对命运会令人不安吗？我曾经在新公园入口处，看到一位摆摊卜命的年轻人，他的相貌很奇特，瘦弱的身躯更凸显严重的驼背，那张苍白的脸上闪动敏感的眼睛，我特别记得他总是驼着背、喘着气的形容，薄弱的肩骨"仿佛"背负了命运的重担。

我猜想去算命的人，可能是对未来感到彷徨。也许命运之于人如同海洋之于舟楫，我们的一生，航行在暗夜的海洋，心中充满迷惑，渴望能看见灯火，那怕只是一点微弱的星光，也提供了继续航行的指引，修正了可能偏差的航线。然则命运的海洋往往缺少灯光，勇敢的舵手摸索前进，不愿一辈子守住港湾，遇到恶浪险礁也不会闭上眼睛等死。

翻开手掌，眼前曲折如河流的掌纹，不知哪一处是事业的转折？哪一条将分歧流向爱情的岔路？哪一条断线又是生命不可避免的灾厄？那一张如舆图复杂的掌纹，似乎代表了宿命的故事，记载生命的悲欢离合、美丽与哀愁。我细看这些深浅交错的纹路，觉得像一条条隐晦的谜题，无法猜测；我跌入沉思，仿佛跌入半醒的梦境里。

我一直不敢给人算命，主要原因是没有勇气聆判即将来临的"噩运"，这种"噩运"会像阴影般每天盘踞在生活中，不但无法逃匿，还要意识到自己正一寸一寸地接近它。我们在暗夜的海上，虽然不免彷徨，但准备远航的人除了凭借理性的罗盘、地图和星光鼓浪航行，也要靠勇气导引心灵的方向；虽然是在暗夜的海洋航行，但他们的心中没有阴影。

位 子

"大风吹,吹什么?吹……"还记得童年玩的游戏吗?大家紧张兮兮地各据己位,那个没有位子的"鬼"就四处逡巡,觊觎别人的位子。

人在这个世界上,好像总需要有一个位子。

打从小学开始,教室里就安排有座位,我们乖乖坐好,静听老师"传道、授业、解惑"。长大了,踏出校门,正正经经上下班,办公室也有一张属于自己的位子,你可能从课员、主任、经理……随着能力和资历扶摇直上,一路升到案前有好多具电话的"长"字辈;呃,也许,也许经过数十年的岁月,你依旧坐在老位子,从白领到白发。但总之,你有一个位子。

那天路过一条小巷,看见一户人家,在车库门上用白漆写了两行字:"门前请勿停车,以免轮胎易泄气。"无独有偶,在转弯的墙角,又看到有人写着:"这位中午有手推车,请让开一点!"我这才意识到原来汽车也要位子,大家因为位子被占而生气、而争执、而互相警告谴责。大概警察局也发现位子的问题逐渐复杂,乃在另一面墙上清楚规定:"双月停西侧,单月停东侧;每月一日上午八时变换停车位置。"

"大风吹,吹什么?吹……"人活在这个世界上,往往也只图一个位子。有人不满意现有的位子,经常想要变换;有人担心位子被夺,戒慎恐惧,时时提防着要堵别人的去处;有人占了位子不放,希望牢牢固固地守它一生;至于没有位子的人呢?就拼尽全力要搞一个位子来坐坐。

人间的许多纠纷,是不是只在计较一个位子呢?

越 狱

我参加了一项作家联谊活动,到清境农场旅游。能够暂时搁下忙碌的工作,偷闲到山上走走,快乐得好像打开一扇封闭的风景。

游览车经过埔里、雾社,蜿蜒爬坡。我在昏睡中被一个女作家激动的尖叫声惊醒:"碧湖!啊——碧湖!"我勉强睁开眼睛,有点埋怨她大惊小怪。

车子喘着气在山道上左弯右拐,大家的眼睛贴在窗沿,忙着寻找那时而出现、忽然隐没的湖泊,仿佛在寻找一个遗落已久的心情。我探头也看到万大水库所在的碧湖,在阳光下闪动着波光,照亮了每一个都市人的心情。

可能是生活中太需要一个精神的假日了。

一般都市人每天住公寓、赶公交车、坐办公室、看公文,且夕在一个封闭的框框里呼吸,形同囚禁;如今发现自己不期然在走一条路,路上的风景竟似特别为他山青水秀,自然喜形于色。我感到这一车长年端坐案前的朋友们,其实是一群生活的囚徒,戴着精神的镣铐在拖磨,今天有机会越狱,雀跃逃到青青草原,调整沉滞的脚步,释放绷得太紧的神经。

清境农场旧名"见晴",因为 8 公里外的雾社,平常总在云雾的封锁之下,但只要走上此地即天晴气朗。在清境农场,我又听到几个人指着草原上放牧的牛群高喊:"牛!"好像发现一群稀有的野生动物般惊讶;我也指着更远处低头散步的羊群叫:"绵羊!"使用欢喜的高音。

中海拔的山风吹动浮云，逍遥吹过起伏温柔的牧场，来到我躺卧的身旁。我在想，每一个人心中其实都有一扇风景，开向广阔的胸襟。

候 车 室

火车又出发了。下车的旅客撑伞走过飘雨的站台,将票交给收票员,又各自撑伞步出车站,搭车离去。雨,断断续续地落着。

"已经四月天了,还这么冷!"那个收票员边叨念着边关上栏门,回头看一眼铅灰的天空,摇摇头,复走进办公室里。

火车还未进站。

整间候车室里只有三个人,其中一个人的手瑟缩在胸前,两眼紧闭,双腿伸直,低头进入梦乡;一人摊开英文课本,支着头,喃喃地背诵英文单字;另外一个比较无聊,看着他们,又转头注窗口玻璃上滴淌的水珠。

这是纵贯铁路没有电气化的一条支线,只有普通车来往,平常旅客稀少,设备也比较简陋,摆两张长板凳就算是候车室了。光线从窗外透进来,在这个小小的车站,由于天气转凉,显得十分冷静和萧条。

远方有笛鸣传响,平交道的栅栏也已经放下,大家持票走上站台,火车来了。

我们好像都要走一段漫长而落寞的旅程,对付这段旅程的办法,有人是一路睡到底;有人低头思想;有人读书、闲聊;有人侧身看奔跑的风景,终于还是不免把车厢当成睡厢——现代人委实是太忙、太累、太容易疲倦了。

我们也许都要在某一个驿站的候车室里等待,出发到一个全然陌生的城乡;也可能是送朋友,去到一个遥远的地方。在那个驿站的候车室里，也许，我们各据一隅，互相不认识，也不曾交谈。然后，车来了，大家各自上车，各自想着一个目的地。是的，我们也许在相同的驿站上车，却要在不同的地方停靠。

下 午 茶

有一次我背负重装，独自在攀登白狗大山的途中累乏了，汗水湿透衬衫、渗过背包，双腿同时抽筋，眼镜又在过悬崖时跌碎；天色渐暗，我怀着掉队的恐惧，遥望还有12小时路程的陡坡，忽然觉得前途渺茫。幸亏老向导寻来，递给我一杯柠檬茶；我到现在仍清楚记得那杯元气淋漓的茶，如何鼓舞退缩的精神意志。

以前在杂志社工作时常常加班，到了傍晚，同事们就提议聚资到附近"京兆尹"买一些甜食点心，冲一壶茶，大家围坐会议桌前饮茶、吃零食。这种下午茶，作用不在解渴濡肠，多少带着一种游戏的和乐态度。

英国家庭多在下午喝红茶、啖面包，这是他们一日中的最大乐事，也普遍养成一种精致的生活艺术。然而他们总在红茶里加糖，像对付咖啡的方法那样；我始终觉得，饮茶饮到要掺糖，不免粗俗。

但下午茶确实值得提倡。我们戮力工作一整天，疲倦在所难免，黄昏的时候，茶兴正浓，适宜品茗沉思；片刻的清闲，可以涤去一日的烦虑，喝完茶，再继续为老板效劳。在高速节奏的生活里，大家拚尽全力向目标追赶，无论是为名或为利，眼光视野日渐短浅，血液循环日渐迟缓，智能也日渐衰弱；也许因为一杯下午茶的提醒，有了反省的勇气，有了再出发的信心。

我以为生命里也应该安排下午茶时间，让每天的生活都保持清淡甘醇的风味，尤其是在不完美的生活中，静坐下来，浸泡、舒展一点点和谐的美;在忙碌中学习偷闲,在淡淡的苦味里领略其中的甘甜。我们在办公室彷徨了半辈子,可能还未曾饮到不求解渴的下午茶。

小 伍

很久不登山了，每次想到山就想到小伍。有一年秋天，我在横越中央山脉的步道上认识小伍，他背负领队、向导的装备和全队的公粮，健步在盘曲陡升的山径。我累得倚靠岩石喘息，看他背负 80 公斤左右的东西，两脚像钟摆般，规律而稳健地迈出步伐，忍不住问："不累吗？"

"走路看风景怎么会累？"他停下来等我，"在家种田才辛苦哩！"

小伍来自东埔布农族，耐劳耐渴耐重耐寒，加上取火、觅水、搜救，以及对付野兽的好本领，是攀登高难度大山时，众人依赖的支柱。他的个子不高，憨厚的嘴唇和褐色明亮的眼睛，配上一张娃娃脸；不喝酒，静静地，也不太爱讲话。他说他刚服完兵役，在山地乡种田，现在正是农忙时候，却跑出来"游山玩水"，让美丽的妻子独自耕耘，心里很不安，而且，"我对 Porter 这种工作已经感到倦怠了"。那时他正在长智齿，痛得用手抚住脸颊；但提到妻子和田园时，他的眼睛更亮了。他说少年时曾独自猎获一头凶猛的山猪，而赢得族里美女的芳心。

"野生动物就是被你们这些人赶尽杀绝的！"有一个人责备他。我到现在还清楚记得，他委屈、惭愧的神情。

小伍国中毕业后开始当 Porter，一个年纪轻轻的孩子，背负一群大人的装备攀登高山，这种重劳力的长途跋涉已远超出一个少年的体力负荷，他边走边流泪，直到夜深才循路赶到那些大人们睡觉的营地；还没睡稳，凌晨又背负沉重的背包在后面赶路，当然也是边走边哭。我问他，现在呢？现在还流不流泪？

"现在流汗。"

有一次在中央尖山被台风所困，所有的人都倦乏了，求生的意志开始崩溃，雷电风雨在外面咆哮；大家躲在水深及胸的帐篷里写遗书，在天地撼动的恐惧中相拥而泣，领队把全体登山队员的遗书交给小伍，请他无论如何要挣扎下山，报告这一件不幸的山难。木讷的小伍摇摇头，在狂风暴雨中带领他们高声唱歌，直到帐篷里的水位渐退，翌日的阳光照亮了深山的鸟啼。

小伍扭转他的左胳臂，再甩一甩，笑着告诉我：这条胳臂是在攀登新康山时摔断的：一天夜里，领队想喝咖啡，他摸黑下到溪涧取水时摔断的。

我们常听人夸说征服了某某高山，骄傲中带着蛮横。小伍在山里成长，山之于他如同家园，有一种原始、神秘而亲爱的情感，牵系着生命；没有一个在山地长大的青年会想去"征服"一座高山。小伍一定十分厌烦再带我们这些蠢材去登山，回家乡种植稻米、苞谷去了。

顽石老人

"素人艺术家"林渊坐在牛耳石雕公园的草坪上和人聊天,游客来来往往,观赏他十年来约三千多件作品。我看到其中一件石雕"鸡母下蛋",那只快乐微笑的母鸡,表情非常骄傲、满足;旁边是"背妻回家分娩",雕了一个男人扛着大肚子的老婆回家,洋溢着彼此取暖、相互信靠的爱;再过去是"万字角神牛",刻的是一头灵兽,足蹄上长了八卦,踏过的泥土都变成福地……每一块顽石,好像都演出百果千花的童话。

林渊的石雕想像力丰富,造形多是农村的动物、山林的飞禽走兽,和神话、传说中荒诞的怪物;这些动物的神态多温柔敦厚,个性多羞涩天真,它们都是林渊的好朋友,和林渊有兄弟般深厚的感情。

林渊爱石头爱到给人家笑"石疯",他是台湾山川田野所孕育出来的艺术家吧。我讶异一生孜孜耕田的人,竟能将自己对人世深刻的体验和历练,表现为逗笑与讥诮。了解了林渊十年来如痴如醉地工作,才明白原来是他对田野有这么深厚的情分,对生命有这么质朴的爱;他说:"见了石头我就想要打,打出一个形体,我就有真欢喜。"

白 日 梦

我从梦魇中挣扎醒来，汗水湿了衣衫。我坐在床沿发呆，努力要唤起记忆，想象刚才作的噩梦，却似乎什么也想不起来。只觉得有些影像，徘徊脑际；有些余悸，还残存在心里。

有一段时间我睡眠常作梦，美梦噩梦都有。有些梦境是白日生活中人事情节的延伸，比较可以理解；有些则荒诞怪异，根本无从追索梦境里那些扑朔迷离的情节。无论美梦或噩梦，我睡醒时通常只记得故事的零缣断片，过了两天，就忘得干干净净，了无痕迹。

《枕中记》里的卢生在客栈向吕翁怨叹自己穷困潦倒，吕翁从行囊中取出一个枕头说："枕着它睡觉，就得到荣华富贵。"那时客栈主人正在蒸黄粱，卢生枕着枕头进入眠梦——他娶了富家美女崔氏，又高中进士，官位累至节度使，大破戎虏，干了十年的宰相，五个儿子也都仕宦，十几个孙辈的婚姻也尽是天下望族，他一直活到八十岁才谢世。——卢生醒来，场景依旧，客栈主人还没把黄粱蒸熟，他诧异道："这是梦吗？"吕翁笑着回答："人世之事，如此这般罢了。"

也许生命的短暂飘忽、富贵贫贱，真的就像一场梦；有时蹭蹬失意，有时意气风发，我们一生的力气常耗在竞营挥霍上，生存的时候多，生活的时候少。

吕翁的枕头像梦的频道，一扭开就进入梦境，收视自己愿望中的节目。然则我不喜欢睡时作梦，睡眠中的梦境太难把握，噩梦固然令人恐惧；美梦乍醒，又难免唏嘘惋惜。我喜欢白日梦。

白日梦多少带点妄想、幻想的意思，这种梦通常是醒时作的，存在着丰富的想象。想象是一种意识、思维的活动，歌德说：想象是引领我们到较高的真实之幻境的一种力量。很多伟大的艺术作品是借着"白日梦"的想像力发展出来的。

　　我喜欢作白日梦，白日梦千篇一律都是美梦，是对未来的一种憧憬，值得戮力追求，果然有一天美梦成真，乃是自己勇敢努力的成果，是生命中比较能够把握的梦想。

讨 债

刚满周岁的女儿病了。我忍着困倦,夤夜赶到七十公里外的农村接她到台北急诊。"重感冒、中耳炎,加上肠炎。"医生命护士抓药、打针;我抱着啼哭的女儿,十分内疚、心疼。一个星期下来,为了她的病痛忧心焦虑,我的生活作息完全紊乱,精神更是疲惫不堪。

聊斋《四十千》中的故事,记述梦中某人被索债:"汝欠四十千,今宜还矣。"醒时,老婆遂产下男婴。他知道这是冤孽,乃准备四十千,供给男婴的衣食病药,后来这男婴终其一生,刚好花完他老爸准备的钱。这个债务人迷惘之余,求教于一位高僧,高僧回答说:"汝不欠人者,人又不欠汝者,乌得子?"债务之难逃,可见一斑。

小时候,物质相当匮乏,只要我们兄妹稍有浪费行为,如碗盘中的米饭菜肴没吃完就倒掉,母亲辄骂:"讨债!"如果我们的行为令她伤心,她会生气说:"前世人欠你们的!"

我不小心当了父亲之后,才憬悟父母之恩、昊天罔极的话不太可靠;我们生儿育女,对儿女来讲实在不能算什么恩泽,对自己反而是平添了一笔债务,注定要一辈子辛苦去偿还。本来将儿女养育成人,应该算是清了债务,收付两讫;但数十年朝夕相处,彼此已产生深刻浓厚的情谊,值得珍惜,这就是生命中最能信赖的爱罢。我们都明白,爱,是需要一辈子去学习的美德,一个被称为"孝顺"或"善良"的人,通常是懂得爱人和自爱的人。

我心甘情愿欠下这笔美丽的债务。

袋 鼠 装

假日的泰安休息站，人潮的拥挤不逊于高速公路的车潮，赶路的人在这里上厕所、加油、活动筋骨，得到暂时的休息。我面向草坪喝咖啡，看见一对夫妇也买了咖啡、热狗走出来，两人各抱着一个小孩，旁边还跟着一个稍大的男童不晓得在向父母央求什么，忽然看他父亲咆哮一声，很不耐烦地用力推开儿子，那小男童踉跄退了好几步，后脑勺撞到柱子，跌坐在地，却又噤声不敢哭，只红着眼，捂着疼痛肿起的脑壳，泪汪汪地站起来，快步追随他父母离去。

可能是我已开始要面临孩童的"管教"问题，在我成长的经验，这种情景虽然并不少见，却未曾如此骇异。一个吵嚷不休的小孩缠在身边，自然容易令人厌烦，但生活中到处碰得到厌烦和生气的事，没有道理要对自己的骨肉施暴。

前几天有一位妇人和丈夫大吵一架后，抱着襁褓的儿子负气出走，她坐在火车上愈想愈气，愤而将怀抱的儿子掼出疾行中的车窗外。几个月前，有人在愤怒之余，连续将两个孩子从高楼窗口丢下去……

小孩的委屈很像顽童手中的小鸟。周作人说他曾经看见一个妇人，将她两三岁的儿子放在高椅上，自己跪在地上膜拜，说道："爹啊，你为什么还不死呢！"那高椅上的幼童恐惧得像临屠的猪般叫喊。

我想他们并非不爱自己的骨肉，只是爱的方式不同罢。当孩子不被视为独立的个人，而是父母的拥有物，殷切的寄望常化为强烈的要求,规范了孩童幼稚的灵魂,慢慢地,严格的爱成为一种沉重的负荷。

群山锁不住奔腾的溪流,旭日也不会苦恋已经走过的昨天。孩子是属于未来的,不应该活在成人陈旧晦暗的思想里;他们是生命的早晨,性情和智慧都刚刚觉醒,接受了怎么样的对待,就会有怎么样的人格发育。

我清楚记得多年前的一场景象——那是一个寒冷的冬日清晨,阴沉沉的云层好似把气温压得更低了,我走在往学校的路上,冷风从纱帽山那边吹来。我把大夹克的风帽戴上,低头哆嗦疾行,忽然听到小孩的哭声,我抬头,看到前面一个5岁左右的男童边走边哭;后面跟着一个中年人,可能是他父亲吧,挥舞一根凶悍的藤条,步步趋近,边追边赶还一边破口大骂。我匆匆和他们擦肩而过,正忐忑着第一堂课要迟到时,迎面看到极强烈的对比——一个少妇,穿着深咖啡色袋鼠装,"袋子"里装着一个小婴孩,她边走边低下头笑着逗弄怀里的孩子。

上课的钟声响了,阳光也从云层里透露出来。直到今天,我还觉得袋鼠装是最人性化、最美丽的时装。

冤 家

聂华苓和保罗·安格尔来台湾的三个星期，我经常和他们在一起。安格尔当时80岁，长聂华苓17岁，但他在她面前就像小孩，很听话，偶尔表现出调皮的样子，看起来也是乖乖的。有一次，安格尔出席一场座谈会，我感觉他在会场中焦虑不安，好像牵挂着因感冒而留在旅馆休息的妻子，果然他忍不住再三问季季："我们什么时候要回旅馆接华苓？"

记得"爱荷华国际写作计划在台作家联谊会"成立那天，我送他们上阳明山，车子上了新生北路高架桥，后座的聂华苓忽然板起脸假装生气："保罗！你又忘了系安全带。"下山时，安格尔一上车就赶紧系好安全带，并邀功似地回头说："华苓，我系上安全带了。"

"嗯，你是个好男孩。"聂华苓由衷地夸赞他。

相对于中国式的夫妻之情，这种彼此尊重、相亲相爱的夫妻，委实是美丽、浪漫的故事罢。我想起阿珠的外祖父母。

阿珠的外祖父母有一天因细故争吵，外公一怒之下，搬到离家不到五百公尺的庙里住，立誓永远不再回家；外婆寂寞独居，从此两人形同陌路，27年不曾讲过话。后来，阿珠她外婆去世，她外公才踏进家门，抚尸恸哭。据说那老人回到27年前离开的家，三天三夜未进滴食，一直躲在角落里抽搐饮泣。

我想这对顽固的老夫妇，27年来一定早已尽释怨怒，并互相惦念着对方，只是当初他们都把话说绝了，自尊无路可退，生命的空间没有转圜的余地。他们一定天天记挂着老伴，他们一定后悔极了；结发数十年，竟因细故形同寇雠，再回头已是生死两茫茫的悲景。

《西厢记》张君瑞闹道场杂剧，张生惊识莺莺后，日暮为思念所苦，不禁叹道"可意冤家"。想来中国式的夫妻缘份，不乏恩怨交集、悲喜纠缠的情愫——无论是临歧分袂，黯然销魂的掌故；或是两情相系，阻隔万端的典型，所谓冤家，总是对爱情无可奈何的喟叹罢。

蜗 牛 角 上 的 战 争

一楼那对夫妻又在和对面四楼那对夫妻拌嘴,中午,我到路头的小吃店买蛋炒饭回来,远远在巷口就听见他们互相詈骂、叫阵的吼声;三楼的住户声援四楼,也投入了战局,一时舌剑唇枪,在小区里密集打响。不晓得哪户人家大概难堪其扰,故意把高功率的电唱机放到最大音量,我走到中庭,仿佛置身沙场,立刻升起一种随时会被流弹所噬的危机意识。我正想快步逃上楼时,一楼那妇人眼捷手快,以希望结盟的目光瞅住我,举着拳头对着三四楼的住户恶言相向,使用不堪入耳的脏话;三四楼的邻居也不甘示弱,立刻以更脏的话还以颜色,并迅速丢给我一种警告的眼光。

我生性胆小,害怕被强迫加盟后遭池鱼之殃,乃伺机逃回家里,锁上门窗,紧张地,把炒得很糊的蛋炒饭吞下肚,还听见他们对骂、叫阵的咆哮。我不免奇怪,有人竟可以使用不重复的脏话连续叫嚣半个小时以上,而不必动用到菜刀这类的道具。

《庄子·则阳篇》有一则荒诞诙谐的故事:一个建立在蜗牛左角上的国家叫触氏,另一个建立在蜗牛右角上的国家叫蛮氏,两国常常为了争夺地盘而发生战争,动辄死亡数万,血流飘杵,甚至追逐逃敌也还得15天之久才能班师回国。

触蛮之争自然是战国时代动乱的缩影,更是人心纷争、仇恨不休的写照;用巨视的眼光来看,苍狗一生,还要无休止的斗争,仿佛是浩瀚宇宙中的蜗角之战。

愈拥挤的地方,人际之间难免就愈冷漠、愈疏离,我和300

万人共同生活在这座空气日渐恶化、交通日渐瘫痪的都市，常感觉像是搭乘一部电梯，每个人都藏着不同的心事，都来自不同的地方，要往不同的楼层；唯一相同的是大家都好像戴着面具，没有任何表情。我有时临镜，甚至感觉眼前的镜中人十分陌生。

台北人的脾气愈来愈坏，似乎每个人都是老大，我每天出门常提心吊胆，开车时固然处处礼让，走路时眼睛更不敢乱看，深恐不小心就得罪四面八方的老大。

童年时住乡下，村子里有任何风吹草动，一定引起全村人的关心；但在都市的公寓里，纵使隔壁邻居的家里被小偷搬光了，也无人闻问。前一阵子，木栅路一名妇人被谋杀时高声喊救命，也没有人从紧闭的铁窗铁门探头出来看个究竟。我的童年过得很不快乐，但我居住台北十年，却特别怀念乡居生活；我想，我和我的芳邻们所失去的，不只是纯真的岁月，还有互相疼惜的心情。

坠 楼 人

一个细雨纷纷的黄昏，住隔壁五楼的青年在检视顶楼搭盖的棚屋时，失足坠落；他的身体扯断电线、压垮小妹的摩托车，僵卧中庭的花坛旁，脑浆溢出，血流满地，拖鞋散落现场。相继有邻人聆声开窗探看，又赶紧缩头、关窗。雨落着，雨水将那人流出的血渍染扩大。大约二十分钟后，小妹听到救护车声和嘈杂的人声，才走到阳台，发现倒卧血泊的青年，以及自己那辆被撞毁的摩托车。

据说那人在送医的途中死亡。小妹颤抖地打电话要我们早点回家，她害怕得不敢出门。

这是一个新的小区，住户彼此之间还不太认识；然而我怀疑，即使熟识了，情况很可能不会有太大的差异——大家开窗探望，复纷纷缩头、关窗，假装没看见。虽然距离这小区四百公尺左右的路口，就有一间综合医院。

我到他家去拈香。一张稚气未脱的男孩遗像置于白烛、冥纸的案上，他是一个才十七八岁的青年，刚要从专科学校毕业。我想象他在那个细雨的黄昏坠楼——和未来的梦想、人间的冷漠一起失足坠落；来不及惊呼，撇下亲人的爱，撇下未读完的书、未实现的憧憬。

现代都市被形容为"水泥森林"，难道会是一座失去亲爱、怜悯与信任的蛮荒森林吗？

当初要迁进这个新小区居住时，建筑商不准备履行预售时的承诺，多亏几个热心的芳邻组成"监交委员会"，锲而不舍地谈判、交涉，终于争取到可能最合理的生活空间和公众利益。然而没多久就开始有黑函、神秘电话攻击这些小区的管理委员，猜忌他们浪费公款、渎职，请大家不要缴交管理费。第一个月，警卫撤走了，接着公共设施关闭、游泳池停水、地下停车场断电、儿童游乐场破损不堪……渐渐地，邻居们见面不再热络地打招呼，有人不管深夜或清晨都扭开高分贝的音响，有人仰头对着某一扇窗口詈骂，小区里，到处堆积了垃圾，到处散播着暴戾之气。

　　刚开车时，就有几个江湖历练较深的亲朋谆谆告诫：在路上若遇到被撞倒的人，聪明的话就别停车下来查看，说苦主找不到肇事者赔偿，常会赖上好心救他的人。也许，在水泥森林里，充满了不可预期的危险，弥漫着恐怖、疑忌的迷雾。就在隔壁青年坠楼的那几天的深夜，我常听到楼下狼狗异乎寻常的长嗥，凄厉中带着寒冷，忽然觉得居住这座建筑宏丽的大小区，好像置身精神荒凉的废墟。

　　我不能肯定，如果我在现场目睹了这惨剧，是不是能够立刻奔下楼，抱起脑浆溢出、血流如注的陌生人，在夜雨中奔跑求救；我甚至不敢确定自己是否具有这样起码的勇气和同情？我愈想愈恐惧，愈想愈罪恶——当我认识到自己的冷漠和怯懦。

人性难愈的伤痕

要去上班时，才发现刚从保养厂烤漆回来的车子又遭到破坏——驾驶座旁的车窗被敲碎，车身烤漆被刮出数道长而深的凹痕。这是冬日下午，小区大部分的车辆都开走了，地下停车场没有其他人，灯光微弱，霉湿的空气似乎有大量徘徊不去的一氧化碳，我检视被毁损的车子，觉得有点寒冷，仿佛看到人际之间的暴力与仇恨——那人性难愈的伤痕。

记得这部车买来不到一星期，就被刮得很惨；我送到保养厂，刚钣金、烤漆好，停在巷内不到半天又被刮出一条长痕，显然是有人手里握藏着螺丝起子之类的利器，贴近车身路过时所蓄意留下。我生气、伤心之余，只有任人破坏，除非后视镜被敲碎、轮胎被戳破等影响行车的损毁，不再将车送进保养厂。

每一个买过新车的朋友都有类似的经验，才刚开始欢喜、疼惜一部新买的车，即要接受暴力的侵袭，好像已注定要接受罪恶的洗礼。

生活里到处都有风波，很多善意的心情不免会在鲁莽的风波中沉沦。有一天中午，我在顶好市场附近看到一部福特TX－3的车主对着巷道破口大骂，似乎随时准备要跟人拚命；原来是他的新车车尾被不明车辆撞得稀烂，肇事者不知去向，目击者也都佯装不知。又有一次，我在另一条巷道看到一部豪华的奔驰车被利器刮得触目惊心，那行李箱盖上毁损的痕迹，像狰狞的符咒，诅咒拥有新车的人；车主不甘示弱，在后窗贴了一张用红笔写的字，充满警告、谴责的意思，令人感觉这条长不逾200公尺的巷道，竟弥漫着剑拔弩张的敌意和争斗。

每一个咒骂者似乎都是受害者，那么谁是加害者呢？"士林之狼"最近谋杀了许多妇女，但这匹凶狠的狼放下木棍，走出暗巷，可能又是风度翩翩的绅士。是的，如果没有枝桠的同意，树叶不会枯黄萎落；没有林务官员的默许，台湾美丽的森林里，也不会有每天六起的盗林案件。

平安与和谐追随宽容，仇恨却永远跟踪暴戾。也许，这是人世中免不了的侵略与损伤，然而对别人侵略，就难免也要遭受损伤。可能这个破坏者不是恶意闯入的陌生人，而是我的芳邻，是隐藏的自己，生活在彼此的心中，深居简出，有时扮演泄忿者，有时扮演惩罚者。

吃 药

小时候在乡下，客厅墙上挂着一袋家庭常备药，药袋里装有感冒药、消炎药、腹泻药、胃散……等等，平常备而不用，每隔一段时日，就有人骑单车来补新药。记得当时零食匮乏，我嘴馋时曾偷吃胃散，被大人骂说是"7月半来出世的！"。

我吃药算是略有经验，在成长的岁月，吞服过大量的鱼肝油、维他命、抗生素、提神剂、止痛药，我之善于服药，可能是自幼恐惧看医生、挨针的过敏反应。每次看到护士拿注射筒走近，拇指向上推出注射液，就凛然升起一种关公刮骨疗毒的悲壮感，及至那沾酒精的棉花擦上打针部位，一股寒意已凉透心头。这种恐惧逐渐形成羞耻感，随时提防被人说缺乏男子气概，所以我还不曾公然在医院夺门逃跑；却在潜意识里对医生、护士产生仇视心理，生病时宁可到药局抓药，等闲不肯踏进医院。

后来我才明白药这种化学物质，不可随便塞进嘴巴。有一次去看校医，轮到我就诊时，那老校医已振笔在诊疗单上不停地写着英文字，我坐下来，"怎么了？"他没有抬头，边问边开药方。

"感冒。"我刚回答，他随即递来处方单，挥手示意我去领药，再拿起一张病历表，唱另一个病号的姓名，前后问诊不超过六秒钟，非常经济。我吞下校医开的两颗胶囊，约半小时之后，耳鸣、冒冷汗、四肢疲软、心跳急促，觉得仿佛不久于人世。那次我不敢继续吃药，当然没有死，活下来检讨看校医、吃药的经验，我怀疑那戴着老花眼镜，一直埋头写英文字的校医极可能是兽医。

有一个同学常抱怨自己这里痛那里痛。他的脸色苍白，体质好像很差；但勇气惊人——书包里塞满各式成药，如万金油、阿司匹林、克补、爱喜、安眠药、保肝片、眼药水……每次下课，他总是慢条斯理地取出服用，模样像是在吃零食。

哄太太入睡

以前听人讲"讨个老婆好过年",觉得喜上加喜,理所当然;临到自己经验,才明白这句话其实不太可靠,不但不太可靠,还有点不太人道。我结婚一个月就碰到了过年。

除夕那天,我偕新婚妻子回高雄过年。她出身农家,平常家里已是人丁旺盛,逢年过节,更是杀鸡宰鹅,晒谷埕上小孩呼叫着跑来跑去,灶上蒸着各种糕、粿,叔、婶、姑舅加上堂的表的兄、弟、姊、妹,将近半连的兵力齐聚一堂,热闹滚滚地围着吃汤圆;哪像我家人丁单薄,一桌麻将的人数也凑不齐。

这是太太从小至大第一次在"别人家"过年。她一定极不习惯我们家用这么粗俗的办法在对付过年:一切均购自市场的简单年货,和简单的菜、简单的人口、简单的心情……吃过年夜饭,我看到她在收拾碗盘时的脸色,已经很像被谁欺负了。她想家。我知道,她一直努力在镇压想家的念头,一直奇怪娘家人为何心肠这么硬,连电话也没拨过来?

"我们家过年的时候热热闹闹,好多人哦!"太太一向死要面子,刚开始还强颜欢笑,后来大概再难以忍受了,索性把闷闷不乐的表情放大在脸上给人看。她低着头洗碗盘,眼泪徘徊在掉与未掉之间,感觉我走近,低垂的头抬也不抬一下,只冷冷问:"我爸爸妈妈真的没有打电话来?"

知女莫若父母,我知道岳父、岳母其实想他们这个宝贝长女想得要命,却碍于习俗,严格规诫她的叔叔、婶婶、弟弟、妹妹统统不可念她的名字,怕她耳朵痒;更不可打电话到高雄,怕初嫁的女儿过年过节接到家人电话，忍不住就哭出来，会导致将来歹命。我忽然觉得对岳父好歉疚，娶了他的女儿，害得他们父女两地相思，除夕夜不能团圆。

　　午夜十二时，开始有人在燃放鞭炮。先是从某一条巷弄里传来几声试探般的炮响，远远近近地，立刻有一连串的炮响回答，此起彼落，到处是震天价响的鞭炮声。啊，新年来了，好像全世界的鞭炮都兴奋地合奏起来。躺在旁边的太太睁开眼睛，出神地，仿佛每一声鞭炮的欢呼，都在催她回娘家。我想到这是她第一次未收到压岁钱的新年。虽然想家不见得就是期望家长给压岁钱，但实在想不出安慰她的办法，只好塞了一个红包哄她入睡："明天早上我就陪你回娘家。"

和肥胖赛跑

太太的减肥计划陆陆续续已经喊了好几年，每一次实行的决心，仿佛都十分坚定，虽然成效都不太彰显。

我怀疑她的减肥跟我所作的梦有关。有一次我告诉她我作了一个噩梦：梦见她又肥又肿，遂建议她不妨去参加相扑比赛，她不理我，兀自跑到客厅，抓起饼干就往嘴里塞；当她经过身旁时，我感觉到像是在地震。我不确知这梦境是否要对她日后一系列的减肥计划负责？

一般来讲，誓言减肥的人，心理上往往觉得已饥饿了很久，不然就老是认为营养不良，需要大量地补充食物。这次，太太断然宣称要减肥，一定事先在心里挣扎了好久。她取出尘封的磅秤和运动器材，放在显眼的地方，逼别人每天看几眼；吃饭时总犹豫地把碗里的米饭分一点给我，表情颇有壮士断腕的悲戚。我看多了于心不忍，就劝说没关系的，这种身材也不算太肥。

其实，太太本来就少吃白米饭，她酷爱的是糖果糕饼类的零食。长期以来，她严格规定自己每餐只吃半碗饭，餐后从橱柜里抱出糖果罐，在半小时的电视剧里吞了 1 公斤以上高淀粉、高卡路里的东西。她向来有点胡涂，常常弄不清附近的街道巷弄，和自家门牌的号码；但无论迁居何处，立刻调查出方圆十里面包店和面包出炉时间，等闲不会错过。出门时，无论如何匆促，总来得及奔进面包店买两三个蛋糕，根据她的理论，容纳正餐和容纳零食的胃不同；回家时，她常会指挥我如何左弯右拐，将车停靠路边，表示这一摊的红豆汤味道绝美、那一家的冰淇淋非常爽口……我有时不免怀疑,这么旺盛的食欲,莫非还在发育?

那天我们去吃朋友的喜酒,她一路上就提醒我别吃太多。自己却吃得比谁都多,吃得肚皮鼓胀,直到吃完最后一道甜点才肯离席。她常批评餐厅配菜差劲,甜点不该安排在最后才端出来,并断言酒席间热闹的气氛,最容易促进胃口。

最近几天,我看磅秤又被摆在不显眼的角落,知道太太又开始要武装下一波的减肥意志。"健康就好,不必太在乎肥胖。"我觉得减肥很困难,便动了恻隐之心,这样安慰她:"何况,瘦有什么好?谁愿意去抱一袋骨头呢?"

学医的朋友说:肥胖容易罹患高血压、心脏病、糖尿病、脑溢血……她还不知道如此长期嗜吃甜食,等于是在慢性自杀;我从来不阻止她。

梦 的 曝 光

我在工作忙碌、精神紧张的生活中，睡眠时容易作些奇异的事，像一场怪诞的荒谬剧，在我亟待休息的脑海里演出；在我迟疑醒来时，戛然落幕，留下扑朔的迷惑。梦，虚无缥缈，总是演出无可奈何的情节。如果是噩梦，一觉惊醒，幸亏只是一场虚有的梦；如果是美梦，张开眼睛，不免落寞惆怅，希望它是连续剧。

不幸，我作梦有说梦话的毛病。可怕的是，自呓话中醒来的不是我，是睡眠比较充足的妻——她往往在沉睡中被我的梦话吵醒，怒目圆睁，摇醒我，追问刚刚"呼唤"的名字是何方女子？并断言我一定是"日有所思，夜有所梦"。

佛洛伊德认为梦具有心理的架构，是心理的征候；梦中的意象是一种本能的冲动，一种被意识界压抑的愿望或思想。当我们清醒时，意识界的控制力强，这种愿望无法出现，只有在意识控制力薄弱的睡梦中方可能伺机出现；但即使在睡梦中，也不敢公然现形，它必须以扭曲变形的方式化妆出现，他把这种密码式的表现称之为"梦的工作"。说穿了，梦就是潜意识里被压抑的冲动、愿望的象征表现。

精神分析学派对梦的理论，是人类文化的一大成就。但我对梦境的理解，却造成相当程度的犯罪感。

也许潜意识里真有某种幽微的愿望，在暗中徘徊踟蹰，伺机蠢动，不见容于道德规则，不见容于理性的监视。我想，梦的工作应该有其正面作用，对健康有益；但我还是害怕作梦，害怕深藏在心灵暗房里的情节，不慎曝光。

带着怀旧的心情面对未来

有一天早晨，我在旅馆里刷好牙，随手将牙刷丢进垃圾桶。在孤独寂静的旅馆，那只塑料牙刷掉进空洞的铁皮垃圾桶，发出怪异的闷响，使得我停止盥洗的动作；我凝视垃圾桶里的牙刷感到不安，打从什么时候开始，我也已经习惯了随手抛弃用过一次的东西？而且抛弃得那么自然、那么轻忽，没有丝毫的犹豫和不舍。

生活中，用过即弃的东西愈来愈多，举凡牙刷、内裤、保特瓶、保丽龙餐饮器具、隐形眼镜……这些东西给生活带来了便利，却也给环境制造了不少污染问题。现代这种消费习惯，是源于富裕吧。

人在富足时，比较会轻易割舍所拥有的一切；在匮乏时，比较善于珍惜。我猜想，随着经济条件的富裕，商品的消费周期不断缩短，会养成人们喜新厌旧的习性。例如爱情和婚姻。

干旱时的一颗露珠，比雨潦时的一泓湖泊更珍贵、美丽。温室里争奇斗艳的奇花异卉，生命力总是很脆弱；沙漠里的花草因为长期面对干渴和死亡，所以更恋爱着春天和雨水，它们枯萎的外表能在一场春雨后爆发性地茁长、开花、结籽。我有一位老师独自居住山上，平常太专心于读书作学问，几乎不懂得如何照顾自己的生活，有一次他从冰箱里取出严重发霉的馒头请我吃，我问他何以如此珍惜食物，他说不是惜物，是惜情；原来那些存放一两个月的馒头是母亲亲手做给他吃的。

有些朋友特别喜欢旧物，甚至喜欢到旧货市场去选购自己需要的东西，如旧书、旧桌、旧椅、旧床……除了价格便宜，最大的理由是旧物背后的情份，认为和旧物过去的主人有一种宿缘。

我怀旧，但除了老酒、老朋友，我还是偏爱新的事物……新衣、新书、新思潮、新的国会、新的时代……相对于旧，新，是年轻和活力，是发现和发明，有时如科学，是一种革命性的创造，推翻前人的研究结果；有时像文学，系站立在旧的基础上突破、蜕变、成长起来。其中不乏矛盾与冲突。

1988年刚过去，这几天，各报为了迎接新年，多制作回顾与前瞻的专辑，到处充满了除旧布新的意思。啊！崭新的一年开始了，人类的历史又翻开另一页。元旦假期，我坐在案前读书，回想过去一年来，是否耕耘出值得欢喜的成绩？实践了多少益人益己的事？想来想去，终于还是没有。站在新旧年交替的转折点，总是觉得青春会在轻忽中老去；我曾经是一个富足的少年，拥有岁月丰厚的积蓄，如今光阴的存折已不再有可观的积蓄，心境却产生新与旧的矛盾与冲突。

这是新年，灰暗的天空有点雨意，但终将放晴。我推开窗，带着怀旧的心情面对未来，仿佛面对疼惜的年华。

大　蒜

那年冬天，我大学联考落榜后，怀着失意、落魄的心情去服兵役。就在部队要移防金门之前，参加了一次师对抗。我们大军翻山渡河，跋涉到中部的乡间已是深夜，营长要我们就地休息。我挑了一家农舍的鸡寮旁铺妥雨衣，疲倦地躺了下来，恍如未闻浓浊呛鼻的鸡屎味；正当我沉沉欲眠时，一个苍老的农妇推开门走过来，客气地请我进农舍里喝茶、睡觉，说露天躺在泥地上过夜有害健康。我感谢她的善意，望着她的背影想到自己的母亲，温馨中有难言的酸楚。

那农妇再度推门出来时，端了一杯热茶和一包大蒜，说年轻人在野外乱吃东西，大蒜可以保护身躯；说她的独子也在当兵，在金门，已经两年多了，希望自己在台湾照顾阿兵哥，她在金门的儿子也会有人照顾，给他一种家的感觉⋯⋯

营长下达拂晓攻击令，我迅速收拾背包、雨衣离开鸡寮，带着一包大蒜，来不及道别就和部队开赴另一个地方。十几年了，我不复记得那天夜宿鸡寮旁的乡村是什么地方，也早已忘记老妇人的容貌，但我从此却嗜食大蒜；我难忘这种深植在记忆泥土里的作物，当那强烈辛辣的味道吞进肚子里，就好像有一股热流在心窝盘旋，复升了上来。

擦肩而过

　　有一次，在要去上班的路途上，被一个特别久的红灯阻挡，所有的汽车都在排放热气和废气，我觉得心情像天气一样闷热起来。柏油路面不断升腾的热气，似乎升高了行人的火气，喇叭声谴责喇叭声，尖锐的声音穿透紧密的窗玻璃，钻进我躁郁的耳膜；我叹了口气，把音乐开大，不免埋怨路上的红灯愈来愈多，台北人的脾气愈来愈坏。

　　在车水马龙的仁爱路，我忽然看见右侧车道一张熟悉的脸孔，在一辆红色"全家福"轿车里，啊！那不就是我高中时的同窗好友小钟吗？好几年不见了，他显得有点发福，大概是不耐塞车之苦，他燃了一根烟，摇下车窗，将吸进去的烟长长地吐了出去。我赶紧摇下车窗，喊他——钟——

　　绿灯亮了。他叼着纸烟，摇上车窗，让车向前缓缓滑行，我继续陷在拥塞的直行车阵里，看他开进右转车道，弯向中山南路，很快地，自我的视线中消失。我感到怅然，睽违这么多年的好朋友，如今相逢在拥挤的台北街头，却各自把自己关在小车厢里，来不及惊喜，来不及打招呼。我记得他摇下车窗，长长地，把吸进肺叶里的尼古丁吐出来；那张曾经长满青春痘的脸上似乎不再有昔时的叛逆表情，倒像是多了一点乖顺的形容。他好吗？他的婚姻快乐吗？他的事业呢？我想起十几年前的往事，我们每天一起背着书包搭公交车去上学，一起聊自己喜欢的女孩，一起熬夜准备考试，后来又分发在同一部队服兵役，一起在金门度过十八个月……我在上班的路途上，一直这样想念着他；生命中是不是已有太多悬念的故人、太多珍贵的往事都在轻忽中与我擦肩而过？

我猜想是社会不断累积的财富，养成了我们奢靡的习惯，使一些曾经珍惜的东西如梦想、信念、爱、友谊……都在轻忽中被抛弃，人际关系也快速地冷漠、疏离。我走在路上，经常会看到有人摇下汽车的窗玻璃，随手丢出垃圾，我每天打开报纸，触目皆是抢劫放火、绑架勒杀、逼人卖淫等等暴力新闻，到处弥漫着暴戾之气。

人倥偬一生，值得珍惜、能够把握的东西其实非常有限。我在交通辐辏的台北街头，邂逅了多年不见的老朋友，却来不及惊喜、来不及寒暄就匆忙擦肩而过；生活中一定也有许多这样的小事，因为太忙碌而被我们轻率地遗忘；生命中一定也有许多的梦想、信念、爱、友谊……因为太过温和，而不断地被我们遗弃。

我邂逅了一条毛毛虫

我邂逅了一条毛毛虫,在繁花盛开的庭园里,它钻出修剪平整的草皮,爬在游客散步的人行道上,金黄色的身躯和绒毛在春阳下闪着光。我缩回差点踩到它的右脚,蹲下来,仔细端详这条毛毛虫赶路,觉得它慌慌张张,仿佛带着焦虑的表情。

这是春日上午,曾经枯萎的花草又竞相萌芽绽放,曾经蛰伏的昆虫又苏醒蠕动。

我蹲在草地上,细看这条缓缓蠕动的毛毛虫努力向前,经过碎石、草地、树根、濡湿的泥土,终于离开弯弯曲曲的小路,爬向另一处广袤的草坡。我起身离开,那条毛毛虫却一直还在我心中蜿蜒爬行。

在这春天的庭园里,触目的花卉都开得很放肆,花卉上方围绕着繁华的蝶影;有人在草地上追逐嬉戏,有人沾起肥皂水吹泡泡,那些泡泡都带着好看的彩图飞向天空,旋即破灭。

刚才那条毛毛虫会是哪一只彩蝶的前生呢?它这样惶恐、紧张地赶路,是害怕被粗心的游客践踏?还是要赶赴花季的约会?一场已经迟到了很久很久的约会。我忽然产生一种浪漫的念头——如果蜕变是再生,那么当它羽化成蝶,这蝴蝶便是来生的魂魄,只为一个无憾的春天,回来寻找前世的花朵,眷顾那侄偬的尘缘。

不知为什么,这条小虫让我想到"过河卒子",有几分宿命,有几分无奈和追悔,却总是拚命向前。

既是蝴蝶,就要在灿烂中飞舞颤动;既是花朵,就会在美丽中逐渐凋零。我边走边想，我和这条毛毛虫相同，彼此行色匆匆，都是路途上的旅客，各自经验自己生命的花季。

为了这花季，从毛毛虫到蝴蝶，委实是一道艰辛的旅程，它在路途上总是挣扎。如此这般微小的身躯，对春天也有热情的向往，义无反顾地，追求生命的繁荣与芬芳。这条毛毛虫启示我对未来的憧憬，并送给我一份春天的情意。

规 矩

太太产后常常觉得腹部疼痛,问诊问了将近两年,才知道是剖腹产的手术没做好,造成肠子、子宫黏连,蠕动不良。每一个诊查过的医师总是惊讶地问她:"天啊!是谁开的刀?刀口怎么会这个样子?""什么?高××,唉,那个屠夫!"

"可能是生产时的情况太紧急了。"太太无奈地说。

"紧急也不能这样草率啊,又不是杀鸡!"

高医师是仁爱医院的妇科名医。三年前,太太怀孕后即在他的诊所作定时的产前检查,因为自觉骨盆太小,又担心胎儿过大,屡次提醒他是否须要考虑剖腹产,他总是说:"150公分以上的东方女性骨盆都不会太小。"

直到临盆,太太在待产室阵痛18个小时还生不出来时,这个产前检查草率的大夫才匆忙离开私人诊所。来到医院后,听从助手的建议,先照X光,终于确定要紧急剖腹,当时羊水已破。

那天深夜,我在医院门口和待产室之间焦急地徘徊、等待,祈求上苍催高医师快来帮助妻女渡过难关。大概是我的脸色很难看,我们的护士朋友频频安慰说别担心,并提议我别忘了规矩——明天早上接生的大夫去巡房时得送个红包。

第二天早晨,高医师来视察,我很想狠狠地揍得他满地找牙齿;然则看到苍白、虚弱的太太,所有的怒火都变成求助的热望,我不敢怠慢,赶紧拿起岳母准备的大红包,双手奉予笑容可掬的高医师。

将心灵打扫干净

最近有三个朋友为了钱翻脸。刚开始是借钱者手头紧，无法还钱又不敢承认，遂欺骗对方说早已邮寄汇还了；被借的朋友则因亟需用钱，更不甘平白损失多年积蓄，于是彼此埋怨、互相攻讦，最后愤而绝交，还差点因此对簿公堂。

慌张中说了一个谎，必须再编造许多的谎来圆第一个谎；为了弥补后续的许多谎，必须费尽心力编造更多的谎来圆谎。如此恶性循环，为了让别人都相信漫天大谎，恐怕得先欺骗自己，一生都活在自己编造的情境里，分不清楚是真是假。

欧阳修写《纵囚论》，原其初心乃是怀疑唐太宗的诚实，所谓"上贼下之情，下贼上之心"罢。就我有限的阅读经验，西方的文学传统如回忆录、传记，较具自剖、坦诚揭露自我的勇气；中国的回忆录多隐恶扬善，连为别人作传也像墓志铭般歌功颂德。

卢骚（Jean‑Jacques Rousseau 1712～1778）在他的自传体长篇小说《忏悔录》中，勇敢地呈现自己赤裸裸的灵魂，大胆描述自己忘恩负义、卑劣、下流的一面。例如少年时，有一次他偷了伯爵夫人家的头巾，准备送给自己爱恋的婢女玛丽红，不料被发现时却嫁祸给玛丽红。他说这个"永久不灭的罪恶与懊恼，使我四十年来良心上的伤痕不愈，到了老年更加严重"。以卢骚的智慧，也只有到了晚年，经历了人生的辛酸和虚伪，才向世人招供少年时的罪状。

可见诚实的确需要勇气；要求别人坦白很容易，追求自己的坦白却非常困难。日本实业家系山英太郎，也是在奋斗成功后，才敢自承高中时因为嫉妒班上一位成绩好的同学，千方百计诱使他沉迷风月场所、堕落不起的往事。以我自己来讲，我今年33岁，已说过许多谎，干过许多无可饶恕的罪孽。这些过错平时潜伏在记忆深处，孤独面对自己时，才转化成一种强烈的懊悔，无法逃避，不敢正视，常常只有欲泪的冲动；然则我终于还是没有勇气向人忏悔。

南韩卸任总统全斗焕企图化解民怨，透过电视向人民道歉，并表示要自我放逐，这一戏剧性的动作震撼了全世界。权力的峰顶常堆积着人性最肮脏的垃圾。全斗焕独裁统治期间溢权贪渎，几乎所有的亲戚都成了暴发户，并在光州犯下滔天罪孽。如今他不太有诚意的道歉声明虽然不足为训，但南韩人民强烈的反省、批判性格，表现出一种沛然莫之能御的力量，勇敢打破政治权威的迷思，值得借鉴。

忏悔的英文字含有坦白的意思，那是一种心理治疗吧——让自己过去的错误有一个告解的机会，将心灵打扫出一个干净的空间；有了诚实的勇气，才有面对人性的勇气，也才能引发面对生命的力量。

禁忌之岛

书店老板神秘兮兮地把我叫到一边,从收款机底下的抽屉里取出一本包好的书,示意我收拾妥当,千万不可张扬。我点点头,表示明白。

怀着一种携带危险爆炸物般的心情走进教室,在教授转身写黑板的时候,偷偷从书包里取出那物事。那是一本薄薄的书,印刷很糟,草绿色的墙报纸封面很随便地印了两行铅字:《阿Q正传》/《边城》,印刷者不但把两本书合而为一,也故意不署作者姓名,好像生怕那名字会惹来横祸。

教导演学的先生继续坐在讲桌后宣读课本,我坐在远远的后座翻书,带着犯罪的心情:一种比国中时躲在厕所里偷看色情小说还罪过的心情,紧张地阅读沈从文的《边城》;我不时用眼睛的余光瞥视四周的动静,这种偷偷摸摸的情绪,多少也掺着冒险的刺激。其实,我不甚明白阅读禁书会招致什么麻烦?只仿佛感觉意识里幽囚着某些不敢触碰的禁忌,某些好奇心与恐惧。

这是我大学一年级时的往事,校门口的书摊上还不敢像现在这样,公然贩卖翻印的30年代作品。

朋友去香港,我央他试着带回一些美学、戏剧的书籍,却在出海关时全部被没收,理由是这些书的扉页上印着一排小字:"三联书店"。解严以来,人们可以公然通信,可以到大陆探亲、观光,可以暗中贸易往来;本来我以为时代变了。

我是一个读书人,酷爱读书,近来由于研究需要,汇钱委托香港创作书社的许先生邮寄四、五包相关的书籍,也悉数被新闻局没收。

"如果我们再避免和大陆做学术上的交流,那可能会闹出许多笑话来!"许常惠教授出席香港"中国新音乐史"及"中国音乐与亚洲音乐"研讨会回台后感慨地说:"从前一些我们认为是台湾本土性的歌谣,例'如天黑黑'、'一只鸟仔'等,其实在福建老早就有了。"

全世界只有这座海岛读不到彼岸的书,看不到自己同胞智慧耕耘的成绩,慢慢地,我们的无知已到了匪夷所思的地步,于是少数拥有外界书籍者更轻易不肯示人,抄袭人家的创作变成名作家,剽窃人家的研究变成大学者,在此间招摇撞骗了半辈子。

我们当然可以继续假装不知道对岸的学术发展,继续恭维此地文抄公的著作,多闹些笑话,也许对国际友人的身体健康有所裨益。

右脚的某一根脚趾头

以前看过一部唐书璇编导的电影《董夫人》，印象深刻。这部电影改编自林语堂所著《中国传奇小说》中的《贞节坊》，借着一个寡妇放弃爱情、接受贞节牌坊的故事骨架，处理人性被道德规范、价值观压抑扭曲的主题。

片中的董夫人始终挣扎于蠢动的青春情欲，和根深柢固的操守观念。剧终时，象征荣誉的贞节牌坊落成了，村中父老纷纷燃放鞭炮庆贺，董夫人站立牌坊下，阳光斜斜地映照她，映照她所暗恋的杨尉官骑马渐行渐远……这时仰角镜头把沐浴柔光下的她，烘托得十分圣洁，看起来像一尊高贵的悲剧英雄雕像；摄影师祁和熙的运镜带着浓厚的中国风味，含蓄而深刻地描述中国妇女幽邃的心灵世界。这是我看过最优秀的国片之一，可惜至今未能公开在台湾放映。

在中国电影刚萌芽的20年代，社会大众还普遍存在着"婊子无情，戏子无义"的心理，总觉得女人抛头露面去演电影，有失体面和本分，一般女子只要有口饭吃，不会沉沦到去演戏、拍电影。当时好莱坞电影里的女演员袒胸露腿、与男演员拥抱的镜头，观众看了虽然不觉得怎么严重，但若是哪个中国女子胆敢如此表演，必然遭到唾骂，成为国民公敌。当初戏剧家洪深自美国留学回来，一方面在复旦大学当教授，一方面从事戏剧创作，后来他想去拍电影，竟被学生们骂成"堕落"。

也许生命里多了一些勇气，就会少一些无法弥补的遗憾吧。真理是浮动的，没有一条放诸四海皆准的法则可供遵循；何况道德既是人在特定时空制约下所定出来的规范，会随着时空的变迁而更易。昔时孟姜女的大腿无意间被万杞良瞧见，就非他莫嫁；如今美女们穿着比基尼泳装，坦然在几万双眼睛的注视下走来走去。以前强调"嫂溺叔不可援以手"，现在讲究嘴对嘴人工呼吸。

特别是我们这个时代，仿佛所有的价值观念、道德系统正急遽地崩溃、变化着，甲地的伦理在乙地往往变成残酷的教条，今天的禁忌很可能到了明天就成为笑柄。我想，今日悬为禁忌的性器官，若干年后，焉知不会是别的东西？譬如，譬如右脚的某一根脚趾头。

生活的美学

最近，总带着民族主义的情怀，每天收看奥运转播，常常受赛事感动，也常常有恨铁不成钢的急切。

这是历来规模最大的奥运舞台，演出繁华与寂寞的故事。很多体坛的"天王巨星"获四年前的洛杉矶奥运金牌之后，忙着拍电影、出唱片，疏于训练，如今纷纷输给名不见经传的新人。卫冕金牌的美国男篮队，演出走样，把江山让给苏联队。实力强劲的"中华成棒队"在预赛时就表现失常，连续败给了荷兰、日本、波多黎各。大陆桌球队的男子单打全军覆没……

南韩爆发出蕴蓄已久的力量，登上亚洲体坛霸主的荣誉。这个迭经殖民统治、国土长期分裂的开发中国家，好像忽然脱胎换骨般，勇敢地展现自己，也将运动场上的拚斗精神带给了四千两百万人民。透过荧光幕，我们看到来自世界各地的高手都拼尽全力去比赛，每一次出场都铆足了劲，神情专注，态度认真。我想，如果"中华成棒队"的被淘汰是技不如人，值得慰勉鼓舞；如果是轻敌遇挫，则毋需同情，甚至给予奖赏。我们愿意为败兵拭汗，但我们不喜欢骄兵。

似乎每一个成功的故事，背后都有一段认真追求的历程；成功的滋味甜美，认真的态度令人感动。奥运史上第一位连得两项跳水金牌的"空中英雄"卢甘尼斯，曾经耽溺于吸毒、酗酒，患过"难语症"，在他优美、雄健的身影背后原来有一段坎坷的身世，他从一个自卑、堕落的不良少年，到被掌声、喝采簇拥的跳水王，卢甘尼斯说："我不是一夕之间从一无是处的浑小子，变成众所周知的运动明星，而是一天天慢慢地蜕变过来的。"

胜利属于不断追求突破的选手，美国短跑名将"花蝴蝶"葛瑞菲丝总是含笑奔驰，领先冲过终点，这次她在一日之内两次刷新世界纪录之后，跪在跑道上，祷告的神情充满了感谢，她说："我今年的训练量，比去年和前年多出三四倍。"

我喜欢认真的人——认真工作、认真恋爱、认真游戏，乃至认真堕落……认真，是一种生活的美学，是对岁月的深爱，是对生命不能忘情的感谢。

宇 宙 的 叛 徒

　　太太刚养一对温顺可爱的小鹦鹉时，每天勤快地清理鸟笼、换水、喂饲料，暇时还蹲在笼前跟它们对话，状极投机。她为它们命名，让它们跳上手背鸣叫、啄食，再乖乖回到鸟笼。一个月过去了，我看笼中鸟时渐渐不会觉得惶惑难安，偶尔坐下来注视笼里的动静，也仿佛已经习惯了它们的存在。直到其中的一只死去。

　　寒流来的周日上午，我打开鸟笼想换饲料，那只青羽鹦鹉跳过来拚命似地咬住我的手指不放，我吃痛甩开它；下午我坐在客厅，才发现另一只鹦鹉僵毙在角隅，咬住我手指的青羽鹦鹉则偎在旁边，表情带着沮丧和悲伤。我忽然感到强烈的内疚和不安，那只落寞活下来的青鹦鹉是在为同伴求救？还是在控诉将它们囚禁在这方形的小监狱里？

　　我的朋友陈斐雯在一首题为《养鸟须知》的诗里说，她养的许多鸟"统统养在天空里／从来不必担心／谁会远走高飞"。这首诗真该悬在全世界的鸟店。

　　人类为自己设置了许多牢笼——重重围墙、碎玻璃、铁窗、铁蒺藜、深锁的铁门；也给动物制造了许多牢笼——栅栏、兽监、鱼缸……牢笼里面是猜疑和紧张，戒备着面对牢笼外面的参观和揶揄。

　　英国动物学家莫理斯（Desmond Moris）将都市比喻为一座人类动物园，认为都市居民与被监禁在牢笼里的动物一样，已经远离了适合自身本性的自然环境。他说野生动物一旦离开其天然的栖息处,被关进牢笼后,会发生诸如自戕、手淫、伤害子孙、胃溃疡、恋物癖、过度肥胖、同性恋、谋杀等变态行为,而这些现象常发生在都市居民身上。

在我们居住的城市里,到处是迅速变高变胖的冷硬建筑,这些建筑物像人类耸立的野心,充满装饰,却缺乏安全感。

我喜爱游山玩水,曾在中横看见远处山腰砌着一排白底红漆的大字:"高山低头,流水让路",狂妄、愚蠢到令人发指。景美蟾蜍山的树木不知何时被砍除一大片,从山脚到山上垂直开出一条大路,再覆盖绿色的塑料布,我每天上班时路过,恍如看见一只被开膛破肚的死蟾蜍。

自己啄破蛋壳走到这世界的小鸡,比较能长得健壮;借助于外力打破蛋壳的鸡,往往不会长寿。人,是自然的一部分,多理解自然的法则来改善人的处境,才是进步;否则,就是对宇宙的叛变。

罪 与 罚

火车站的候车室旁有一个罪犯在打电话,委顿的神情使身材显得更瘦小,一个警察静静地站着"陪"他。因为双手被铐住,他的头右垂,以脸颊、肩胛夹住听筒,车站里人声杂沓,他不得不对着话筒放大音量,带着轻微的激动。我听不清楚他喊些什么,只隐约觉得是在向家人交代事情,我经过时瞥见他红红的眼眶中闪烁着泪光,表情有很深的忧愁和牵挂,也许有一分亟需告慰的心情,也许有一些误会要在离去前解释吧;但是电话只有三分钟,警察在旁边等待,他焦急了,话语开始变得短促,声音愈来愈大。人来人往,扩音器不时播报车班的状况。我在拥挤而喧哗的车站排队买票,望着他们离开电话,消失在人群里,思维里浮现罪与罚的逻辑。

在我上下班必经的路上,有两个地点各悬挂着一块触目惊心的木牌,两块木牌上都写着血红的字句,都充满愤怒地表示:某年某月某日,自己的亲属在此地被不明车辆撞死,肇事者逃逸,希望目击者检举,让死者能够瞑目云云。那两块木牌一直悬挂在交通辐辏的道路,风吹雨打,字迹逐渐漫漶,我每次路过,总是觉得像两张仇恨的符箓,在烟尘飘浮的路上,咒诅来往奔走的车辆和行人。

仁爱离不开正义,有善良就有罪恶,有天堂就有地狱,有拯救就有审判;虽然在病态的社会,价值观念往往遭到扭曲,犯罪不必一定有惩罚,永生不必一定有永刑。

北韩女间谍金贤姬炸毁一架南韩客机,夺去115条人命。这位年轻貌美的恐怖分子在记者会上俯首认罪时,梨花带泪的姿色引起一阵骚动;南韩政府当局事后对金贤姬法外施恩,百般庇护,更收到许多向她求婚的函电,案子延宕了一年还未提起告诉。

也许罪与罚本身就是两面夏娃,一张脸是杀人不眨眼的撒旦,另一张是楚楚可怜的美丽少女。

我不相信能够宽恕一切、美化一切的人或神。莎士比亚在《暴风雨》中对人世充满了同情和怜悯,那是成熟的智慧,等闲不能至;何况我们需要的不是过早的宽宥和太轻易的健忘,我们需要的毋宁是内省和忏悔,那是比较可能的救赎。

道德的大衣

我经过客运站，磨石墙柱上悬挂着两副标语："人人守规律，处处有秩序"、"烟蒂垃圾，请勿随地丢弃"。我进入中山堂地下停车场，墙上写着"请君自重，勿随地大小便"。我到邮局领信件，一封寄自江苏省社科院的信，邮票已被邮政单位涂黑；我抬头，看见布告栏旁有一副标语："浓妆艳抹，招蜂引蝶，自取其辱。"

社会上的口号仍然多于实践，形式重于内容；任何地方只要竖立"禁倒垃圾"的招牌，总是招来不少偷倒的垃圾。我的一位韩国同学曾经疑惑地问道："中国人那么强调礼、义、廉、耻，会不会是因为中国人最缺乏这些东西？"我霍然心惊，觉得他讲得不无道理。

三年前，我编、导了一出描写老兵思乡的舞台剧，准备在台北市公演。我们这群剧场工作者排练、制作了半年，印好的票即将分发寄售时，教育局来了一纸公函，不准这出戏公演，我忿然跑到教育局抗议，折腾了好久，才让我看一位剧本审查委员的意见——"这出戏写得很有深度，再且也感人，但是如果演出，对大陆来台的老弟兄将有极大的影响，因为这些人年龄大了，思家心切（如这次华航驾驶员王锡爵即为一实例）。"

时至今日，表演艺术如果牵涉到政治话题，仍必须在正式演出时大幅删掉戏段。戏剧学者杨世彭本拟为国家剧院执导阿瑟·米勒的《推销员之死》，却因为国家剧院不能接受剧本是英若诚所翻译，遂无法演出。然而即使帝俄时代的沙皇都可以容忍《钦差大臣》的公演。

庄子外物篇记载儒生用诗、礼来盗墓。大儒在坟上催促："东方发白了，事情进行得如何？"在墓穴里的小儒回答："还没有解开下裙和上衣，而且，嘴里还含着一颗明珠。"大儒口诵诗经的句子说："麦子青青，长在丘陵山坡。活着不乐善好施，死了还含珠干什么？揪住他的鬓发，用铁锤敲开下巴，慢慢地掰开脸颊，小心，不要损坏了嘴里的明珠。"

艺术的夸张正好可以表现现实的荒诞。鲁迅在《狂人日记》上说，翻开中国历史，发现里面没有年代，每一页都歪歪斜斜地写着"仁义道德"几个字，细看之下，才从字缝里看出，其实满本都写着两个字"吃人"。

当焦虑、危疑和禁忌的标语口号，包围了我们的生活，虚伪将封锁我们待垦的智慧。是的，认真、热情的生命，随时都在散发芬芳；只有腐化、丑陋的身体，才需要经常披着道德的大衣。

鬼见拍手笑

近一年来，陆续从香港进口大陆出版的书籍，书房里渐渐不敷堆放；更惭愧的是，读书的速度永远追赶不上购书的速度，我夜读时偶尔抬头面对整壁未读的新册旧帙，常觉惶恐不安。这些书整齐地摆在架上，跟我的房屋、我的汽车、我的衣服、我的电话、我的信用卡、我的……一样，仿佛眼睛所见的一切皆是我所拥有的财物。

而我的房屋、我的汽车都向银行贷款，固定每月要摊还本息；我的电话、我的信用卡每月都要付不少费用，甚至我寄食人间的这具躯体，也不免有些病痛，得花钱求医诊治。如此看来，我所拥有的这一切财物，其实是我所背负的债务，拥有了多少，就得乖乖做牛做马去偿还多少。

我曾经作过好几次相同的梦，梦见在路上跌了一跤，正待爬坐起来时，发现周围全是钱，我看四下无人，赶紧抓了一大把放进口袋里，回头再确定无人，拼命把地上的钱往身上塞，愈拿愈觉得不足；很遗憾，口袋还没塞够钱就醒了，心中懊恼，恨不能再钻回梦境。

这个梦相当程度显示了心神被物欲折磨的窘境，也暴露出我的贪求。贪求是无厌的，有了财之后沽名，有了名之后钓誉、弄权；握有权势之后，往往就进一步想寻求长生不死术。王梵志有一首诗：

世无百年人，强作千年调。

打铁作门限，鬼见拍手笑。

每次在传播媒体上看到老法统在"国会"闹笑话，就想到这首诗。"立法院"强行通过退职条例之后，老法统们果然仍悍不退职；然而就在"立法院长"、"副院长"选举前夕，资深"立委"邓翔宇突然宣布退职，他说："我又不是投票的机器。"邓翔宇在"立法院"四十年的口碑还不错，这次众人拒退他独退，更凸显耿介不阿的操守。

最近我在申报所得税，一想到将来要付给那些顽固、昏聩的人巨额退职金，就觉得自己很窝囊。那些曾经洋溢热情、理想的才俊，已被古老的鬼魂掐住咽喉；曾经是青年时施展抱负的场所，如今已是恋栈名利的养老院。啊！历史上不是也有太多英雄，到头来都被食欲逼得背叛了初衷。

花不常好，月不常圆，割舍所需要的不仅是勇气和决心，还要有智慧。曾经征服过世界的亚历山大大帝临终前，交代属下将他的遗体抬出去时，要露出双手；他要让世人看到，他离开尘世的时候，两手空空，并没有带走任何东西。

汉元帝嫁老婆

　　大姨妈在火车站旁经营旅馆，有一天晚上我去，和表哥站在柜台前聊天。一个住宿的客人从外头回来，取了钥匙上楼，又转身跟女侍嘀咕，大概是表示要叫个应召女；那个一直窝在沙发上看报的男人闻言立刻起身，走到自己的房门口喊："阿枝啊——307客人叫，赶紧去！"隔了一会儿。那个名叫阿枝的女人推门出来，缓步上楼；她身材高窕，脸上薄施胭脂，五官轮廓分明，颇有几分姿色，可惜形容憔悴。表哥低声告诉我：他们是夫妻，已经有两个孩子，结婚不久，他被赌债逼急之下，寻死觅活，要求她出卖肉体。过了几年，阿枝替丈夫还清赌债，并顶下一间店面经营理发店，希望从此脱离神女生涯；没想到那赌鬼又把理发店给输掉，再逼老婆下海卖淫，于是他们将两个幼童留给母亲照顾，离开家乡，逐旅馆而居。

　　我看过很多"吃软饭"的人，但这件少年时代的旧事，至今想来仍觉得匪夷所思：一个男人一天到晚叫自己的老婆陪陌生男人睡觉，自己则神色泰然坐在外面看报纸等候。对阿枝来说，婚姻固然是死锁了的枷锁；但我不明白，为什么她还把一生交给丈夫保管？

　　这件事使我联想到《嫁妆一牛车》的万发和阿好，以及汉元帝嫁老婆的掌故，他们的身分地位、处境不同，但行径之猥琐并无二致，都是值得深入研究的症状。

　　马致远《破幽梦孤雁汉宫秋》里的汉元帝，像许多荒淫的昏君一样，宠宦官，昵爱女色，不设朝，不见儒臣，终日愁花病酒，认为"忠臣皆有用，高枕已无忧"；临到此番呼韩邪单于拥兵来索王昭君，才牵衣顿足，埋怨满朝文武畏刀避箭，无人肯为他出力打退番兵，逼得要牺牲一个无辜的女子去屈辱求和。这家伙平时胡涂昏聩，作威作福，自己的老婆被抢了，还亲身送她出嫁，哭哭啼啼，一路送出灞陵桥。

堂堂男子汉，爱赌又赌不起，押上老婆去卖淫；堂堂大汉帝国，连一名女子也保卫不了，正暴露出统治者的颠顶腐朽，和国势无以挽救的衰颓。这些事好像都真实，仿佛也带着一些虚幻，我有时觉得汉元帝、王昭君、万发、阿好、阿枝……都已是面具化了的角色，演出怪诞的荒谬剧，缺乏生命力，也缺乏真实的表情；相形之下，易卜生《玩偶家庭》里的娜拉，就显得更有勇气和担当了。

兰 花 盗

继炒股票、房地产之后,近来颇有人在炒作兰花,兰花价值直线攀升。原来几千元一盆的中国兰,经疯狂炒作,听说可以卖至数十百万元;一盆达摩兰,以前卖10万元已令人咋舌,目前的市价却在六七百万元之谱,甚至有人喊价到1600万元。

本来台湾的兰园不过几千家,现在已超过十万家,并迅速在增加之中。随着兰园的急速膨胀,养兰人口已突破百万户,养兰所可能获取的暴利使许多生产在线的年轻人纷纷离开农村、工厂,将时间、精力、金钱悉数投入兰园。

由于打劫兰花的风险远比抢银行小,利润又高,这种暴利遂引起歹徒的觊觎,全省各地常闻偷盗兰花案件,而且窃盗手段日益毒辣,偷之不成则抢,为了几盆兰花不惜动刀动枪,置养兰人于死地。其实,这些只是小贼,真正的大盗是哄抬炒作的"大户";兰花如此,股票、房地产亦然。他们擅长制造惊慌、鼓动风潮,以便在大震荡之后坐收渔利。狐狸巧计骗走了乌鸦嘴里衔着的肉之后,乌鸦好像一直没有学聪明;不晓得是狐狸善于欺骗,还是乌鸦善于受骗?

兰叶葳蕤,有君子之风;兰花芬芳,有王者之香,自屈原以降,兰,常为有志难伸的骚人艺术家所寄怀。兰心蕙性,代表清高风雅的气质;爱兰的人一旦在深山发现新品种,往往不惜散尽家财育种保护。人难得痴心,兰痴自然是比财奴、金牛可爱。可惜如今怡情养性的盆景,竟成为兰花大盗聚赌的筹码、搜括金钱的工具,兰花如果有知,一定有被轮奸的羞辱。

虚弱的身体易滋长病媒，利欲发烧的社会易诱发犯罪，我们的社会确实病得不轻，这种唯利是图的社会病若继续延误下去，将来安分守法、辛勤生产者注定世代要沦为违法投机，买空卖空者的奴仆；政治动乱到难以收拾的地步，也是预料中之事。纪伯仑早就警告我们："别让那空手而来的人参与你们的交易，他会以空言来换取你们的劳力。"然而，世间的作假实在太多了，天天面对虚假，谁又能够不当真呢？

善 心 人 士

　　许多人围在快餐餐饮店门口，对着一部小货车指指点点，我好奇趋近，看到货车上装载五只玳瑁。两个人持电钻合力在玳瑁的背壳上刻字，玳瑁负痛奋力挣扎，又被他们紧紧按住。

　　电钻发出尖嘶，在玳瑁背上刻着很大的一个"佛"字，钢针钻动处——可能是钻得太深，钢钻穿透甲壳，刺进骨肉——血水从"佛"字渗了出来。"佛"的上方，已列了一排"放生者"的姓名和购买年月日；这是我第一次感受到充满暴力、血腥的"佛"，佛如果有知，不晓得他对这件事有没有意见？

　　古代骚人墨客登临名胜，临风把盏，意气昂扬之际不免题诗壁上以抒胸中感怀，也许其中颇有佳构，所以这种坏习惯容易获得我们的原谅。但现在有很多人不学无术，一到了风景区观光，随处便溺之余，往往还喜欢亮出预藏的小刀，在树干上刻上某某人于某年某月某日"到此一游"的文字，千篇一律，令人反胃。至于在龟背上刻字纪念，这种怪异的消费方式则令人厌恶；这些"放生"的善心人士，花钱买下玳瑁，复请人在玳瑁的背壳上刻上自己的姓名，是为了向世人表示慈悲心肠呢？或希冀受凌迟的动物感恩谢德？还是藉此向神明表态邀功，期望多福多寿？

　　乍看之下，这个社会的"善心人士"仿佛不少。有人索取了3000万元的遮羞费曝光后，声言要捐出一部分，提供给老兵们作返乡探亲的盘缠。

　　听说玳瑁很有灵性，被人放生时会回头流泪，不知那泪水是在感激放生者？还是悲叹自己被捉弄的身世？货车上那五只看起来木讷、认命的玳瑁恐怕活得跟人一样辛苦，它们在海中游泳却无端遭捕，又辗转被运到这个都市的商业区贩卖，然后很可能再放回海上，一提一放之间，满足了人们对于慈悲的消费，而龟背上已经刻下消费者的姓名，它们被迫必须一生怀着感恩，背负"善心人士"的姓名，好像背负人类的贪欲和罪业。

人人需要包青天

阿公几乎一辈子在田里干活，这畦祖先留下的田不算小，却从未改善过家庭的经济；在目前的社会经济结构中，尤其成了家庭的负担——每季收成所得大约只够支付秧苗、肥料、雇人收割的费用，叔叔们因此总建议卖掉田产，到都市求发展。然而这畦田却紧系着阿公的情感。每次我要辞行上台北，总见他在夕阳下的田埂走来走去，不时弯腰拔除杂草、捡拾福寿螺，像照顾小孩般，照顾他亲爱的土地。

每次我上台北总喜欢带一包米，阿公种的米虽然不如浊水米名气大，我咀嚼起来却最香。但最近爆发大量镉米流入市面的消息，家里的田离污染区不远，我很怀疑阿公的田地也生病了。

镉污染事件的范围不断扩大，更发现污染祸源——新兴灌溉渠道底泥到现在还未清除。去年，官方的公文到处旅行后，杳无消息，竟还公然谎称清除工作"已清到沟底石块部分"。

生活中常常听到有人喊冤，如孙立人案、雷震案、王迎先案、绿牡蛎事件……很多事件比包公案的情节更荒诞离奇，若非媒体追踪报导，我们几乎不相信它可能发生。

地方戏曲色彩浓厚的南戏文《小孙屠》，就是描写老百姓有冤无处诉的元朝社会，人人渴望出现一个理想化、神圣化的清官来体恤冤情，平反委屈。例如最后一出戏，那个原来昏庸颟顸的地方官忽然摇身一变，变成日判阳世、夜判阴世的包拯，此时衙中除了府尹和人犯，竟不见任何公差；观众似乎也都习惯这种由写实到极端浪漫的表现手法，丝毫不以剧情的乖谬、粗糙为忤，浑然只见痛快的断案。

　　人人需要包青天，出来明判是非、主持正义，特别是在无助的时候，在官吏败德、政治不修的社会，这个日判阳间不平事，夜间点烛断孤魂的包青天，已然化为一种象征，寄托悲惨人世的最后希望。这是中国民间最纯朴、最原始的价值观和意识形态吧。

　　我们的土地生病了，我们的官场也是。大量镉米流入市面，罪魁基力化工厂无法赔偿损害，新兴灌溉渠道的底泥还未清除。消费者也许可以拒吃米食，但无辜的农民们勉强赖以维生的田地要被迫休耕，他们要去哪里寻找包青天伸冤？

虚 张 声 势

念高二时，得罪了班上一个小混混，可能是因为他个子较小，默然接受我的指责之后，并没有单独来找我算账。直到第三天彷晚，才邀聚了七、八个眷村的"大哥"围堵我回家必经的巷口，当我害怕想逃跑时，听到那个同窗不停地尖嚷："扁他！扁他！"声音带着几近歇斯底里的亢奋。那一刻我忽然升起一种绝望的寂寞感，又恨自己没有练就李小龙的武艺，又懊恼平常不该特立独行，弄得如今要独自忍受那些狞笑的拳头。

我确实不是什么英雄好汉，所以事后并未向他讨回公道，也没有敢再随便抨击人家。从此他讲话的音量比以前更大，待人的态度更傲慢，你走过他旁边，常常会感觉他不是用眼睛在看人，而是抬起下巴，用鼻孔在看人。直到我离开学校，一头撞进社会上工作才慢慢发现，一个猥琐的身形后面，往往存在着侵略性的声势。

大声可以造成某种气势，具有震慑作用，柔道、跆拳选手在过招比赛时，总是先向对方吆喝一声，企图达到吓唬、警告、矮化对手的效果。据我观察，真正凶悍的狗吠声低沉，轻易不显露攻击意图；而胆怯的狗要仰仗人势，吠声和表情都十分嚣张，但每吠一声就退一步。这种虚张出来的声势随处可见，自信心坚强的人当然不容易被恫吓，但信心不够笃定的人难免被迷惑，产生公理、道德、价值的混淆。

我们听人家吵架，咄咄逼人者予人的感觉往往比噤若寒蝉者有理；话比较多的人，很容易成为"意见领袖"；掌握了传播工具，好像就垄断了公理正义。于是电影金马奖的最佳配乐常颁给飞机、炮弹构成的音效；作家只努力追求见报率、知名度；走上街头的股票投资人和"号子立委"连手，很快就造成强势舆论。

可能是人在寂寞孤单时，特别需要友伴，同声相应，同气相求：不但黑道人物靠拢帮派，专家学者也有各自的立场与派系，诗人们也多形成集团，长期互相标榜吹捧，他们讲起话来，造成相当程度的扩音效果。如果不为了侵略他人，不一定要以音量来巩固自信和勇气，理直则气壮，也许我们该多学习讲一些理，多干活，少虚张一些声势；像辛勤流汗的园丁，平静地，播种信心和希望。

虚 胖

在找房子的那段时间，一天奔波下来，常常是没了主意，沿着路上的广告牌指示，一个工地一个工地参观。有一次就被一块巨幅广告吸引——"下一个转弯，小鸟在树上欢迎你。"我弯过去，没有听见小鸟鸣啭，却看到另一块巨幅招牌——"别急，慢慢走，下一个转弯有意想不到的风景。"我弯过去，没有看到什么值得惊讶的风景，倒是看到别墅工地接待中心前面停了数十部高级进口车。我把车停在这些名贵的进口车之间，才发现没有任何一位售屋的先生小姐来招呼，犹豫步入接待中心，请教一位售屋先生："这房子1坪多少钱？"

"这是别墅，不算坪数卖的。"他看看我那部灰头土脸的国产车，又看看我。

"那么，一幢多少钱？"

"3000多万！"他似乎已对我失去耐心，转身离去，迎向刚从一部Jaguar下车的客户。我愣在当场，觉得身高好像突然矮了一大截，自卑和自尊一下子纠缠不清，有点恼羞成怒，也很内疚，深为自己误闯这里的别墅预建地抱歉。

资本主义发展到极端，社会道德观念是属于有钱人的。贫穷的人，不论品格如何高贵，也不论是如何变成贫穷的，往往受尽歧视；富裕的人，不论品格如何卑鄙，也不论是如何致富的，总是享尽荣耀尊宠。因为这种拜金的价值观，衡量人的标准，就非常简单而武断。

有一次我被阻塞在交通拥挤的基隆路，前面是一部破旧不堪的出租车——保险杆脱落,车身有多处凹陷、锈蚀,引擎声像坦克;这部车看起来恍如快解体的拼装车,后窗却贴了一行十分醒目、骄傲的字:"我的另一部车是 Benz 500。"

　　社会经济继续在成长,欲望不断在膨胀,满足生活欲望、追求物质享受,其实是朝气与活力的表现,但此间搜括金钱的游戏永远比辛勤生产更迷人;我们的社会繁荣、富有了,但愿不会是虚胖的体质。

再见，中产阶级！

去年，我循着"新天母"预售屋广告牌广告，来到关渡的山丘。山丘上的树林已被夷为平整的工地，矗立着巨幅广告牌，并搭盖了一幢欧式造形的样品屋，样品屋周围是完善的公共设施，如游泳池、网球场、烤肉区……我登上装潢华丽的样品屋，从阳台眺望山丘下的淡水河，河对岸的观音山在雨后升起烟岚，远方是夕阳西沉的淡海，余晖把河边的公路、铁路烘托得十分浪漫。

售屋小姐再三强调：买下仅剩的这间"智能型"住宅，每天站在院子里就可以饱览美丽的风景。我赶紧提了3万元积蓄付定金，预备下星期再筹足20万元头期款；我快乐回家，第二天带内人去看才发现"智能型"住宅前面又推出"豪华型"和"贵族型"两排住宅，原先的视野完全被遮挡。我找到那个售屋小姐，她正在推销"豪华型"住宅。"只要再加250万，就可以换最前排的'贵族型'。"她说："不然，你如果那么爱看风景，可以走到小区最前面去看呀！"

接待处还在热络的交易中，各色旗帜在风中招展，我为了淡水河的景色，付出辛苦积蓄的3万元，伤心犹豫，在工地徘徊，看到那巨幅的广告牌后面竟是坟墓，毗邻着小区预建地。

三个月前，我家对面一楼公寓要卖300多万，我心中暗骂"不要脸！"不料这个月已涨到500多万。房地产价格的飙升，隐然形成通货膨胀的风暴圈。股市和房地产继续携手在玩搜括金钱的游戏，贫富差距正以空前的速度拉开，一般辛勤的受薪者穷毕生努力，再也无法拥有栖身之所；而投机的财团却能够在一夜之间坐享暴利。这是什么社会？这种社会将养成人民什么心态？我强烈感受到自己正快速被推离中产阶级，被不断扬升的物价抛到贫户阶层，我的子孙将世袭贫穷。

我们没有住宅政策，整个房地产交易一直像个巨大的陷阱，哄抬炒作，使某些人更贪婪，某些人更饥饿。房屋最基本的功能是作为遮风、避雨、休憩的所在，这是文明的产物；然则物质文明愈盛的地方，拥有房屋者的比例愈少，很多人每月必须为遮风避雨付出昂贵的租金。文明，似乎没有改善人的处境。

异乡人的新棉袄

每次去市场吃面,总会看到那个寂寞的老人木坐在骑楼下,仿佛一尊雕像。他的模样像乞丐,似乎终年不曾沐浴,经过他身旁都会感觉一股肮脏的气味;他的头发枯干散乱如稻草,除了沉滞的疲倦,那张深如刀刻的皱脸上没有任何表情。

据说他从军中退下来后一直没有谋生能力,日子久了,仿佛得了痴呆症,完全不知寒暑,无论冬夏总是穿着那件破唐衫;白天木然坐在人家的骑楼下,入夜后也还是蜷卧在市场边的骑楼下,野猫出没的墙柱给他依靠,冰冷的磨石地面供他眠卧。

我听过太多这类老人的故事,凄惨得好像不是真的。

市场的生意人看他可怜,轮流供应他午餐。今年冬天第一道寒流来的时候,鱼贩还送他一件新棉袄,套在那件破损不堪、长年未换洗的旧唐衫上,像一个饱尝命运嘲弄的喜剧演员。这样一位离乡背井的小人物,一生所卖力演出的,无非是一出历史的误会与惩罚吧。

气象播报说:下周又有一股更强的冷锋逼临。从西伯利亚南下的这股冷锋是否会路过他的家乡出海,辗转来到台湾?睽隔数十年的家乡,年年总要差遣北风来拥抱他,那每一阵都颤抖到骨髓里的寒风,难道竟是从青年盼到老年的消息吗?

老人拥着风蜷趴在磨石地面上睡眠,夜深了,路上的汽机车打着远灯呼啸来去,每一扇公寓的窗口渐次熄灭了灯光,流浪的脚步都已经往归去的方向,只有来自家乡的寒流呼呼吹着街头流落的故事,吹疼了眠梦。

那晚特别冷，我下班回家时看见他起身，蹒跚躲到公寓楼梯的角隅，犹豫蹲缩下来，哆嗦着盖上那件新棉袄。我忽然觉得那件新棉袄是台湾人的疼惜和慰安，里面那件破损不堪的唐衫是他的苦恋。乱世里的苦恋总是特别多。日本电影作家熊井启1974年的作品《望乡》，描写太平洋战争时，一群少女被诱骗至南洋卖淫，最后客死异乡。这些青春的少女生时过着炼狱般的生活，苦苦思恋着家乡；死前，由于心中充满着被同胞欺骗、凌虐的恨，都立誓坟碑要背对祖国。

前一阵子我们邀请五位大陆留学生来访问，有关单位对这些年轻客人的热情令人脸红，令他们消受不了；然而数以千计的台湾留美学人，却还无权返回自己的家乡，是什么人可以这样长期剥夺他们的人权？

遗弃在沙滩上的贝壳曾经美丽，也曾经被浪涛疯狂爱过，如今只剩下空洞的躯壳，里面还剩余的只是一些沙粒，一点海水，眼泪般的海水。我常想起骑楼下的老人，那个被时代遗弃的老人，他生命的季节里没有春花秋实，岁月的枝干似乎也已经枯干，不可能再萌蘖希望的新芽，只有等待最后的败叶凋零落尽。

即将寒冷的热情

四年前,母亲出车祸被送进高雄医学院急救,我赶回去时,她还在昏迷状态,生命垂危,却不见医生。在蚊蝇蟑螂逡巡的普通病房,我望着倒卧未醒的母亲以及病床上的血渍和药痕,感到无助、伤悲,姨妈提醒我要赶紧到主治大夫家里送红包。

在我成长的经验中,目睹过太多送红包的人情世故,学习如何送礼、如何关说请托,似乎比学习公理、正义和责任更重要。竞选要买票,犯罪要贿赂,绯闻要付遮羞费,求职要走后门,逃避兵役要送钱,连学生考试不及格也要揣测老师喜欢什么礼物……尤其是官场,好像到处都有暗盘交易,到处都必须靠行贿打通关节。因此,最近爆发的几件贪渎案,实在不值得大惊小怪,反而是不行贿、不收红包的人显得特别;他们需要的是孤独的勇气,和还未寒冷的热情。

果戈里在他的讽刺喜剧《钦差大臣》(*The Inspector General*),以一贯善于嘲弄的风格刻画颟顸贪污的官吏,借着这些官吏勾勒官场百态,揭露沙皇统治下的腐败政体,极尽尖酸刻薄之能。1836年,此剧在俄京圣彼得堡初演,盛况空前,震撼了当时的社会;官僚们恨入骨髓,知识分子各派系也争论不休。果戈里因此避居罗马,临行前他致函普希金:"我无力再张罗和辩论了,我在精神和肉体上均极疲惫……现在我就想离开这里,随便到什么地方去,惟有未来的旅行、轮船、海洋和其他远远的天地,才能使我鲜活起来。"

果氏怀着即将寒冷的热情离开祖国,他一直梦想自己的作品能够训诲群众，帮助社会国家的改善，如此残酷地揭露现实的面纱，原其初心只是一片赤诚，一份挚爱。

然而他们毕竟是孤独的。新竹地检处检察官高新武抗命拘提吴天惠，必定承受巨大的压力；台北市议员陈胜宏揭发荣星花园开发弊案，家里接到不少恐吓电话。我不确知他们是否感到一股寒意，但他们的处境，恐怕只有易卜生笔下的司徒门医生差可比拟。

我几乎可以想见司徒门医生发现自己被群众孤立时，那气急败坏的样子；他愤慨地谴责镇民愚昧、堕落，说他有一个大发现，比发现浴场的水质有病毒更严重的大发现："我们心灵的源泉已经染毒了——整个社会建立在一种虚伪的谎言上。"

温泉地带

那群灰鸽子在山谷上空盘旋,队伍不太整齐,模样看起来也有点好笑。我坐在窗旁静静吸烟,看它们越过群树,斜斜的飞入云雾苍茫的天空。

大学四年间,我赁居在新园街旁这座偏僻的山谷。进入山谷要先下一道绿苔的石阶,通过一条姜花与垃圾丛生的溪涧,再上一道石梯。阶梯两旁野生了刺茄、蛇莓、台风草、曼陀罗、车前草等数十种普通的植物;房屋的石罅则长满四季秋海棠。刚搬来的那段日子,没有报纸可看,颇有与世隔绝的感慨;原来送报先生嫌这地方太荒凉,好歹不肯迢迢为你送一份报纸。不得已,只好央请报社邮寄。我每天上午 9 点 10 分左右听见熟悉的摩托车声停在对面街上,五分钟后就可以看见邮差边阅报边散步过桥来,显然已能习惯这差事。但这段路委实也不堪长期忍受;记得有一次他就干脆站在对面呼吼,示意我携印章跑过去领挂号,再顺便把报纸带回。

那群灰鸽子又拍击着翅膀,从累累的木瓜树顶端进入视线。我发现其中有一只始终未介入鸽队,独自振翅,时而转向爬升,忽然弄姿冲下,看它双翼翕霍,速度忽疾忽缓,显得十分吃力,但是从它滑翔的姿态观察,似乎又比较自得、笃定,像所有特立独行的人那样。这是断续飘雨的下午,阳明山很平常的天气。

也许太熟稔了,对这里的一花一木,一草一树始终觉得平淡无奇。直到今年春天。

杜鹃开在教室外,大家忙着拍毕业照。我清晨出门,阳光很好,一只松鼠在树隙间奔跃,溪畔飞舞着蓝蜻蜓和花蝴蝶,石梯边款摆着五节芒,桂花沿路播香,我感悟到生命的活力,觉得必须向这片山水交代。

一阵急雨打在铁皮屋顶上,如记忆的涛声拍击。我静坐在窗口吸烟,那群灰鸽子已不见踪影,雨势渐缓,复开始飘着霏霏细雨。

从窗口望出去,横在眼前的是纱帽山。它的形状像古装戏里官吏头顶的乌纱帽,再仔细观察,更仿佛正正经经的臀部。难怪当年游唤初上华冈就大惊小怪:"白云擦屁股,一山一山青。"

听说纱帽山在日据时代有毒蛇研究中心,日军撤走后,所有毒蛇全部放生,详细情形不可考,但此地野草蔓延,确实常有毒蛇出没。最常见的是龟壳花,有时这些家伙也登堂入室,闯进房里昂首吐信,我对这蠢蠢蠕动的爬虫殊乏好感,多半时候都是走而避之。

雨持续飘着。过了梅雨季就是我们亚热带经常的台风天,然后就开始一阵阵的薄雨,从七星山那边游移过来。你分明才见到谷中槭叶带着水珠,不经意却惊觉它已染上些微褐红,那是秋天最初的消息,我明白,过几天就再也听不见虫吟蝉嘶,路两旁的蕨草已沾满白露,风吹向冷谷,气候迅速地转换了。

阳明山多雨多雾而风强。我在北回归线以南那片阳光平原长大,起初颇不习惯此地的风雨,尤其是冬天,仿佛整个季节都在落雨,雨丝绵密有致,由北而南翻山越岭飘来,偶然被风吹乱了秩序,旋即又恢复一定的方向,由北而南缓缓飘降。接着是雾,我判断那雾是在山坳里成形的,特别是对面纱帽山的山坳,那条潺潺的"寻梦溪";雨后总有一缕岚烟似的水雾升向青绿的山腹。

雨缓缓飘降，雾愈聚愈浓，终于掩盖了白胖的纱帽山，剩下难以辨识的棱线。

雨继续飘降，远处景观已是白蒙蒙的一片，而雾渐拢渐近，置身其中，分不清是云还是雾。大一时，有一天下午英文老师用他浓浊的乡音讲授那课"If I Were a Freshman Again"，我无聊地望着教室外白茫茫的视界。平常从教室望出去，是大屯山下阡陌纵横的梯田，和点缀其间的鹭鸶，现在这些景观俱被云波雾浪掩覆。英文老师的乡音继续在耳际嗡嗡，我继续思索课本以外的问题。忽然有一朵白云飘进教室，掩护我从容地爬窗逃出去。这种云，无疑是人间的云，我想，如果我再是一个新鲜人，再邂逅这种人间的白云，我仍然要暂时对不起老师，要"get out of work or to cut a class exercise"，去读外面的鸟鸣。

冬天的黄昏，我常散步到前山公园的公共澡堂泡温泉。4年前我初来乍到，见一群老人泡在直径约5公尺的圆池里哼哼呼气，和乐其湛，我不疑有他，也跳下池里，一种被沸水灼痛的苦楚传遍全身，立刻又逃命般窜了上来。从此我视温泉如洪水猛兽，轻易不敢再靠近它。我一直以为洗澡这件工作应该是关紧门，独自去慢条斯理；然则居住此地，不去泡泡温泉，不嗅嗅那股浓烈的硫磺味，终究是十分可怪的现象。两年后，我再度培养勇气走进澡堂，这次我采取渐进方式，先泡一段时间的脚掌再进步到膝盖，我的朋友山青不以为然，到处宣传说我每天去澡堂洗脚。

澡堂门口挂了一面木牌，上书："长年洗温泉，香港脚、灰指甲不药而愈"。我不晓得温泉是否确实有这种神效，但附近居民均信此不疑，他们一致坚认：经常浸泡这种从泥土里冒出来的硫磺水，对任何皮肤病、风湿、关节炎都有疗效。不但如此，连他们饲养的动物也好像明白此道，我一位邻居爱狗，养的十几只白熊狗大多以美国总统命名，如尼克松、卡特、里根之属，他们夫妻每天轮流牵两只狗去前山公园的露天水池泡温泉，据我观察，其中以卡特最爱干净，大概它已经体悟出洗澡的好处，我每次见它带着人往水池的方向奔跑，浴后则矫首顾盼，意甚自得。

大约泡温泉和慢跑一样，真对身体健康有所裨益也未可知，乐于此道者遂组织了一个"温泉早觉会"，清晨四、五点即精神奕奕地从山下赶上山，浸泡在滚烫的池子里，风雨无阻。人好像离健康渐远才懂得珍惜，温泉早觉会的成员多是上了年纪的老人，他们历经数十寒暑乃觉悟健康的重要。温泉要泡，饭却不能不吃，有人一早出门即备妥便当，阳光普照的一日，完全和温泉周旋。

我欢喜到公共澡堂，大家褪去所有的装饰，同时赤裸着肤色，坦诚相见。再没有任何面具遮掩，谁也不必隐瞒，更无须不好意思，因为你有的，别人统统都有，你可以默默洗澡，也可以和邻人闲聊。走进白氤氲的这座澡堂，觉得人如此平凡，没有高傲，也无所谓卑微，英雄伟人和贩夫走卒原来一样都要洗澡，一样温泉烫了皮肤就红、血液就流得快些。自然，泡完温泉，穿戴整齐地走出澡堂，一切又都不一样了。

夏天来到阳明山。每年这时候，多数的学生已回到家居，把宁静留给这块山坡地。我回到夜晚的华冈，有一种涌动的情愫；百花池的蛙不再热闹鼓噪，大仁馆没有琴音传响，仿佛蛙鸣琴音也都自动放暑假，把一切静谧统统还给日月山川。只有阅览室的灯火还醒着，有人留在山上苦读，为了准备高普考、邮电特考；

这也不失为一个好办法，通过考试，将来不必贿赂去打通关节，就有固定的职业。通往陈氏墓园的路上，两旁的芒草迅速蔓延，"龙门客栈"还未营业，甚至连平时情侣出双入对的墓园，也只剩下一片冷静的月光。

忽然，我好想听听，大仁馆后面经常的锣鼓，锣鼓声中突出尖拔的吊嗓……凉风吹拂相思林，所有的树木都知道，当夜晚降临时，每一阵山风都吹着怀念的消息。

如今我告别了这座日暮读书生活的山谷，我知道，山色依然青翠，每天，夕阳还是从淡海那边落下，涧水日子般流去。

商 业 地 带

  在我们的商业地带,天地间经常笼罩着苍茫的薄雾;在薄雾苍茫间拥挤着街坊贸易的人群,追逐的车影,也飘浮着建筑物施工时的烟尘。

  为了工作方便,我租赁在加油站旁的公寓顶层,一间违章搭盖的棚屋,将近一年,始终没有家的感觉。这地方临着交通辐辏的南京东路和复兴北路,乃台北东区的商业地带,我拥有一扇窗,对着浮夸巨大的市招。这扇窗,不分昼夜,总是飘进浓烈的汽油瓦斯味,以及高分贝的机汽车引擎和互相惊告谴责的喇叭声,偶尔也夹杂着紧急刹车的尖嘶和车体碰撞的闷响。我早出晚归,既不喜悦也不怎么忧愁,生活的节奏如来往奔驰的车辆,高速而单调;日复一日,渐渐也好像能够习惯这种呼啸而来、怒吼而去的车马之喧。虽则我每每还是在睡梦中,被破天的警笛声惊醒,呆坐在床沿紧张,冒汗,分不清楚是警车或是救护车。

  公寓附近,有一家颇为知名的电影院,经常放映好莱坞暴力影片,我常为这种80年代的美国次文化感到迷惑。电影院旁是一间百货公司,它布置炫丽的广告橱窗,如一面巨大光滑的镜子,我每天两次打玻璃橱窗下走过,觉得镜中映照的常是卑微的身影和瘦弱的自信。

  百货公司隔壁就是我们的办公大楼。在白天,楼下会停着两部便当车,车内载有瓦斯炉、锅铲等厨具及各式菜肴;近午时分,开始当街炒菜炸肉,附近的上班族便在油烟窜溢中排队买便当。黄昏的时候,巷口来了另外两辆小型货车;一辆卖水果,一辆卖面包。面包车总是透过扩音器，把预先录好招徕顾客的广告词放了又放；卖水果的小贩则点了一盏灯泡，静静地为水果喷水，他工作时的专注和认真，令人觉得水果里饱含着收获的喜悦。当车上的芒果、西瓜换成柿子、橘橙，我才知道，季节又已经在不知不觉中转移变化了。

用餐时间，我很少站在路上排队买便当，倒是常常穿梭在各种熙攘流窜的车辆之间，到对面的牛肉面馆或辽宁街的摊贩解决。面馆右转有一条阴黯的斜巷，巷子里的每一户人家每一扇门都深锁着，两旁是高耸的围墙，围墙上布置着碎玻璃和铁蒺藜；阳光从高楼间的夹缝射下来，停在森冷的碎玻璃上，宛如一把把诡谲的尖刀。人际间也有许多围墙吧。有好多人，特别是曾经受过伤的人，为了维护可怜的内心世界，想尽办法要把自己武装起来，于是在人际间构筑一道高墙，只留下一扇经常关闭着的小门与外面交通。在我们呼吸与共的都市，触目可见这种阴郁厚重的高墙，门户关上铁窗，拚命把自己居住的所在打扮成监狱的模样。其实这种墙无法抵抗恶意的闯入者，仅能拒绝善意的访客。

在我们的商业地带，网织着这样的弯街斜巷。巷子两侧通常停满大小汽车，中间仅能容纳一部轿车通过，走路的时候，背后随时有喇叭声催你让开。

转出巷口是长不逾200公尺的街道，林立着各式摊贩。可能是摊贩倾倒馊水，无论晴雨，街上总是泞湿着，那湿气在夏天遇热蒸腾，就飘散一种古怪的气味，羼入炒煮食物的油烟中。每日三餐，我至少在这里徘徊一次，心中犹豫，觉得自己并没有多少选择的机会；通常是这样，哪摊先招呼就走向哪摊。有一日"清粥小菜"的老板又在招呼。我点了三碟小菜，捡一张人最少的桌旁坐定。与我同桌的一个男孩，五六岁模样，大概是老板的孩子吧！他胸前别着"圣光幼儿园"的识别证，低头写功课，在微弱的灯光下，练习写ㄅ、ㄆ、ㄇ、ㄈ……他沾满油渍的小手十分用力地握着铅笔，一笔一画在10×8的作业簿上抄写注音符号，边写边低声唱"天龙八部"的主题歌。我不晓得他是否了解歌词的意思，但他唱到感叹处竟也慷慨激昂。可惜歌还未唱完，冷不防老板一个箭步冲过来，揪住他耳朵，"啪！"一声清脆响亮的耳光："恁娘咧！功课不写，唱什么歌！你以后免想要来啦！"老板丢下一个忿怒的脸色，又忙着去招呼客人。他瞥了我一眼，复低下头，好像很没面子，只得再继续抄写ㄅ、ㄆ、ㄇ、ㄈ。天色渐暗，摊贩一一亮起了灯光。卖烤地瓜的老人，又摇着竹筒，缓慢地推手拉车经过，他佝偻的背影消失在人群里，那竹筒喀喀的声音犹隐约可闻。练习注音符号的小男孩不胜唏嘘，究竟是埋怨大人呢？还是仍然在回忆"天龙八部"的情节？

　　入夜以后，人声逐渐鼎沸，偶尔几辆摩托车咆哮往返，卖海鲜的摊位上持续传来豁拳声；唱片摊又开始播放流行歌曲，摊位旁摆了两个大音箱，音量总是调到最大，那些海盗版的音乐带，三卷100元，坊间随处可见。对面的自助火锅店也有人饮酒，在流行歌曲休止的片刻，穿插着豁拳的吆喝。有一个醉汉忽然站起来，吸引了路人的目光，他汗衫卷到胸前，露出圆滚滚的肚皮，须发贲张地摔酒瓶、掼酒杯，食指几乎伸到对坐的同伴的鼻尖，声音掩过唱片摊的歌声；"那句话！那句话……查埔儿……给你宰！一句话……"我吃饱了，他兀自打嗝强调"那句话"，并且频频用力拍打胸脯，显然愤慨极了。他恐怕醉得很厉害，关于这么严重的"那句话"一直讲不明白；这时候已经无人有兴趣再看下去，他嗫嗫嚅嚅，也渐渐不再吵闹。

除了毗连的小吃摊，在这夜市街有一所中学，他们的操场鲜有学生活动，平时就让摊贩摆桌椅，选举期间则是政见发表会的重要据点。斜对面是一间基督教宣道会，教堂周围有一条蚊虫孳衍的水沟，里面则花木扶疏，种植着杨柳、苏铁、老榕、杜鹃及一些盆景，尖顶上亮着日光灯芒的十字架；除非礼拜天，这间宣道会的门多关闭着，安安静静地，似乎与十丈红尘毫无纠葛。倒是那座"福聚宫"香火鼎盛，显得非常人间；庙口贴有一副对联："土物蕃昌受春秋报赛，地方安靖享俎豆馨香"，庙宇的飞檐布满瑰丽的各色小灯闪烁。最近几个月，常邀请歌仔戏和布袋戏团演出酬神；那些金光戏我没兴趣，偶然驻足看歌仔戏，又遗憾他们缺乏认真专注的态度，演技也实在差劲，毫无可观之处。

在我居住的商业地带，到处矗立冷硬的高楼大厦，那些陌生的楼影，仿佛随时都在长高长胖。白天我在办公室处理日常工作，玻璃帷幕流动奔窜的车影；下班走出大楼，介入拥挤而疏离的人群，暮色已经迅速地将我包围。春去秋来，回顾与前瞻，天地便笼罩在朦胧的薄雾中，我一直不能肯定，那空气中的苍茫是薄雾？还是烟尘？

童 年 的 山

我回到 10 年前求学的地方，惊见半屏山好像将坍圮，在这块土地上消失……

半屏山是高雄市的守护神，横亘在左营区与楠梓区之间，搭火车从纵贯铁路进出高雄市时，总可以清楚看见她的容貌：一半苍翠，一半袒露焦土；像一道含悲忍痛的伤口对着天空。20 年前，我用整个童年的岁月来仰望她，在仰望中记忆关于她的掌故和神话；那奇特的山容和莲池潭、春秋阁构成美丽的风景面。岁月悠悠，我记得，十年前在这座山的山脚下读书生活，越过教室外那排椰子树，就可以望见她矗立在前方，温柔而沉静。我们在山脚下的校园里念书、准备大专联考，虽则也偶尔听到山上传响的爆破声，但不曾惊心，也未曾意识到有一天，这座童年的青山会变成滚落的黄尘，在我们的注视下带着伤痕一寸一寸地消失。

半屏山标高 223 公尺，顶上有一颗二等三角点 529 号，山体主要由饱含碳酸钙的石灰岩所构成，是制造水泥的好原料。因为是制造水泥的好原料，东南方的山脚下冒出数家水泥工厂，经年垦矿，致使山体愈来愈低；目前南边的山顶高度已降至 70 公尺，依他们开凿的速度算计，再过 10 年，半屏山即灰飞湮灭。

半屏山有知，我不晓得她是要愤怒呢？还是继续沉默？

1961 年 6 月 4 日半屏山愤怒了。一场雨，使 20 万立方公尺的泥土覆盖在纵贯铁路上，12 人死亡，27 人受伤，25 人失踪，造成台湾光复以来最大的一次山崩事件。

我回到 10 年前求学的地方，凭吊这座逐渐死亡的山——啊！

我童年的青山。10年的岁月使我从一个懵懂的少年过渡到而立的青年，也使半座葱翠蓊郁的山岩完全荒秃倾颓。我坐火车北上，经过左营，看见半屏山下那些水泥工厂庞大的圆筒高高抵住天空的咽喉，心中充满困惑，永远不能够明白这件荒谬的开发神话。

童 年 的 河

有一条小河，流经我成长、居住的城市，也流经我的童年往事。相传这条河发生许多忧郁的爱情故事，古早以来，人们就叫她"爱河"。

对爱河最初的记忆是在四五岁的时候，母亲到外地去作工，我寄居在河边的外婆家。黄昏时我常常一个人坐在河堤上发呆，不然就站起来打水漂；晒谷埕不时传来邻童的呼喊，群雀在树枝上追逐鸣唱。风吹过两旁植有木麻黄的土堤，搧过河面的圈纹逐渐增加、扩大，河水缓缓流动，缓缓从上游漂来木叶的气味。那段懵懂的童年我常常坐在河堤边寂寞遐想，睁大眼睛看夕阳下的河水闪动着波光，心里想念寄养在别人家的妹妹不知好不好？隔壁的阿玉姊还哭不哭？

我至今还记得阿玉姊总穿着一件白上衣、碎花长裙，那头乌黑的长发把脸庞衬托得更加秀丽。我对她感到好奇、倾慕，进而常常在背后偷偷地望着她，是在她跟一个"穷得要死"、"只有一部破脚踏车"的青年谈恋爱时；当时的社会风气还非常保守，尤其是我们所居住的那个市郊小村落，非媒妁之礼不言嫁娶。她再三偷跑出去，在夜晚的河边约会，后来竟公然违抗父母的禁令，企图私奔，终于投河殉情；却被救起。我清楚记得，阿玉姊恋爱失败后哭泣的情景。

爱河存在我童年的记忆，仿佛总是和爱恋有关，许多故事许多的人情在这里演出。在记忆所不能溯及的更遥远的童年，有一次跟大姨他们全家在河畔野餐，看见一对情侣公然相偎漫步，我边走边看，看痴了眼，摇摇摆摆去撞到一棵椰子树。大姨回忆时总是笑着对大家说："当时他额头上撞肿了一个大包，跌坐在树下哇哇大哭。"

爱河以前叫"爱河溪"，其源流有宝珠沟、后劲溪，由北而南，分歧流贯市区，蜿蜒到盐埕区注入高雄港。据说清朝时，曾借这条河道引海水入埕制盐；当时所谓"盐埕"乃是制盐的所在。后来日本人拓宽河道成为运河，称为"高雄运河"。运河在市中心那一段，河岸并排着石柱，柱与柱之间悬挂铁栏，每隔四根短柱，筑有一座烛台状的路灯，两岸种植椰子树、垂柳和夹竹桃。每逢端午节，市民多来这里观看龙舟竞赛，鼓声和欢呼声荡漾在每一张兴奋的脸上；河水清澈，人们可以看到水底大大小小的石头，以及水边浅泳的游鱼。在白天，沿着河岸散步，风吹水纹，水光映动楼形树影。在夜晚，有人乘坐游艇航行在灯月交辉的椰风中；有人走到花丛间细语，他们的脸上总是含蓄着幸福的表情。

整个社会经济在急骤起飞。港都高速地成长，人口高速地膨胀，爱河也高速地遭受污染——以一种我们都来不及惊讶的速度转变了。

当我再度经过河畔，发现河里漂浮着大量的垃圾，河中的游鱼早已死尽；河底的污泥日积月累，使河水严重产生厌气，路过的人再难以忍受她四溢的恶臭。河畔出现成群的流莺、皮条客，夜里的树荫花丛更埋伏着抽取"恋爱税"的混混。我目睹这条曾经流连的小河变成丑陋的恶水。一艘小型渔船拖拉着大量的进口原木，往上游的木材工厂缓缓溯去。

爱河已是一条人人揶揄走避的臭水沟。我远离她，像远离一段不堪的伤心往事。

18年后,我回到爱河,凭吊逝者如斯的童年往事。原是花木草坪的河畔,搭盖了几座茶棚和凉亭,茶棚里播放着高分贝的流行歌,茶棚外堆满垃圾;几个流莺在路旁招揽生意。河床由于污源长年沉积,淤泥层逐年加厚,河道已然壅塞,墨黑的河水阻滞不流。

我沿着这条腥臭的恶水往上游走,发现七孔桥附近又增建了不少工厂。这条奄奄一息的爱河,竟还继续在容纳沿岸水肥厂、屠宰场的溢流水,以及各工厂所排放的石化废水、汽机车废油,加上市民的化粪水、洗衣水和鱼肉菜肴等家庭污水……我来到楠梓,看到炼油厂黑褐色的脏水从自设的排放管道,更放肆地倾注后劲溪。

爱河,我童年游憩和遐想的所在,她看着我长大;我却望着她不清不白,承受过多人们所排泄的肮脏和欲望。如今,再也没有情侣愿意来这里散步;自然,也不会有失意的人胆敢来投河殉情。我长立河畔,凭吊逝者如斯的童年往事。机汽车的引擎、喇叭声在桥上喧哗,离港的船笛呜呜传响。

爱河是我童年的河,随着我的成长而流逝。

那只晶莹高贵的玻璃杯

　　我过去上班的所在是一幢豪华大厦，这幢大厦高17层楼，矗立于台北东区人口密集的商业中枢，附近毗邻着巨型百货公司、委托行及各种跨国经营的快餐餐饮店，出入其间的绅士淑女衣饰都十分考究。我每次把车驶进大厦的地下停车场，所见俱是进口名牌房车、跑车，每一部都光鉴亮丽。

　　我们办公室在三楼，数据室旁边是一块1坪半左右的天井。我不清楚大厦建筑当初何以设计这个天井，想来无非是考虑作透光透气之用吧。

　　可惜这天井并不透光。四楼以上的住户往往随手把垃圾丢出窗外，总共有14层楼的住户可能都是把垃圾丢到天井的嫌疑犯，那个天井的垃圾包括果皮残肴、纸屑、空罐、布巾、塑料之属，废物杂陈，愈堆愈高，终于淹没三楼的窗户，溢出恶臭，从资料室的窗罅一阵阵地侵袭进来。老板不高兴与垃圾为邻，请清洁大厦的妇人来打扫；窗户一开，浓浊的臭味立即大量涌入。

　　那清洁工是一个负责、辛勤的妇人，我看她单薄的背影弯腰清除垃圾，忍着恶臭，一袋一袋装起绑妥，提到楼下放好。不晓得是工作太重，还是臭味太重，我看到她脸上显现苍白的倦容。快清理干净时，猛听那妇人一声惨叫，不晓得从哪一楼扔下的咖啡罐击中她肩部，没喝完的热咖啡浇淋了一身；她抬起头，仰望那两排关着的窗户，不明不白，脸上扭曲着惊恐和被热咖啡烫伤了的疼痛，她委屈张望，不知向哪一户人家去控诉？

　　据统计：台湾的垃圾日产量1.4万千吨，年产量超过500万吨，足足比稻米多了一倍以上，甚且维持 8% 的成长率激增。在我们居住的都市，正高度发展着物质文明，彼此的生活空间日渐狭隘，照理讲应该会培养出高度的公德；然则我们耳闻目睹，尽是充满攻击性的垃圾事件——南边刚挖了一个掩埋坑，北边又堆起了一座垃圾山；地方首长亲自率领大队清洁车，拂晓偷袭邻镇去倾倒垃圾……

我不敢拿这微薄的工资再去请那清洁妇，来从事如此危险的垃圾清除工作，万一掷下来的瓶瓶罐罐正好击中头颅呢？我实在不敢想象，一只晶莹高贵的玻璃杯从高楼加速度坠落，击得那妇人血溅当场的情况。上面 14 层楼的窗口继续丢下垃圾，不到一个月，垃圾又陆离杂陈，堆积了半尺左右的厚度。我带着难堪的罪恶，紧紧锁上资料室的窗户，假装没有看见窗外的物事每天在长胖长高，逐渐淹没三楼的窗口、四楼的窗口，终于有一天，要满溢到每一楼每一户住家的窗口。

风 之 谷

　　夜里，去西门町看了一场电影《风之谷》。

　　这是一部日本动画片，故事叙述第三次世界大战之后的1000年，地球遭受毁灭性的破坏，进入一个废墟般的黑暗时代。有一处叫"风之谷"的地方，侥幸残存着森林、花草和溪流，当地的居民藉风车引水，以锄头耕作。好景不常，破坏地球生态平衡的歹徒，诱引毒森林的巨虫，企图以暴力毁灭风之谷。美丽、勇敢的少女 Nausicaa 为了保护心爱的家园，不畏恶势力，与一群贪婪的自然摧残者搏斗，最后牺牲了生命。这部电影的处理技巧颇为高明，凌驾我幼时迷恋过的那些狄斯奈卡通，但令我感动的则是它深刻的人文关怀。

　　散场后，我决定散步回家。这是一部自然生态的寓言吧，我感到惶惑，莫非这时代的幼童已经得提早来反省人与环境的困顿？我在回家的路上思索导演宫崎竣的话："这个黑暗年代有没有希望？我们要作出怎样的改变才能继续生存下去？"

　　相对于经济的蓬勃发展，我们似乎落后到一个人文伦理式微的窘境。我想起早晨去上班时，陷在交通堵塞的基隆路上动弹不得，暴躁的喇叭声彼此谴责、互相警告，我看到前面那部轿车悄然摇下车窗，把三包垃圾丢弃在安全岛上。

　　午夜了，台北街头一点也不冷清，那些拔掉消音器的机车咆哮来往，不晓得是否就是所谓的"飙车族"？我彷徨在十字路口，恍如陷身在电影里的毒森林。想到好久没登山了，也许我应该利用假日离开台北，到郊山去走走。

我刚弯进万盛街，听见背后有重物坠地的声音，我回头，看到一大包垃圾掉落身后半公尺的街上；惊魂甫定，街口那幢公寓又掷下一包垃圾，我赶紧躲到骑楼下。凌晨零点 20 分，垃圾车已经开走了，那两包垃圾的主人大约是错过垃圾车，又不高兴垃圾在家里多放一天，乃随手一丢，从四楼的窗口丢到街上。两包垃圾从高处坠落，塑料袋松裂，一大摊的秽物被风吹散，零零落落，吹到飙车青年纵横呼啸的罗斯福路，吹到午夜台北的梦境里。

梦　魇

我参加了一次团体登山活动，目标是中正山。

中正山原名弥陀山，又名十八分山、大竿林山。主办单位为了鼓励大家参加，特别准备了便当、西点及一千多份的摸彩礼品，包括彩色电视机、洗衣机、蒸锅、毛毯、西装料……，摆在法雨寺前的空地上等待领取。

我们从新北投车站出发，走阳投旧公路，经过邮电训练所，没多久就看到法雨寺。抵达时，法雨寺前已经大排长龙，不知哪里运来的机器，正输出高功率的爱国歌曲。

绝大部分的人走到法雨寺，鱼贯领取便当、西点，摸到属于自己的那份礼品后便转身回家，前后耗费不到一个小时。我们当然不是为了来摸彩，于是取步道继续上山。

我们一行七人，包括幼童和平常鲜少运动的女生。大约走了五分钟，走到登山口，阳投新公路横腰切过，旁边有一间小杂货店，主要是卖冷饮、刨冰之类解渴的东西。登山口高270公尺，距646公尺的峰顶2.3公里，落差376公尺，路程虽然不长，却几乎全是陡峭的石阶，这一段路对幼童和缺乏运动的女生而言，自然是十分辛苦的经验，大家走走停停，互相可以闻见酸疲沉滞的双腿和急促的喘息。

"妈妈，我的脚在动！"扬扬累乏了，他停下来，指着自己颤抖的小腿疑惑地说："里面在动。"

这是一个热闹的假日，游客不少，阳光亮烈晒在山坡上。不知何时，那整片山坡的树林已被悉数砍尽，仅留下几排组成"中正"两个大字。沿着水泥扶梯拾级而上，两旁错落着翠竹和黑松，果园的篱门微微张开，透露出累累的橘黄，一群母鸡围着草堆低头觅食；有人蹲在路旁逗弄一只肥蛤蟆，有人坐在凉亭边烤肉、煮面、喝可乐，更多的垃圾散布在步道四周。

山顶上建有一座水泥白漆的三层瞭望塔，天空极蓝极美，北方是大屯山南峰，西北方向的面天山、向天山则被大屯山西峰所遮挡，西望淡水河曲折出海。秋风翻越山峦，起伏掠过远近闪动的芒花丛，吹到我身旁，飘过清爽的日光和垃圾的气味。瞭望塔周围，触目皆是游客用剩留下的保丽龙餐盒、塑料袋和各种利乐包容器。

我们站在瞭望塔上左右张望，感到一种如影随形的梦魇，愈来愈觉得难堪，乃找到一块不算太脏的树荫匆匆用过午餐，然后把餐盒分装几个塑料袋，拾一根竹枝挑下山。走到法雨寺，摸彩的人群已经散尽，留下大量堆弃在寺前的垃圾，两个清洁工分别推着满载保丽龙餐盒的推车，来回从路旁的坡地倾入谷底的溪涧。大概是他们用午餐的时间还太早，那些便当泰半没吃完就倒掉，阳光猛烈地晒在馊败的食物上，散溢油腻的腐味。我沿着石阶快步下到新北投，仿佛还听见绿头苍蝇的嗡嗡声。

五指山的泪水

我们去五指山。听说山麓的幽谷里珍藏着一道宁静娟秀的小溪瀑布,像山的颈项上挂着一条高贵细巧的银链。

出发前我先翻阅一本旅游指南的书,它这样介绍小溪瀑布:"游客通常都到瀑布下方野餐,任凭水珠飞溅,好不畅快!如果胆子较大,不妨沿着瀑布边的岩壁攀爬而上,相当惊险有趣,而西岸森林里,绿荫遮天,林中野花遍布,是夏天纳凉,儿童嬉戏的好去处。"

公交车搭到内湖,沿大湖街步行而上,一路上有"国军"示范公墓的指标,和新建的小区别墅群,"翠柏别墅"、"老爷山庄"……的广告招牌沿路可见;此外,一些施工中的工地围墙上张贴了许多牛肉场、脱衣秀的海报。我们沿大湖街步行而上,寻找青山绿水。走没多久就到了兴善宫,果然瀑布就在对面的岩壁上。

小溪瀑布距兴善宫500公尺,是一座相当迷你的瀑布,夹在内湖与汐止间的五指山麓,两岸是斜斜的峭壁,乃基隆河一条支流的源头。从兴善宫对面的小路下坡,在人家的别墅旁,有一道模糊的陡坡小径,大约走十分钟,就可以抵达小溪瀑布。我们还没有看到瀑布,先闻到一股浓呛的异味,那异味随着水珠飞溅的声响传开。

有人在溪边烤肉,油烟四散暂时掩盖了异味。"这里完全走了样啦!"那个蹲在树荫下烤甜不辣的男子看我掩鼻而过,笑着站起来,指着堆满垃圾的溪水,"几年前我还常来这里玩,啊,简直是世外桃源，那时候溪水还清洁得很呢！"其实，每一条河川都设有禁止倾倒垃圾的告示，每一条河川也或多或少都有人倾倒垃圾，据说光是基隆河一个月就有1125吨的垃圾公然倒入；而全省294个垃圾场，其中的31%就设在河川地上。

　　我强忍着欲呕的气味趋近瀑布，褐黄的水流穿过岩隙，注入水潭中，一圈圈的湮漪扩散。形成多泡沫的浊液，恍如粪池中的水肥。我沿着瀑布边的岩壁攀爬上去，发现上游的水源已呈浊黄，那水源汇注大量上游居民的垃圾和排泄物，分明就是水肥。

　　我们像逃命般逃离瀑布，逃到烈日下的兴善宫，才回头再看一眼小溪瀑布，那条水肥瀑布从苍翠的山坡、大岩壁潺潺泻下，远远望去，确有几分像垂挂的项链。有一长列的送葬车队，肃穆开上国军示范公墓，不知道为什么我愈看愈觉得那裸露的山石壁仿佛是一具巨大的墓碑，那条细巧的项链，其实是五指山的泪水。

凋 零

办公室阳台有一盆菊花，被人弃置在阴暗的角落。我发现它的时候，盆里的泥土已经干硬，花叶也早就枯萎了。第二天，杨明动手把枯萎的花叶枝梗剪除，拿一杯自来水浇在那盆龟裂的泥土上。这样过了几天，那盆菊花竟萌发绿色的芽叶，悄然萌发一种生命的消息。我偶尔看到杨明在浇花，总是觉得很感动，原来那盆卑微的菊花每天只要一点点自来水，就可以活得下去；虽然活得并不好。后来，我们都逐渐忘了那盆花的存在，直到它完全干枯渴毙，才又看见黄褐色的陶盆，落寞而倔强的蹲在阳台一隅，形状像是一个错愕的问号。我并不很难过，反而觉得凋零枯萎才是那盆菊花的宿命。不晓得那菊花原来是生长在什么地方？它无端被移植在陶盆里给人观赏，复遭人漠视弃置，就注定有一天要失水凋零在那狭窄的泥土里吧。

两三年前，我的朋友景青作过一首诗，描写一个在学校扫地倒茶的退伍老兵，他宿舍的箱底里压了一双布鞋，一双妻子缝的布鞋。那双鞋珍藏在箱底已经快四十年了。当年，这位白发皤然的荣民犹是未及弱冠的少年，他穿着那双布鞋踏出家门，就随着部队辗转迁徙，走遍大江南北，却永远回不了家乡；他小心把布鞋收藏在箱底，"鞋面为虫蛀了一十八个细洞"。我常常想起这首诗，和那双鞋的意象，它呈现一个凡人睽违亲情将近四十年的乡思，更承载了近代中国的大悲剧。对于布鞋的主人而言，鞋面上被虫蛀蚀的细洞，恐怕就是一生破破碎碎的期待，和魂牵梦萦的记忆了。我根据这双布鞋的意象和孟东篱先生的一篇散文《只是凋零》，编了一出三场的舞台剧《老唐的旧布鞋》。

布鞋是旧的，故事或许也是一则斑剥的老故事了。我愿意提供的是一个内省的舞台，一条通向救赎途径的情节，透过简单的情节，希望能够表现人间世那种割舍不掉的情感。我近年特别感受世事浮变，苍狗一生实在是没什么事情值得去计较，或大惊小怪的；然则我同时领悟豁达的生命中仿佛是有一点，永远也不可能豁达的那一点点怅惘，令人叹息，让人迷恋。陶渊明的《停云》、《荣木》最让我服膺的境界，大约就是那斩不断，看不破的生命情节。

现代艺术的流派发展瞬息万变。我们读过易卜生以降的现代戏剧，历经写实主义、自然主义、象征主义、达达主义、超现实主义、存在主义、荒谬主义等等这个主义那个主义，戏剧的说理性愈来愈强烈，剧场仿佛变成哲学的布道场，剧作家俨然是社会的导师。我们觉得戏剧走到后期现代，似乎有保守精神抬头的意味；很多优秀的剧作家回过头再肯定亚里士多德的讲法，潜心在情节的绵密方面下功夫。

戏剧不见得只有娱乐的功能，自然，剧场的目的也不仅是为了教育观众。我愈来愈不喜欢说理性的戏剧表现方式，因为看戏不是上哲学课。戏剧家不可能、最好也不要企图做社会的导师；我不喜欢把戏剧化妆成哲学课题，不情愿花钱买票走进剧场，竟是正襟危坐地思考其实并不怎么高明的哲学理念。我走进剧场，多少抱着消费的态度，往往比较希望观赏到深沉、精致的感动或喜悦。

最近我晚上排戏的时候，时常会想起阳台上那盆失水凋零的菊花，那一小撮泥土干裂在陶盆里，那曾经萌发过希望的翠绿，也曾经怒放过美丽花朵的陶盆，如今像一个错愕的问号弃置在墙隅。它其实只需要那么一点点自来水的关注就可以活下去，一点点对生命的疼惜就可以活得比较好。

寂寞的远路

我喜欢诗，大致上每天都保持读诗的习惯，偶尔也会濡笔作几首诗；然则我之喜欢诗，却喜欢得有些辛苦，有些腼腆。

大一那年，我参加一个学校社团"华冈诗社"，几个同学商量好要筹办一本诗刊，由于经费拮据，大家遂分头去邀稿、募款、正正经经作诗、编辑、跑印刷厂，并在诗刊的末页打上一排"荣誉赞助人"名单，以示感谢。我们把印妥的诗刊一一装进封套，邮寄给诗坛前辈和文艺团体，带着轻度的文化使命感，仿佛也带着掩饰不了的虚荣。

记得有一次上"大一国文"课的下午，华冈又在云雾缥缈间，一朵朵白云结队穿过教堂，恍若天上宫阙。当老教授点名叫我起立回答问题时，我还在凝视窗外那些疑是仙境的云朵。大概是我发呆的样子很可笑，有一个女同学随便打趣说："老师，人家他是诗人耶！"

又有一次，在校园里走路，远远地，听见有人向我调侃地打招呼："嗨！诗人！"接着是一群夸张的讪笑。我忽然觉得慌张、羞愧，好像干了一件无耻的勾当被逮，要遭天下人奚落。

《华冈诗刊》印了几期，几个朋友都觉得意兴阑珊，渐渐不耐烦这种无聊的游戏——大家反复开会、掏腰包、四处募捐筹集印刷款，然后把自己以为颇具实验性的作品拿去打字印出来，送给喜欢诗或不喜欢诗的朋友——我们都无法再忍受这愚蠢的游戏。既然大家不是为了打知名度，也认为作诗是一种知性生产，并非随地吐痰，何以不将作品寄到报章杂志上发表？既不必伤神筹募印刷费，又有充满敬意的稿费可供支领。

农人挥汗犁土，弯腰播种，头脸卑微地弯到接近泥土的低度，乃培育出美丽的作物。我们曾经课余之暇到餐厅打工，帮人家端盘子洗碗筷，以劳力获取报酬。如今认真作诗——握笔的锄头，在稿纸的土地上，以智慧耕耘，用心血灌溉，辛勤的收成也应该得到合理的代价。我这样讲，并非斤斤计较于一首诗值多少银两；过去我们在剧场里生活、学习，师长们即谆谆告诫"剧场精神"，意思是要培养严肃的演出态度，那时候同学们彼此观赏同学的演出必须买票进场，纵然只是区区一块钱也行礼如仪，不是为了票房，那一块钱是象征，是对该场演出表示最基本的尊敬。这不仅是健康的游戏规则，更是诚恳的创作态度吧。

1983年，大学将毕业时，我花钱委托兰亭书店出版了处女诗集《蕨草》；有一些虚荣，仿佛，也怀着几许犹豫和坚持。这本诗集辑录了我大学四年的作品，印出来之后，我雇了一部出租车将大部分的书运到阳明山，堆置在赁居的农舍里，每天出门时就带一些，分送给喜欢诗或不喜欢诗的朋友，带着一种儿女满月送红蛋的心情。这样差不多消化几百本之后就毕业了，我草草收拾行装，捆包未送完的书，从阳明山一座虫鸣鸟啼的山谷，搬到颇有车马之喧的复兴北路，每天早出晚归，全心投入工作，努力去过忙碌的上班生活。

诗集出版之后，我开始懊悔，这种情绪与时俱增，日渐形成一种非常不愉快的记忆。并非是自惭少作，而是强烈意识到自己在无意中侮蔑了创作行为。我想到募款办诗刊的少年旧事，一群年轻人贴钱把自己的诗印出来，到处分送给人家看；很可能是当笑话看。我想到一个穷学生竟舍得花好几个月的生活费，央请一家出版商挂名去自费出版诗集；像一件拙劣的广告行为，没有任何营销理念，不曾核算投资报酬率，更完全未考虑诉求对象，似乎只立志做赔本生意。我困惑于这种事的背景因素，不免怀疑：诗，究竟被轻蔑到什么地步？我愈来愈懊悔曾经干过这种幼稚的蠢事，这蠢事后来形成一种经常的梦魇，干扰我本来就不甚进取的精神意志。这是创作经验中最大的失误。

后来我才知道，这是一个诗歌通货膨胀的年代。

自新文学运动以来，社会上就一直普遍存在着反诗的风气，我们刚开始练习作诗，就注定要背负历史的包袱走向未来。这是一条寂寞的远路。但诗人们似乎多急于把自己的名字编进文学史里，大家不甘寂寞，相继开宗立派，形成集团，互相标榜，长久以来使得诗坛嚣嚷不休。诗，不但缺乏票房，有些小说家、散文家、评论家更常使用同情的眼光省视，仿佛诗人是落叶哀蝉，在这个时代作最后的挣扎。

我曾经自卑地怀疑，莫非我是干不了别的正经事，才来作诗？生命苦短，天地辽阔，奈何要在几个字中间追逐、计较？在这艺术式微的年代，终日谋篇琢句，"寻章摘句老雕虫"毕竟不是大丈夫行径。我有时瞿然心惊，诗这条穷途，只是通往潦倒的死胡同，还是有可能伸向广阔的领域？

很可能是我搬到台北居住后，发表过一些都市生活的诗作，因此曾被人归为社会写实主义的诗人。在我们这个习惯分类归档的社会里，我是不觉得，一个吟花咏月的诗人会比一个种花莳草的园丁来得可爱，或有更多的贡献；除非他的作品除了美，还能够在历史的洪流里，感应时代脉搏的律动以及社会的呼吸。陶渊明的作品之所以不朽，在于他能在魏晋长期的倾轧动荡中投入生活,观照生命。自然,这种介入不只是情绪的咆哮和呐喊,它包含了宽广的胸怀和高度的技巧。是的,技巧。我们从传统诗中走出来流浪,多侈言生活化、社会化;喜爱标榜这个主义那个主义,对于诗艺的技巧却一直缺少开发、疏于练习,也就是缺乏一种比较精致的经营。我赞成诗接受格律的训练。

近来,创作意志有复苏的倾向,不免瞻前顾后,犹豫收拾荒芜了的精神岁月。我喜欢诗,曾经自费出版过一本诗集,也还有继续写下去的意思,虽然对于诗人的将来并不乐观;但对于诗的前途,犹抱持些许的期待。我踏上这条寂寞的远路,带着忧愁的心情,从孤独出发,希望能一直举步向前。

附录

焦桐与叶振富之间

蒋　勋

在阳明山，从做学生到回国教书，前前后后待了大约近十年。那个地方叫"华冈"。据说，当时一位颇负理想的学者，站在这一片蓊郁的岗峦上，近处有纱帽山团团一堆大土，远处望去，天气晴朗时，可以一直看到淡水河出关渡，浩浩荡荡向西北出海。这位从地理学者出身的教育家想在此地兴学，想在此地营造起他略带感伤怀旧、然而志气闳大的民族文化的梦土。

他把此地取名为"华冈"，据说是来自"美哉中华，凤鸣高岗"的感怀。

但是，华冈使我想起王维的华子岗，想到在安史战乱后，行走在蓝田辋川别墅上的落寞诗人，他刚从政治的死牢中被释放出来，他走在山水间，看山看水，知道了一点点"行到水穷处，坐看云起时"的道理。

他走在山水间，因为是死里逃生，所以触处都是领悟。他不再有少年时"偏坐金鞍调白羽，纷纷射杀五单于"的意气风发，他似乎有点嘲笑有点感伤的说自己"晚年唯好静，万事不关心"。

但是，从政治现实中出走，却使他走到大山大水间去，走到水源穷尽，还可以静看云的升起。

这些都使我想起我走过的华冈。

在华冈有过一些好朋友，在寒冬的岗上，没有任何道理，一个跛足的诗人大声唱"将进酒"，热泪滂沱。

我在小小山仔后面店中一个静静角落，看英姿风发的诗人们一一走过。他们年轻、热情、豪迈，他们有点像大唐长安酒肆中的狂徒，有一样的狂放激烈，但是，似乎多一点什么、少一点什么，我一一看着，仿佛看着历史上的生命又一次走过。

很多次我被一些狂荡的生命激动着，他们可以豪赌，赌在牌局上，赌在股票市场，或赌在妩媚女子身上，他们歌声婉转，情意缠绵，他们像不羁的浪子，狂歌走过，使深情女子知道，这就是宿命中负心的男子来了。

华冈上写诗的朋友就这样若即若离。

我也在那时认识了焦桐。

焦桐——他的名字使我想到古老中国那绝望的琴声。在火中燃烧焦黑的桐木，却使人在火焰嘶咻中听到了这是上好的琴材。

然而我认识焦桐时，知道的是他的本名——叶振富。

一个魁梧身材，神情却有些腼腆的沉默的青年。

焦桐与叶振富之间，似乎存在着一些什么矛盾。

那个在热烈火焰中叫出绝望琴声的焦黑的桐木，仿佛古老美丽的神话，然而，叶振富，却似乎朴拙世俗到只是民间那么卑微的生存富裕的愿望。

这个很能喝酒，很爱独自走去攀登大山的焦桐，这个喝了酒以后热红了脸，却似乎更沉默，只是善意微笑着替人斟酒的焦桐，却永远有一部分台湾民间的谦卑宽厚，老实到使人觉得他只是一个小市民，努力在卑微的平实生活中安分守己，那时，他的名字——叶振富，就又使人觉得比焦桐更贴切了。

重看焦桐即将出版的《最后的圆舞场》这本文集，一路看来，才第一次看到焦桐与叶振富两面有趣的交错。

卷二"我的房事"也许是了解"叶振富"的最好脚注。一个在现代大都市中努力想要买一幢房子的小市民的种种，小市民在拮据的生活中对最起码的落脚处的苦心经营，使我想起杜甫的某些诗句，那种在卑微生活中近于斤斤计较的谨慎，"麻鞋见天子，衣袖露两肘"，大唐的繁华是要读到杜甫的《三吏》、《三别》才觉得世俗的辛酸更是一种史诗的庄严。

焦桐在山岗上——走过的诗人中果然有更多一点小市民的平实、谨慎，更多一点世俗的稳重，更多一点妻与子的牵挂，而这些，也许来自于他属于"叶振富"的本质罢。也因为这样的本质，收在卷二中的《论饥饿》、《摩托车》也都可以看到他发自一个小市民对无理政治的愤怒，对卑微生活细节点滴入微的描述。

一个安定、谨慎、稳重的生活，一个使母亲、妻子无虑温饱的生活，那一部分将在"叶振富"这样的本质上发展成什么状况呢？我好奇地思考着。

然而在《最后的跳舞场》中我们还可以辨识到属于"焦桐"的琴声不断，发展成另一个比较自我的、浪漫的、出走的诗人情怀。

收在卷二中的几篇：《最后的跳舞场》、《夜宿九九山庄》、《陨石的故乡》、《斯马库斯古道》、《猴山岳的咖啡香》、《能高越岭》、《南仁湖印象》，以及《精灵的家乡》，全是焦桐从都市出走，攀登于大山间的纪录。

登山者之间，如同焦桐所说，非常沉默，他们仿佛有另一种语言，他们也像山上的岩石，回来寻找自己的定位。

一个诗人，在家的安定与出走之间，在人世朴俗的牵挂眷恋与个人放怀山水的豪迈之间，在平凡稳定与奇险超越之间，也许是一生的平衡罢。

在焦桐与叶振富之间，将有更多使人可以深沉思索的对话，在入世与出世之间，在人情温暖与山水孤独之间，我们谛听琴声与俗世的对话。

岗上的朋友常在怀念中。

走在华子岗上的王维，要使大唐的繁华纷纷退避，一部中国绘画史，金碧褪色，回归到山水的简净素朴。

从繁华出走的王维，使中国人的心灵起巨大的革命。走到山水间，他才发现现鸟啼花放，处处都是生机。谨以此祝贺焦桐新书的出版，也借此怀念岗上的友人。

人间与土地的踏履

向阳

焦桐是我的学弟,也是写诗的同侪,从他开始创作现代诗起,我就对他的诗作有深刻的印象。他读文化,入"华冈诗社"编《华冈诗刊》时,我已毕业。我与他认识,缘于他编诗刊;我对他的诗作产生印象,则是从他写的《怀孕的阿顺仔嫂》开始的。

这首诗,写69年瑞芳永安煤矿顺兴分坑灾变后家属的心情,情深意切,用阿顺仔嫂的女性身分表露矿工生命的无助,诗中流露出诗人悲天悯人、关怀劳苦阶层的胸怀,读来令人感动。而特别的是,这首诗作原来是焦桐在校时参加"华冈诗奖"的作品,我担任评审之一,印象特深,评为首奖之作,果然得奖了。后来,我极力怂恿焦桐改写,参加时报文学奖叙事诗奖,焦桐加以增删改易,改写稿又勇夺优等奖,从此受到诗坛肯定,我与有荣焉。

除了这样的因缘之外,我欣赏焦桐的诗,来自他的诗作本身,以及作品背后诗人宽阔的心灵。从第一本诗集《蕨草》到《咆哮都市》,焦桐的诗作,普遍洋溢的就是明朗劲健的意象使用,即使刻绘愁苦,也在暗黑中放光,部分作品以反讽为能事,却又不失诙谐敦厚。诗如其人,焦桐对文学、戏剧的深厚涵养,对生活、生命的虔诚笃实，对人间、土地的挚爱与踏履，都完全反映在他的诗作中。诗人在某些情况下，总有狂狷之气，焦桐则把这份狂狷托付天地。他的狂，给了土地；他的狷，给了人间。

焦桐的散文，不管在关怀的面向上，或者在意义的建构上，乃至在美学的处理上，也与他的诗创作契合。

这种契合，一方面出自于他诗余而后赋文，创作主体不变，写作风格自然合一；另一方面是他关心的焦点及所要彰显的文学思维，简单来看，可以说大半集中在人间生活的省思及土地自然的踏履之上，某些题材拿来写诗，某些题材则出以散文，这只是表现形式的不同罢了。

《最后的跳舞场》等作品，正就展现出了焦桐踏履人间及土地的思感。这本集子中尤其收入了"我的房事"及"精灵的家乡"两部分作品，一写凡尘中事、二书高山之旅，从都市到高山、从人间到自然，焦桐游走其间，且入且出，写实与写意兼具，踏履及省思并存。这两辑作品，粗看味相殊，前者满溢人间烟火，后者到处山光林影，实际上则是焦桐之人生信念及文学观点的总体呈现。

以《我的房事》等七篇作品而言，以作者的生活岁月为经，抒写购置屋宅的艰辛与无奈、上班之余进修的苦楚与坚忍、买摩托车代步的遭遇与折磨，以及参与剧场演出时对人生的体悟、因为学生绝食而对"饥饿"的反省，以至于对喝酒、旅行的论述等，每一篇散文都指向常人在生活的苦难中如何追求生命尊严的课题。或者以嘲讽笔法（如《我的房事》）诙谐以道、或者以叙实笔调（如《摩托车》）委婉细述、或者引经据典（如《论旅行》）寓己胸怀，在焦桐笔下不离其宗的，就是人间生活诸面相共有的本质——人生如寄的感慨。

但人生虽然逆旅如奇，人毕竟还是得在人间打滚，从日常生活中，每个人都无可奈何地承受了生命中不可承受、却又不能不承受的"轻"。对别人而言得之甚易的，在自己身上却是重负。焦桐以诗人的敏锐，透过对人间的观察，在这一辑散文中，替凡尘中人写出了寄旅人生的无可奈何。

相对的，是《精灵的家乡》等八篇作品，全部与作者的登山经验有关，也都与土地、自然的探访有关。不过，异于一般的游记文章，焦桐在本辑作品中所要传达的，绝非他的登山经过而已，看他在《最后的跳舞场》中对鲁凯族住居村落"旧好茶"的寻访及深刻记述，台湾原住民文化及传承的失落问题，就令人感慨；看他在《南仁湖印象》中对南仁湖山区生态的报导，台湾自然生态的频遭人为破坏问题，尤其让人难过。在人迹罕见的高山之中，人类肆虐自然、破坏生态、蔑视人文的劣根性并不因而减低。焦桐的高山之旅，暴露了鲜为我们所知的土地之伤，而不仅止于游山纪行而已。

总结来说，《最后的跳舞场》等散文与焦桐的诗风若合符节，记的是人间与土地的踏履，写的是焦桐对人与土地的关怀与爱。

人间生活的劳苦奔波，也许是人的宿命，但与土地的利用厚生其实息息相关。今天的台湾，已开始走入资本主义社会，都市化脚步加快，如果不能透过政策的合理规画，都市中的人间生活，如焦桐笔下现阶段的衣食住行之苦，未来将百倍于今日。

土地自然的破坏毁灭，更是百分之百缘自人类为了讨生活而滥行糟蹋。台湾曾经是美丽之岛，如今却连高山森林都受到伤害，更不用说都市周边的河流了。因此焦桐的这本散文集，固然显映了一个诗人对人间与土地的踏履之诚，但其意义毋宁更是在提醒我们必须对人间及土地付出更多的关爱。做为一个文学家，焦桐从人间烟火的面对中，刻绘出了台湾社会的病态，自高山丛林的巡访中，点描出了台湾土地的伤残。在欣赏焦桐诗意盎然的散文之余，这也许更是做为读者，我们所该省思的吧。

图书在版编目（CIP）数据

我的房事 / 焦桐著. —— 南京：江苏人民出版社，2017.5
ISBN 978-7-214-20602-2

Ⅰ.①我… Ⅱ.①焦… Ⅲ.①散文集-中国-当代 Ⅳ.①I267

中国版本图书馆 CIP 数据核字（2017）第 068435 号

书　　　名	我的房事
著　　　者	焦　桐
责 任 编 辑	周晓阳
内 文 设 计	若　能
标 识 设 计	陈禹廷
出 版 发 行	江苏人民出版社
出版社地址	南京市湖南路 1 号 A 楼，邮编：210009
出版社网址	http://www.jspph.com
照　　　排	江苏凤凰制版有限公司
印　　　刷	江苏凤凰新华印务有限公司
开　　　本	652 毫米×960 毫米　1/16
印　　　张	19.5　插页 2
字　　　数	190 千字
版　　　次	2017 年 5 月第 1 版　2017 年 5 月第 1 次印刷
标 准 书 号	ISBN 978-7-214-20602-2
定　　　价	49.00 元

（江苏人民出版社图书凡印装错误可向承印厂调换）